姑娘這回要使壞

1

菱昭 著

風文創 1280

目錄

序文

菱昭

親愛的讀者們大家好，首先感謝大家的閱讀和喜愛。

本文是一對青梅竹馬、歡喜冤家的故事，以青梅竹馬之間美好堅定的愛情故事為創作初衷，講述了他們的兩世境遇，重生之後不畏艱難，努力拚搏，不向皇權低頭，並肩作戰以抵抗命運，最終得償所願。

創作這篇文時，正逢回爺爺、奶奶家避暑，見到記憶中的院子心情格外的安寧，漂泊的心好像也在那一刻落到了實處。童年的記憶似乎永遠都是快樂而美好的，故鄉的每一寸土地好像都充滿了芬芳，每一處也都是歡樂。園中那棵有幾十年樹齡的銀杏樹仍舊屹立，它的旁邊還是那棵陪了它幾十年的枳殼樹，不同的是，枳殼樹看起來比銀杏樹要滄桑一些。

爺爺說，枳殼樹不如往年結的果多了，摘果子時，我果真只看到了零星幾顆，不再是記憶中滿樹的綠色果實。我恍然清醒，原來心間的那些安寧都來自於少時那段短暫的幸福回憶，時間的流逝在那一刻有了具象化。

可無論時光流轉多少年，也不能磨滅它們曾互相陪伴的幾十年，從太陽升起到如日中天，再到黃昏落下，它們共同見證和經歷著這個美好的過程，我想，這應該是一件很幸福的事。

我想抒寫它們的故事，想敘述一段相濡以沫的陪伴，想將那份美好呈現給親愛的你們，但筆力有限，或許不盡人意，若能從其中體會到那麼一絲的暖意和幸福，便是我莫大的榮幸。

宜人的秋風帶著落葉點綴在一片綠色中，是夏與秋的交接，是過去與現在的見證，好像在告訴我們懷念過去的同時，也要珍惜現在，憧憬未來。

生命熾熱，積極向上，黑夜之後明天的太陽總會升起。

最後，祝願大家萬事順心，平安喜樂。

第一章

南鄴，平康五十三年秋末，平康帝駕崩。東宮受外家牽連，被廢黜守皇陵，順位繼承人變成二皇子趙承北。

晟安元年，冬，新帝登基大典。

二皇子趙承北文韜武略，仁慈寬厚，榮登大寶乃眾望所歸。宮內莊嚴肅穆，恭賀不止；宮外人聲鼎沸，喜氣洋洋。

而一座華麗巍峨府邸的後宅，卻是冷冷清清，盡顯蕭瑟淒涼。

此處院落無一處不精美，蜿蜒瓊軒，青石鋪路，名花奇樹，只因冬日的緣故，小徑花已稀，白雪蓋枝頭，唯有庭院一株梅樹無與爭輝，盛開正豔。

此院一瞧便知非鄴京風格，而是江南擺設，意味著這庭院的女主人來自江南。

今年的初雪來得早，一下便是徹夜不止，屋簷、窗邊都已灑落著一層白，外間冰涼沁寒，可寢房的窗子卻大開。

越過窗戶，一眼就能瞧見一張紅木床，紗帳高束間，有美人斜臥。

美人生得一副好樣貌，但此時此刻，看起來精緻卻淒楚。

她此時的面色如窗外的雪那般白，望著窗外的眼眸黯淡無光，唇上亦不見了顏色，但不難看出若她身體康健，必是明豔動人，就如那在雪中盛開的紅梅一般，耀眼奪目，見之不忘。

素手輕抬間，露出的半截手腕格外纖瘦，亦白得不同尋常，恍若輕輕一碰就要碎掉。她望著窗外，指尖微動，不知是想接一片雪花，還是想碰一碰紅梅，但最終因為乏力，她的手緩緩落下。

青色裙襬擺盪，有人快步而來，半跪在床邊，接住了那隻無力落下的手，著急喚道：「小姐！」

女子垂眸望去，勉強揚起一絲安撫的笑。「玉薇。」

「奴婢在。」玉薇小心翼翼地將手中冰涼的手放在剛剛換好的手爐上，語氣輕柔。「小姐，奴婢去替您摘一枝紅梅。」她自幼陪在小姐身側，深知此時小姐要的是何物。

這是小姐的執念。

世人都道江南沈家雲商小姐好氣運，不過一面之緣，就叫鄴京大族崔家長子崔九珩一見鍾情，三書六禮，八抬大轎，羨煞旁人。

可只有她知，這幾年小姐心裡有多苦。

「玉薇……」沈雲商艱難地伸手阻止了玉薇。

玉薇便又矮下身，覆上那隻手。「小姐，您吩咐。」

沈雲商卻許久未開口。

玉薇似是感知到什麼，眼眶越來越紅。

「是時候了……」一片寂靜中，只聽沈雲商低低呢喃。

玉薇再也沒忍住，眼淚連串的滾落，哽咽道：「小姐……」

沈雲商抬手想替她擦淚以示安撫，可她現在實在沒什麼力氣了，指尖顫了顫後，無奈作罷，道：「妳將我枕下那枚玉珮取出來。」

玉薇抹了抹淚，伸手取出枕下的玉珮。

沈雲商看著玉薇掌心上的玉珮，耳邊又響起她出嫁前，母親將她喚到祠堂，鄭重囑咐的一番話——

「商商，妳跪下，母親要將一件很重要的東西，在此地交予妳。

「接下來母親說的話，妳務必要一字不忘，這枚玉珮妳必須要好生保管，絕不可丟失，但也不能叫人瞧出它對妳太過重要。

「若有朝一日妳遇到了很大的危機，但還有挽救的餘地，且不會牽連無辜時，妳便將此玉珮用黑色手絹包裹，完好無缺地送到白鶴當鋪求救，只需言『當二百兩白銀，兩個時辰後贖回』，在對方將白銀給妳後，妳便請他『給一處歇腳的廂房，歇息兩個時辰』。記住，這些話差一字都不可。之後兩個時辰內，妳在這間廂房中見到的人，不論他對妳說了什麼，妳都要相信。

「若有朝一日，妳察覺到有人對妳另有企圖，可妳已受人掌控，牽一髮而動全身；或者在妳臨死之際，但妳又無後人在世時，妳便要將它摔碎，用白色手絹包裹好送到白鶴當鋪，並言『當半兩黃金，死當，不贖』，但在對方將黃金遞給妳時，妳同樣不能接，只說『將它給需要它的人』。從此以後，妳便要徹底忘記這枚玉珮，就當它從不曾存在過。

「商商，前者或引起軒然大波，或翻天覆地、兵荒馬亂，更有可能血流成河，所以妳切記，務必要謹慎選擇。

「若妳今後一路順遂，便將它交給妳的親生子女，並將母親這番話一字不差的轉述。」

「小姐？」

沈雲商回神，羽睫輕輕顫了顫，指腹在玉珮上輕輕滑過。「玉薇……」

「小姐，您說。」玉薇聲音哽咽。

「妳拿著它去白鶴當鋪……」沈雲商喉中輕嚥，才緩慢而清晰地道：「妳將它摔碎，用白色手絹包裹，送到白鶴當鋪，對他們說『當半兩黃金，死當，不贖』，但在對方將黃金遞給妳時，妳不能接，只說『將它給需要它的人』。妳切記，要一字不差。」

她不是沒有想過將它完整地送去，為自己搏一線生機，可今日坐在龍椅上的是趙承北，普天之下，已沒有人、沒有哪股勢力能與他抗衡。

更何況，她心中隱隱有預感，崔九珩幾次三番的試探或許與這枚玉珮有關，雖然她並不知道這枚玉珮背後藏著什麼秘密，但若因救她有可能會造成血流成河，她不願；且她的處境已經符合送碎玉過去的條件。

有人對她另有企圖，她亦受人所掌控，牽一髮而動全身。

玉薇眉頭微微蹙起，面露不解。「小姐，這是何意？」

沈雲商並未回答，只是盯著玉薇，語氣鄭重地道：「玉薇，妳重複一遍。」

玉薇雖不明白，但還是依言複述了一遍。

沈雲商神色微鬆，側首看向窗外，良久後，徐徐道：「我不知道他們到底想從我身上得到什麼，但也已經沒有時間查證了。無論他們要什麼，我總歸都是給不起的……」以她為餌，要的不外乎是她在乎的人或事。她所在乎的，卻一樣也給不起。沈雲商停頓了片刻，不知是想到了什麼，急忙回首，微微傾身，用最後一點力氣去握玉薇的手。「待我走後，妳立刻出府，務必將消息傳得遠些，尤其要快些叫……叫裴行昭知道我已經沒救了，已經……已經死了。」

玉薇痛苦地閉了閉眼。「小姐……」

「新帝登基，裴家有從龍之功，裴行昭又得公主愛重，餘生自能錦衣玉食，平安順遂，不能叫他為了我毀了前程。」沈雲商盯著玉薇。「玉薇，妳答應我。」

「可是小姐……」小姐已經沒有前程了。後頭的話玉薇沒能說得出來，她嚥下哽咽後，依言應下。「奴婢遵命。」

沈雲商看著玉薇，沈默了一會兒後，溫聲道：「妳出去之後，就不要回來了，帶著桌上的銀票，或是回江南，或是去先前我為妳尋的人家，認下義父、義母，這些錢夠妳一生衣食無憂的。」

玉薇張口就想要拒絕，可看著沈雲商有氣無力的模樣，她還是哽咽應下。「是。」

沈雲商這才卸了力道，往後靠了靠，再次望向窗外。

院中的紅梅在雪中開得極豔，一如當年……

恍惚間，她好像又看見了梅樹下那個容顏出塵卻笑得風流的浪蕩子。

那是她自幼定下婚約的竹馬，雖狗嘴裡吐不出象牙，但矯矯不群。若是當年跟他服個軟，不知道，如今又會是怎樣的結局？

「玉薇，去吧。」

玉薇隨著沈雲商的視線望去，默默起身。「是。」

玉薇走至門口，便聽見身後傳來微弱的聲音——

「要帶雪的那枝。」

那氣若游絲的聲音叫玉薇身形一顫，她不敢回頭，疾步走出長廊，像是生怕來不及似的，到了院中，已是提裙奔跑了起來。

離梅樹越近，昔日的回憶便越發清晰。

三年前，小姐與裴公子一別兩寬，也是在這樣的節氣。

那日，初雪覆上紅梅枝頭。

二人撐著油紙傘，道了別後，擦肩而過，背對而行，她和綠楊遠遠望著，哭得上氣不接下氣。

玉薇急停在梅樹下，帶起一串雪，她踮起腳尖，迅速地折下一枝帶雪的紅梅，又飛快轉身朝屋中跑去。

才越過屏風，玉薇便開口道：「小姐，奴婢折回來了！這枝梅帶著——」玉薇的話聲猛地止住。青紗帳下，女子靠在枕上，雙眼已合，面容平靜，如瀑青絲散落在枕旁，那隻放在手爐上的手不知何時已落在床沿。玉薇手中的紅梅掉落，淚一串一串的落下，有些落到梅花上，伴隨著她低低的呢喃聲。「雪的……」

良久後，玉薇顫抖著手彎腰撿起那枝梅，挪步靠近床榻跪下，將紅梅放入無甚溫度的手中後，才將頭埋下，哭得抽搐不止。

她不敢哭得太大聲，只是細聲嗚咽，隱忍又絕望。

即便如此，還是引了人來。

「玉薇姊姊，怎麼了？」

玉薇猛地抬起頭，忍著椎心之痛，快速將緊攥著的手放進被中，連帶著紅梅和那只手爐，而後，她努力平復了聲音。「無事，少夫人睡著了。」

外間沈默了片刻，又道：「這天寒地凍的，少夫人還在病中，怎還開了窗？奴婢去關上吧？」

話音伴隨著腳步聲漸近，玉薇忙直起身，將沈雲裔放平在枕上，一邊平靜地替她掖被子，一邊回道：「嗯，關上吧。少夫人喜愛初雪紅梅，方才便開了會兒窗，現下睡著了，是要關著才是。」

與此同時，窗邊出現了一個綠衣丫鬟，她朝裡頭望了眼，見玉薇正伺候著沈雲商入睡，並無異樣，這才收回目光，關上窗。

窗戶合上，玉薇眼中又落下一行淚。

談起小姐，誰不說一句命好？

商賈之女嫁予世家大族嫡長子為正室，得尊榮、得愛重，福氣滔天，風光無限，可事實卻是，小姐連死都不能立即報喪！

玉薇放下紗帳，最後望了眼那張慘白的容顏後，擦乾眼淚轉身疾步出了門。

小姐離世的消息瞞不了多久，她得在府中發現之前出去，否則，怕就出不去了。

小姐這次的病來得太蹊蹺，在這之前，姑爺……崔大公子曾不止一次的試探小姐，雖然小姐並不知他想要的到底是什麼，但總歸於他們無益。

這枚玉珮是小姐出嫁前夕夫人給小姐的，如今這般處置，想來這背後另有深意。

但這些都與她無關了，人死如燈滅，小姐一走，不論新帝在利用小姐盤算什麼，都無用了。

玉薇立在府門前，回頭望了眼那高高掛著的牌匾，眼中閃過一絲恨意與決絕。

詔獄。

男子靠牆而坐，錦衣玉冠，俊美出塵。

獄卒走過時，忍不住偏頭看了一眼，待走得遠了，這才小聲議論——

「昨日還是尊貴的駙馬爺，今兒竟已進了詔獄，真是世事難料啊！」

「誰叫他不知好歹，竟敢行刺公主？公主待他那般真心，他怕是被鬼迷了心竅！」

「誰說不是呢？放著大好的日子不過，竟去幹這種糊塗事。」

「公主如今昏迷不醒，若是有個好歹，他裴家可就活不成了！」

「便是公主吉人自有天相，裴家也一樣沒有好下場。」

「倒也是，不過新帝登基，該要大赦……」

「大赦是今日，他的罪名都還沒定下來，不在大赦之內……」

聲音徹底消失後，男子才緩緩睜開眼，望著獄卒離開的方向。

閉上眼時俊美矜貴，睜開眼時，一雙桃花眼便破壞了那出塵的顏色。

他望了片刻後，漫不經心地收回目光，看向獄中唯一的一扇小窗。

今年的初雪是昨日下的，下了整整一夜，此時外頭不知是怎樣的盛景？

想來，她應該很歡喜。

他曾有一位小青梅，他們是自幼定下的婚約，雖然小青梅是個狗脾氣，一點就炸，但貌美善良。若是當年跟她服個軟，不知如今又會是何等景象？

過往這般節氣，她最愛拉著他去觀雪、賞梅，再威脅他用初雪為她煮一壺茶，喝完了茶，她就會擺上棋盤，逼迫他下棋。

為何是逼迫呢？

因為她的棋藝很爛，下三子要悔兩子，哪怕他放水放成了汪洋大海，她還是贏不了。她贏不了，又會跟他置氣，於是他又得去煮一鍋辣鍋，買江南美酒去哄。吃完辣鍋，喝完酒，她又會怪他給她煮了太多肉，吃胖了，於是，便又要拽著他去放煙花，美名其曰鍛鍊、瘦身，可每次回來的那段路，她都要找各種藉口賴在他的背上。

所以呢，和她下棋是件非常麻煩的事，他便不願跟她下棋，可她總是會用盡各種手段逼他下。

「裴小行，你答不答應？不答應我就去跟裴伯伯告狀，說你又欺負我！

「裴行行，你不要這麼小氣呀！大不了我明日彈琴給你聽啊！

「裴昭昭，我數到三！」

「呿！」裴行昭低笑出聲，眉眼帶著幾分璀璨的光，但隨後又黯淡下來。

崔九珩那般寵著她，想來不用她百般威脅，此時應該已經在陪著她下棋了吧？

他聽聞她如今的棋藝甚好，該是崔九珩教的。

就是不知，崔九珩會不會煮她喜歡的辣鍋？會不會知道她的口是心非，給她多放幾片肉？不知道崔九珩醃製的肉片有沒有他做的好吃？

而煙花，崔家過去幾年放的都是她喜愛的。

如此，他好像也沒有什麼留戀的了。

至於弒主？

呵……欲加之罪，何患無辭？君要臣死，臣不得不死。

若他所料不錯，過了子時，或是明日一早，公主就會「醒」來了，屆時他的罪名定下來，剛好也過了大赦之日。

整個裴家，都得入獄。

裴家他已經護不住了，皇權之下，他無能為力。

他也曾為此努力過、拚命過，可直到今晨才知，他所做的一切都沒有用，從一開始，從三年前裴家被盯上起，就已經注定了今日這個結局。

唯一所幸的是，沒有牽連她。

她貴為崔家大少夫人，下半輩子定是幸福安康，兒孫滿堂。

如今，他能為她做的，也只剩下一件事……

玉薇從白鶴當鋪出來後，買了一籃紙錢，緩緩行在街頭，聽著街頭行人的驚詫討論聲——

「聽說崔家大少夫人死了，真的假的？」

「你往那邊看，那是大少夫人的貼身丫鬟，買了那麼多紙錢，又親口承認大少夫人病逝了，如何還做得了假？」

「嘖嘖，真是可惜了，崔大公子那般愛重夫人，也不知眼下該有多傷心啊！」

「唉，真是紅顏薄命啊！」

「到底是商賈之女，沒這個福氣受這份富貴榮華。」

玉薇唇角輕扯。這樣的福氣，誰愛要誰要吧。

玉薇低頭看著籃中紙錢，她從這裡一路走到崔家，這個消息應該就已經傳開了。

「最新消息！駙馬爺今晨弒主，下了詔獄，現已畏罪自殺了！」

玉薇腳步一滯，瞳孔微縮。

幾乎沒什麼遲疑，她猛地轉身，著急問：「哪位駙馬爺？」

「還有哪位啊？自是這幾年風頭正盛的裴家那位。」有人回道。

玉薇手指顫動，籃子掉在地上，一陣風起，紙錢瞬間滿天飛揚。

「這位姑娘還不知道吧？這是今晨的消息了，據說是刺殺公主。那時我們還覺得不可思議呢，公主那般愛重駙馬，駙馬怎會做下這種事？沒承想，眼下竟畏罪自殺了……」

「你怎知就是畏罪自殺了?!」玉薇咬牙質問。

「這可是駙馬爺貼身侍從綠楊親口說的，前不久他才提了一籃紙錢從這裡過去——」

「你個棒槌，閉嘴！知道這姑娘是誰嗎？」

「誰啊？」
「崔家大少夫人的貼身丫鬟。」
「啊，就是與駙馬爺青梅竹馬的那個崔家大少夫人？」
「憨貨，崔家還有哪個大少夫人？」
「啊這……我剛聽說崔家大少夫人也病逝了，怎麼這麼巧……」
「噤口！走！」
一片嘈雜聲中，玉薇僵硬地轉身。
風颳過，有紙錢從她手臂旁飛過。
玉薇心中猛地一跳。
裴公子絕無可能弒主！如今就算不會牽連小姐，他也要顧及裴家。
看來，是小姐最擔憂的事發生了。
這是新帝在卸磨殺驢。
是駙馬爺貼身侍從綠楊親口說的，前不久他才提了一籃紙錢從這裡過去——
玉薇嘴角勾起一抹哭笑不得的弧度。
這兩個人何其有默契，哪怕這三年無任何交集，所做的最後一件事卻一模一樣。
可他們都不知，對方已經沒了啊！
若是老天有眼……

不，若是老天有眼，小姐就不會死得不明不白了！

玉薇抬手抹了抹眼角，步伐堅定地走向崔家。

新帝登基大典結束便是宮宴，崔家的人這時才得以入宮。

崔九珩作為新帝的伴讀和心腹，自是風光無兩，席間的酒幾乎未停過。

一個小太監輕巧地繞過人群，在崔九珩耳畔輕語幾句。

崔九珩愣了愣後，放下酒杯起身出了殿。如無要緊事，他的貼身護衛不會入宮。

果然，一出殿門，崔九珩便見貼身護衛西燭面色極為難看，遂皺眉問：「何事？」

「公子，少夫人去了。」

崔九珩起初似是沒有明白此話是何意，愣怔了好幾息後，才緩緩抬眸。「你說……什麼？」

西燭垂著頭，聲音沈重地道：「是府外先傳的消息，管家聽聞後便立刻去拂瑤院，吩咐丫鬟進去查探，這才得知……少夫人已去多時。」

崔九珩的身形肉眼可見的僵住，待勉強從突如其來的噩耗中回神，那溫潤的眼底浮起怒意，顫聲責問道：「怎會如此？拂瑤院的人都在做什麼！少夫人出了事竟都不知？玉薇呢？」

「公子……」西燭斟酌片刻，道：「是玉薇姑娘出去傳的消息，想來，這是少夫人的意思。」

崔九珩怒容凝滯，眼底閃過一絲異光，他聽明白了西燭的意思。

玉薇是陪著她長大的丫鬟，玉薇的所言所行皆代表著她，她的死和死後不報喪，都是她提前安排好的。可這是為何……

「已請人瞧過，說是自夫人……病後，就一直未曾喝過藥。」西燭沈聲解釋道。

崔九珩眼底閃過一絲驚慌錯愕，而後怒道：「她為何不喝藥？」明明只要她喝藥，便會無礙啊！

西燭垂首未答。

夫人的病是為何，他們都心知肚明。

西燭的沈默讓崔九珩心中一涼，他瞳孔微微一縮，抬腳飛快地朝宮門而去。

莫非，她都知道了？若知道，她又知道多少？

她起初確實是病了，但不過是尋常風寒罷了，只是後來他在她的湯藥裡加了……

可此毒並不傷身，只要好好服藥就可痊癒，她為何要這麼做？

「公子，黃昏前，裴駙馬自盡於詔獄。」今日是新帝登基大典，外頭的消息都傳不進來，西燭便猜測公子對此事應也是不知曉的。

果然，崔九珩聞言，腳步一滯，猛地回頭緊緊盯著西燭。

公子眼底泛著的冷光讓西燭一怔，但還是硬著頭皮如實稟報道：「今晨，公子剛進宮，公主府便傳來了消息，裴駙馬刺殺公主，當場就下了詔獄。」西燭說完便低著頭，不敢去看崔九珩的臉色，但他能清晰地聽見拳頭捏得咯吱作響的聲音。

好半晌，才聽見一道冷冽的聲音低低響起，帶著嘲諷和失望——

「他還是沒放過裴家……」

這麼大的事，崔九珩今晨進宮到現在都沒有聽到半點風聲，足以說明是他有意瞞著自己。

可他明明答應過，會給裴家一條生路。崔九珩痛苦地閉了閉眼。

趙承北，終究不是曾經的趙承北了。

此時，崔九珩也明白她為何要這麼做了。

因為裴行昭。

她在用命保護裴行昭！

可是，他們要的根本不是裴行昭。就如現在這般，想要裴行昭的命，一條弒主的罪名，就足夠了。

「公子，據我們的人來報，公主從晨間起就一直鬧得厲害。」

崔九珩睜開眼，眼神複雜難言。

他和公主終究不是棋盤上無情無慾的棋子，可不忍也好，動情也罷，都沒用，這一條條人命，他和公主都不清白。

「走吧。」崔九珩聲音低沈，腳步也沈重了很多。

崔九珩沒回府，下人不敢動沈雲商。

崔夫人來看過後，輕輕嘆了口氣，轉身出門。「天寒地凍的，就跪在廊下送少夫人最後一程吧，少夫人心善，必也是心疼你們的。」

拂瑤院的下人便紛紛從院中起身，跪到寢房外的廊下，有不少人都在無聲抹淚。

崔夫人說得不錯，大少夫人最心善，他們這些人多多少少都受過大少夫人的恩惠。

崔九珩回到府中時天已經黑透了，長廊下掛起了白色的燈籠。

他疾步穿過長廊，可走到門口他卻佇立了好一會兒，才抬起手推門進去。

大約過了半個時辰，裡頭傳來動靜，丫鬟才趕緊將準備好的衣物端進去。

亥時，靈堂佈置好，崔九珩著一身白立在靈堂前，久久未動。

下人深知大公子對大少夫人情意深厚，都不敢上前打擾，唯有玉薇跪在靈前無聲地燒紙錢。

崔夫人過來見著這一幕，又是一嘆後，折身離開。

雲商走得太急，不說珩兒，便是她到現在都還覺得有些恍惚。

不是說只是風寒，怎就要了命呢？

「珩兒此時也無心顧及其他，妳便親自走一趟江南……報喪。」出了拂瑤院，崔夫人朝身旁的貼身嬤嬤道。

「是，老奴連夜便啟程。」

話音剛落，突然傳來一陣嘈雜聲，主僕二人回頭，卻見拂瑤院內有火光沖天。

林嬤嬤驚道：「那是靈堂的方向！」

「珩兒！」崔夫人驚呼一聲，忙折身跑去。

「夫人小心！」

火來得太突然，下人都還沒有回過神，西燭便已衝進去，一眼便見到玉薇立在靈前、立在火中，冷冷地看著地上的崔九珩。

那樣的眼神，令人後背發涼。

西燭強行挪開視線，飛快上前扶起崔九珩，而後神情大變。「公子！」

崔九珩沒應他，只神色複雜地望著靈前平靜赴死的玉薇，心中翻起驚濤駭浪。她竟會武功！

火勢太猛，西燭將崔九珩帶出來，想再進去救人時，火光已經將整個靈堂吞沒了，他握緊雙拳，眼中隱隱有淚光閃爍。

崔九珩傷得不輕，自然驚動了宮中。

太醫院首親自趕來，命是保住了，但臉卻毀了大半，無可復原。

崔家大公子芝蘭玉樹，貌賽潘安，這樣的人毀了容顏，不提旁人多痛心疾首，他自己應是更難以承受，是以太醫院首便說得磕磕絆絆的，極盡委婉。

沒想到，崔九珩並未因此大怒。哪怕遭此橫禍，昏睡多日醒來後，他好像仍舊是昔日那個溫潤如玉的君子。

「無妨，是我欠她的。」

太醫院首心頭一震，不敢再聽，恭敬告了退。

「公子，曾替少夫人診脈的蕭太醫求見。」西燭在門外稟報。

「進來。」

太醫立在屏風後，遙遙行了禮，面色複雜地開口道：「稟公子，我之前極有可能是診錯了少夫人的脈，少夫人恐怕並非感染風寒，而是中毒。」

聞言，崔九珩與西燭都沈默著。

他們當然知道沈雲商是中毒，因為那毒，是崔九珩親手下的。

那時，崔九珩因不放心，還特意尋了蕭太醫來看過。

蕭太醫並未被趙承北收買。

「此毒與風寒之症極像，世間無藥可解。」蕭太醫因心有愧疚，始終都低著頭，便也沒有察覺一旁兩人的神色。

「無藥可解」幾個字恍若一道天雷，不由分說地炸在崔九珩與西燭心上，二人雙雙僵硬了半晌。

崔九珩聲音微顫。「無藥……可解？」不可能！趙承北說過，只要按時服用解藥，一月之後毒就清了……似是想到什麼，崔九珩心頭一涼，咬牙一字一句問道：「這是何毒？」

太醫恭敬地回道：「此毒名喚『碧泉』，一旦中毒，便再無可解。」

這回沒等崔九珩出聲，西燭便著急道：「太醫可確定？」

太醫略作沈思後，道：「此毒與風寒之脈沒有差別，若非聽聞少夫人病逝，我必然不會想到此處。」畢竟他之前無論如何都不會想到，崔家的大少夫人會中這種被明令禁止的毒藥。「想要區別二者，只有兩個辦法，一乃身故前膚色過白；二則是身故後，腹部會出現碗大的鮮紅之色，即便只剩白骨，也會留下顏色。」

西燭皺起眉，他的意思是要去驚擾少夫人。

少夫人走前只有玉薇見過，玉薇已經死了，前者便已無從查證，那就只剩驗屍了。

「蕭太醫可知『浮水』一毒？」良久的沈默後，崔九珩突然低聲問道。

太醫忙回道：「知道，此毒也與風寒之症很像，但遠沒有碧泉烈，脈象也隱約不同，只要按時服用解藥，一月就可徹底解毒，對身子也並無傷害。」

西燭聞言，抬眸擔憂地看向裡頭，隱忍的眼中帶著些不忍。「公子……」陛下竟然這般欺騙公子。他們只知道浮水與風寒之症極像，所以當時蕭太醫診出少夫人是受了風寒時，公子才放下心，可誰知道，與風寒之症更像的還有碧泉。

「帶太醫去查。」崔九珩聲音沙啞地道。

西燭咬牙應下。「是。」所幸太醫是今日來的，若明日過來，少夫人便已入土為安，想要再查還得開棺。

西燭與太醫離開後，崔九珩恍若失力般重重地靠在軟枕上，眼角緩緩落下一行淚。

碧泉、浮水……

他一邊告訴自己，他認識的趙承北不會這麼做，但已滿門下獄的裴家，又讓他有些心慌。

若真是碧泉，那麼她不喝藥，是不是因為已經知道了那毒無藥可解？

等待的這一刻鐘，是崔九珩這輩子最難熬的時候。

終於，屏風外響起了西燭低沈的聲音——

「公子，已確認少夫人所中之毒……是碧泉。」

果然是碧泉啊……

他已經猜到了，只是不願意去相信罷了，此時那把刀落在心上，崔九珩竟反而覺得踏實了。

「你出去吧，我一個人靜一靜。」

「是。」

崔九珩在房裡關了一日，次日一早，他去了拂瑤院，沈雲商的寢房。

崔九珩受傷昏迷不醒，下人也就不敢動裡頭的東西，一應擺設物件都原封不動。

西燭無聲地跟著，見崔九珩停留在梳妝檯前，他才突然想起一樁事，稟報道：「公子，還有一樁事。公子昏迷的第二日，負責監視少夫人的人來報，玉薇去過白鶴當鋪，當了一根髮簪，屬下當即便覺有異，按下了此事。」少夫人並不缺銀兩，玉薇自然也不缺，且她既然決意殉主，又怎會去當東西？

西燭能想到的，崔九珩自然也能想到。他沈默了許久後，目光落在梳妝檯上的錦盒，他拿起打開，裡頭果真空空如也。

「公子可是知道了什麼？」西燭見此，忙問道。

崔九珩輕輕放下錦盒，道：「將少夫人常用的首飾都燒了，給少夫人陪葬。」

燒了？西燭眉頭微蹙。陪葬的話入棺便是，為何要燒了？

「記住，燒的陪葬裡，有一塊少夫人經常佩戴的半月玉珮。」崔九珩道。

西燭瞳孔緊縮。那塊玉珮有問題！所以……玉薇當的不是髮簪，而是玉珮，那也就說明白鶴當鋪也有問題。

「立刻暗中給白鶴當鋪送消息，讓他們趕緊離開鄴京。」以趙承北的性子，難保不會另派人監視。

西燭聞言，神色有些古怪。「公子，玉薇去過後，白鶴當鋪次日就沒開門了。」

崔九珩神色微鬆，他們倒還算警覺。

「難道少夫人真的——」

「西燭！」崔九珩厲聲打斷他。「她只能是我崔家的少夫人！」

西燭面色一肅，心頭明白了什麼，幾乎未做遲疑地恭敬應下。「是！」

「調些影衛，暗中護下裴家人。」裴家被判了流放，但趙承北不會放過他們的。

西燭正色拱手。「屬下領命。」

初雪落下，紅梅盛開。

一雙人影各自撐著油紙傘停在梅樹下，久久的沈寂後，女子神色冷然地道：「就走到這裡吧。」

男子負在身後的手攥成了拳，面上卻帶著幾絲風流笑意。「好啊，就到這裡。今日婚已退，自此之後妳我各自婚嫁，前塵盡忘。」

女子胸腔有輕微的起伏，但很快她便平靜道：「好，願你前程似錦，一路青雲。」

「那是自然，我娶了公主，就是麻雀變成鳳凰，前途無量呢！」男子偏頭笑看著女子，一縷髮絲輕輕掃過臉頰，盡顯多情浪蕩。「倒是妳，妳可得收斂些脾氣，不然就嫁不出去了。」

女子側眸瞥了他一眼，淡淡開口道：「不勞未來駙馬爺操心，我已答應崔家大公子的求婚，崔家乃鄴京大族，我的前途可不輸駙馬爺。」

男子聞言，面色微變。「妳答應了？」

「我答不答應，與駙馬爺有何干係？」女子下巴微抬，眉眼中帶著幾分傲氣。「崔家大公子芝蘭玉樹、溫潤如玉，如此良人，我為何不嫁？裴行昭，你記住了，自今日後你我再無關係，他日可別再來糾纏於我，免得叫九珩疑心，傷了我們夫妻和氣。」

男子捏著傘柄的手泛起了青筋，他微微別開視線，聲音低沈道：「好啊，那我們……就此別過。」

女子亦轉過頭，目視前方。「就此別過。」話音剛落，女子便俐落地轉身離開。

與此同時，男子也抬了腳。

兩把傘輕輕擦過，兩道身影就此背對而行。

可就在轉身的那一瞬，女子臉上的笑意盡消，淚潸然而下。

「不要，不要轉身……不要分開、不要妥協……不要……」

「小姐？小姐？」

沈雲商猛地從床榻中坐起，額頭滲著薄汗，神情驚疑不定。

「小姐，可是夢魘了？」

耳畔傳來熟悉的嗓音，沈雲商快速轉頭，對上了一張嬌麗動人的容顏。

「玉薇……」

「奴婢在呢。」玉薇伸手碰了碰沈雲商的額頭，心神微鬆。「燒已經退了，小姐感覺如何？」

沈雲商愣愣地盯著玉薇，半晌後，她面色大變。「玉薇，不是讓妳好好活著嗎？」怎麼也跟著她來了！

玉薇一愣。「奴婢好好活著呀。」

恰在這時，外頭傳來丫鬟的稟報聲。「小姐，裴公子求見。」

沈雲商臉色一白。「裴行昭怎麼也來了？」他不是應該好好地做他的駙馬，怎也到陰曹地府了？一瞬間，她的心底湧起了萬千怒火，幾乎是無甚理智的厲聲吼道：「滾！讓他滾！」滾回去好好活著！

門外的丫鬟聽出沈雲商的怒氣，趕緊領命而去。

丫鬟離開後，玉薇看了沈雲商片刻，扭身洗了條帕子，邊給沈雲商擦手，邊道：「小姐，依奴婢看，裴公子對崔小姐並無那種心思，說不定昨日看見的是誤會呢！」

「妳為什麼不聽話——」沈雲商胸腔湧著滔天怒火，怒目盯著玉薇斥問，突然，手背上傳來的溫度讓她的話語猛地止住，她擰眉垂眸。怎麼有溫度？話本上的鬼不都是冰冷的嗎？就在這時，一縷陽光透過窗戶照射進來，落在沈雲商的半邊臉上，晃得她本能的閉眼伸手去擋。陰曹地府還有太陽？

「大夫說房裡要通風，這會兒太陽大，奴婢便將窗戶打開了。」玉薇說完，放軟了聲音道：「小姐可是責怪奴婢不該幫裴公子說話？小姐別氣了，奴婢不說便是了。」

沈雲商適應了陽光，也終於抓住了玉薇話裡的重點，她勉強將怒氣壓下，緊緊皺著眉。「退燒？崔小姐？大夫？什麼意思？」

玉薇一驚，神色複雜地看著沈雲商。「小姐……」這莫不是燒傻了？「小姐因誤會了裴公子，昨日與裴公子大吵了一架後，回來就發了燒……」玉薇試探地看著沈雲商，簡單說了來龍去脈，見沈雲商眼底滿是疑惑、迷茫，她心頭一緊，急急揚聲朝外頭喊道：「清梔，快去請大夫！」瞧小姐這樣，極像是被燒壞了腦子。

沈雲商被她這一嗓子震得渾身一激靈，混沌的腦海中終於有了一絲清明。

這件事不是發生在她跟裴行昭退婚前嗎？玉薇此時說這個做甚？

這時，她的目光無意中落到玉薇頭上，整個人隨之一僵。

玉薇自及笄後一直戴著簪子，再沒有單獨戴過珠花，若她沒記錯，這朵珠花是玉薇十四歲生辰時，她給玉薇訂做的，當時一起訂做的還有一對白玉耳璫……

沈雲商的視線快速下移，落在那對白玉耳璫上，眼底的震驚越甚。

她清楚記得，這對白玉耳璫在她們離開江南那天，不慎弄丟了一只，且此時玉薇的臉看起來似乎稚嫩了些……

沈雲商一把掀開軟被，偏頭打量著周圍——

淡紫色紗帳、梨木紅豆纏枝珍寶架、紅木雕梅桌椅……這是她在江南的閨房！

沈雲商的目光一一掃過房內擺件。

珍寶架上有她離開江南時不慎摔壞的一只玉盞，梳妝檯上那根和裴行昭退婚時還回去的簪子也還在，屏風處也沒有她那日弄壞的缺口，紗帳……紗帳也是完好的。

沈雲商又陷入了混沌迷茫中，她的認知還不足以讓她理解現在的境況。

過了許久，沈雲商才艱澀地開口問：「這是……何處？哪年？」

玉薇的手一顫，亦艱難地回答道：「江南沈家，平康五十年，冬……」大夫沒說退了燒後會什麼都不記得啊！

沈雲商怔怔地抬頭望著玉薇。

江南，不是地獄？

所以這是怎麼回事？她明明已經死了，怎會回到了這裡？

玉薇直直盯著沈雲商，小心翼翼地繼續試探道：「小姐是沈家獨女，名喚……」

「沈雲商。」沈雲商喃喃說道。

玉薇眼眸一亮。「看來還沒有忘得很徹底。」

沈雲商無語。

「小姐可還記得旁的？」玉薇又問。

沈雲商的腦子還有些混亂，但以她對玉薇的了解，再結合玉薇的話語，她大約明白了什麼。「……我沒傻，也沒失憶。」甚至還多了一段記憶。

這個念頭一出，沈雲商又是一怔。

多出來的記憶……該不會那一切都是她作的一場噩夢吧？可這未免也太真實了！

這時，大夫已到了門外，玉薇聞聲趕緊將人請進來。

大夫診完脈後，起身溫和道：「沈小姐底子好，休養兩日便無礙了。」

玉薇有些不放心，遲疑著問：「高燒可會影響記憶？」

大夫聞言，略帶詫異地看向紗帳，問：「說不準。沈小姐有此癥狀？」

玉薇忙將沈雲商方才的情況告知大夫。

大夫皺了皺眉，遂問：「沈小姐可還忘了什麼？」

玉薇並不確定，便輕聲問沈雲商。「小姐——」

「我沒有忘，只是方才初醒，腦子有些混沌。」沈雲商聽到這裡，忍不住打斷她。

玉薇似信非信地皺著眉。

沈雲商便又道：「我今年十七歲，九月的生辰，妳是我的貼身丫鬟玉薇，下個月及笄。還有……我給妳訂製的白玉簪子，這兩日應該就要到了。」見玉薇沒有反駁她後面這話，沈雲商心中便大約有了底。

大夫這時也道：「有時高燒剛退，人是會犯迷糊。」

玉薇聞言，這才徹底放下心來，客氣地送大夫出府。

二人離開後，沈雲商輕輕掀開紗帳，望著屋內熟悉的擺件，再次陷入沈思。

當年，她跟裴行昭大吵一架後，確實發了高燒，醒來後，裴行昭也確實有來見她，但他並不是來跟她道歉求和的，而是來還他們的定情信物，她當時也並沒有見他，他便將東西給了清梔……這念頭剛落下，門外就傳來了清梔的聲音——

「小姐，裴公子有東西給小姐。」

沈雲商唇角一扯，片刻後，她帶著某種期待，或者說是求證，喚了清梔進來。

清梔將盒子捧到跟前，沈雲商卻不知為何有些不敢去碰，盯著它良久後才吩咐道：「打開。」

「是。」

錦盒打開，一塊圓月暖白玉玉珮出現在眼前。

沈雲商深吸了口氣，果然是她送給裴行昭的信物。

在那裡發生的事，眼下也發生了。

突然，她似是想起了什麼，抬眸看向清梔，略微斟酌後，道：「妳……是不是有什麼話要對我說？比如，妳家裡人近日是否找妳了？」

清梔聞言一怔。「小姐如何知道……」

沈雲商默默地盯著她不語。

清梔忙跪下道：「小姐，昨日家中來信，給奴婢說了門親事，讓奴婢後日去東城門的小茶攤見面，奴婢想跟小姐告個假。」

沈雲商默了幾息後，抬手揉了揉眉心。

還真是一樣的走向，所以她這是重活了一次？還是，那三年是一場噩夢，且是帶著預知的噩夢？

對比重活，以她對這個世間的認知，後者似乎更能讓人接受。

不過，不管是哪種，對她而言好像都不是壞事。

「小姐？」

清梔見沈雲商遲遲不開口，便試探地喚了聲。

沈雲商此時心中雜亂無章，遂輕輕擺手道：「我知道了。」

這意思便是答應了？清梔忙要謝恩，卻又聽沈雲商道——

「後日，我與妳同去。」

清梔一驚，忙道：「奴婢這點小事，如何能煩勞小姐！」

沈雲商抬眸看著她，眼裡帶著清梔看不懂的憐憫、惋惜和悔意。「無妨，我正好想出去散散心。」

清梔簽的是活契，三年一簽，這個月正好到期。

這一次與其說是清梔家裡人給她相看了人家，還不如說是將她賣了，賣給一個年過六旬的富商。沈雲商這段時日因諸事纏身未曾察覺，臨走之際才接到消息，讓人去找時，清梔已經被那富商轉手賣進青樓，並因不肯接客，受盡了折磨，不治而亡，沈雲商的人最後只帶回了清梔的屍身。

清梔忙磕頭謝恩。「謝小姐！」

「此事先不必和妳家裡人說。」沈雲商讓她退下時又囑咐了句。

清梔自是應下。

待清梔離開後，沈雲商便起身坐到梳妝檯前。

這面鏡子是裴行昭送給她的，是從海外來的，比銅鏡清晰了許多，鏡中的人面色白裡透紅，眉眼明豔璀璨，朱唇不點而紅。

沈雲商抬手碰了碰耳垂，那裡完好柔滑，還沒有受過傷。

一切，都還沒有發生。

第二章

玉薇回來時，沈雲商正坐在院中的鞦韆架上，清梔伺候在一旁。

玉薇不贊同地看了眼清梔後，快步走至沈雲商身側，替她緊了緊披風帶子，皺眉道：「小姐風寒還未好全，怎麼出來了？」

風寒……沈雲商身子一僵。

前世也好，噩夢也罷，在那裡，她就是死於「風寒」。

世間有一種毒，名喚碧泉，無藥可解，其癥狀、脈象與風寒一模一樣，唯有身故前和死後，可區分二者，也因其特殊性，被幾朝列為明令禁止的毒藥。

這是她曾在母親房中的醫書上看到的。

起初她也沒往那方面想，只以為自己是風寒，直到……

「小姐？」

沈雲商回神，對上玉薇不滿的視線，只得無奈起身。「我就是出來透透氣而已，這就進去。」也不知道自己死後，玉薇如何了？她是回了江南，還是留在鄴京？她沒有親人在世，一個人在這世間孤苦伶仃，也不知道過得怎樣？走到階梯前時，鬼使神差的，沈雲商側首問她。「若有一日我不在了，妳該何去何從？」

玉薇眉頭一皺，先是「呸」了三聲，才認真答道：「小姐在哪兒，奴婢就在哪兒。」

這個回答讓沈雲商呼吸一滯，心跳似乎也停了一瞬。

這傻丫頭該不會當真隨著她走了?!沈雲商越想越覺得有這個可能。

當年沈雲商在母親院裡選貼身丫鬟，恰好那時，素袖姑姑領著才三歲的玉薇回來，小丫頭髒兮兮的，即便臉上帶著傷，也能看出模樣出挑，她安靜乖巧地透過人群看了沈雲商一眼，於是，沈雲商便叫住了素袖姑姑——

「回小姐的話，這是奴婢在街上遇見的，沒有來處，瞧見時正跟一群乞丐搶食，瞧著著實可憐，奴婢便將她帶回來，如何處置由夫人作主。」不論是什麼去處，都好過流浪街頭。

沈雲商便看向自己的母親，眼裡是明晃晃的祈求。「母親，我想要她！」

母親原本是不同意的，貼身丫鬟要比她年紀大些才懂得照顧人，這麼個小丫頭怕是自己都管不明白了，哪會照料人？

但見她堅持，母親便退讓一步，說再給她選一個。

可她那時也不知怎麼了，執拗的就只肯要玉薇，母親拗不過只能答應。

後來母親也問過她原因，她想了想，便答道，因為玉薇長得好看。

確實好看。素袖姑姑將洗乾淨的玉薇帶到她身邊時，她眼睛都看直了。

小姑娘水靈得很，像一塊水潤潤的美玉，又像一朵嬌滴滴的、帶著水珠的薔薇花苞，玉薇的名字也因此而來。

從那以後，她便與玉薇同吃同住，她學什麼玉薇就學什麼，甚至沒捨得讓玉薇入奴籍。母親還曾打趣說，玉薇哪像是她的貼身丫鬟，倒像是她一手養大的小妹妹。

她也沒有否認。

可誰知隨著時間漸久，這個小妹妹的話就越來越多，管她管得越來越嚴，比素袖姑姑都嚴。

只是因為年紀小，就算沈著臉也難掩稚嫩水靈，自己便時常忍不住逗她。

玉薇怕疼得很，若真跟著她走了，也不知是選了怎樣的方式？

思緒回籠，沈雲商抬手輕輕抹了抹眼角。

「小姐怎麼了？」

沈雲商提裙走上階梯，輕聲道：「無事，風吹著眼睛了。」

玉薇也不知信沒信，扶著她道：「太陽快下山了，風也漸大了，奴婢去把窗戶關上。」

「好。」

黃昏時分，沈家主與沈夫人來了拂瑤院用晚飯。

原本該是沈雲商去前院飯廳，但因她生病，外間又天寒地凍的，二老不捨她來回折騰，便早早傳了令，晚飯在拂瑤院用。

再見著父親、母親，沈雲商差點兒沒忍住……也的確沒忍住，她藉著生病的理由，撲到沈母懷裡撒嬌。

去了鄴京後，沈雲商就再沒見過親人。

沈父、沈母對此見怪不怪，每次沈雲商生病都是這樣，要賴在他們身邊嚶嚶半天。

沈母柔聲哄了一會兒，便牽著她坐到桌前。「大夫說休息兩日便無礙了，商商感覺如何？」

「都好了呢！」沈雲商挽著她的胳膊道，隨後她掃了眼桌上的飯菜，蹙起了眉。「但現在不太好了呢！」她喜辣，這一桌子全是清淡口味。

「不太好也不行了呢！」沈父哪聽不出她的意思，兀自挾了一筷子青炒萵筍放到她碗中。「剛退了燒，這兩日妳就要乖乖的呢！」

沈雲商抬眸看著沈父。「……父親，您好好說話。」

沈父放下筷子點頭。「好！」

沈雲商沈默了一瞬，轉頭就拉著沈母的胳膊告狀。「母親，您管管父親！」

沈母遂笑瞋了眼沈父。「吃飯！」

「好的夫人。」

沈雲商這才不情不願地放開沈母，當她低頭吃碗中萵筍時，眼眶卻是越來越紅。

「商商怎麼了？」沈父偏頭看了她一眼，疑惑地問。

「沒事，就是想父親、母親了……」沈雲商強忍著情緒，跟父母撒嬌賣乖矇混了過去。

待回了屋，沈雲商才趴在枕上默默流淚。

所幸此時玉薇去吃飯了，不然定又是好一番詢問。

發洩完情緒後，沈雲商怕玉薇看出什麼，叫小丫鬟打了熱水，飛快漱洗完就上了床。

玉薇回來聽小丫鬟說她已經睡下，不放心地進去看了眼，透過紗帳見沈雲商果真閉上了眼，便輕手輕腳退了出去。

玉薇一走，沈雲商便睜開了眼，她望著帳頂，想到了那枚玉珮。

崔九珩每隔一段時日的試探，也清晰地浮現在腦海——

「商商可有自小隨身攜帶之物？

「商商可認識什麼特別的人？

「我聽聞岳母大人曾經體弱多病，不知如今身子可好？我派人送些藥材過去？

「岳父大人與岳母是如何相識的？」

母親乃白家嫡女白蕤，白家與沈家一樣，以經商為生，但白家族中有子弟在京為官，只是江南白家這一脈並無官身。

那年，母親出門看花燈時遇見了父親，父親對母親一見鍾情，展開極其猛烈的追求，母親與白家著實有些招架不住，便點了頭。

婚後，父親與母親恩愛如初，母親生她時很有些凶險，將父親嚇得不輕，因此堅決不再要孩子，是以至今只有她一個女兒。

而她，自然是在父親和母親的萬千寵愛下長大的。

不論怎麼看，母親或者白家好像都沒有什麼不尋常處。

可母親給她的那枚玉珮、囑咐她的那些話，卻又透著幾分離奇。而且崔九珩每一次的試探，幾乎都是衝著母親和白家去的，幾相結合聯想，足以證明那玉珮背後藏著秘密。

抑或者說，是白鶴當鋪和母親有什麼秘密，且是很大的秘密，大到令二皇子不惜費盡心思查探。

可這玉珮到底是什麼來頭？

母親對此向她交代的極少，也就說明有些事不願意讓她知道，所以，這件事可能充滿了危機。

她在最後那段時間有過猜測，會不會從一開始，二皇子就是衝著她來的？

那麼公主看中裴行昭，非他不嫁，並拿裴家威脅，是不是也只是受她所累？

當然，也不排除公主是真的看中裴行昭，恰好他們又對她有圖謀，所以一拍即合，用盡手段拆散她和裴行昭。

抑或者，他們對裴行昭也還有圖謀？

沈雲商想到這裡，不由得扯了扯唇。

她和裴行昭該不會這麼倒楣吧？世間之大，二皇子總不能就抓著他們這一對折磨。

不過，既然回到了一切還未開始的時候，那她或許有機會改變未來的走向。

可如今公主已經拿裴家要挾，裴行昭若不妥協，裴家便會陷入險境，畢竟在那裡雖然她死了，但裴行昭還好好的活著啊！若她改變了走向，會不會牽連了他？

沈雲商思來想去，始終沒個萬無一失的辦法。

二皇子如今雖還未登頂，可也是皇家人，他們一介商賈，如何能在他手上全身而退？

而明日，就是退婚的日子了。

不行！明日的婚絕不能退！

因為他們前腳一退婚，去往裴家的賜婚聖旨後腳就下來了，崔家的媒人也在同時上了沈家門。

聖旨不能違抗，而她若是拒絕崔家求親，說不定會牽連家中，所以眼下之計只有先儘量拖延時間，維持住婚約，再謀他計。

只要她和裴行昭的婚約還在，皇家再不要臉，聖旨也拿不出來，既然他們另有目的，一時半刻就不會強來。

這同時也說明，賜婚聖旨或許早就在二皇子手上，他們對裴行昭，抑或是對她，志在必得！

沈雲商煩躁地扯過被子蓋住自己。

這糟心的趙承北，到底在折騰什麼！

算了，先不管了，先把明日混過去再說。只是若裴行昭明日鐵了心要退婚……

沈雲商掀開被子咬咬牙。

不，只要她不願，這婚就退不了！

裴昭昭要敢跟她拗，她就用針將他扎暈！

次日。

沈雲商用完早飯，就盛裝打扮好坐在鞦韆上等，快到午時，聽聞裴家上門了，她一頭就鑽進內間。

玉薇疑惑地跟著進去，卻見沈雲商已經捧出一個匣子，正在裡頭挑挑揀揀。

「這根針會不會太小了，扎不暈啊？那這根？不行，這會把他扎死吧……」

玉薇唇角一抽，試探地上前問：「小姐，是要扎裴公子？」

「嗯啊！」

沈雲商捏起一根比手指還長，約有三根繡花針粗的銀針，瞇著眼道：「就這根了！要是裴小行今日非要退婚，我就扎暈他！」

玉薇一愣，昨日不還說了這婚非退不可？隨後，玉薇看著那根針，吞了吞口水。「……這會不會太粗了點？」

沈雲商皺眉。「粗嗎？我覺得還挺合適的呀，裴行皮糙肉厚，太細了扎不進去。」

玉薇嘴角抽了抽。

沈雲商將針藏好後，又拿起另一根相對細些的，遞給玉薇。「這根妳拿著，要是我沒得手，妳就去扎綠楊，裴小昭很在乎綠楊，我們可以用綠楊作為人質，威脅裴昭昭！」

玉薇大驚。綠楊做錯了什麼?!

「拿著啊！」

玉薇深吸一口氣，上前接過。也不知道手無縛雞之力的她和小姐，如何才能扎暈武功非凡的裴公子和身手不錯的綠楊？

一輛無比華麗，華麗到有些刺眼的馬車緩緩行進在五福街，馬車外一塊玉牌招搖地晃動著。

在姑蘇，幾乎沒人不識得這輛馬車，就算不認識，那玉牌上招搖萬分的「裴」字也昭示著裡頭人的身分。

江南首富，裴家。

而如此珠光寶氣、華麗逼人到刺眼的馬車，裴家沒人比得過，只會屬於裴家嫡長子，裴行昭。

說起裴行昭，那可比這輛馬車要出名得多了。

容顏出塵絕世，姑蘇無與爭鋒，而性格……從他的馬車就可以看出，招搖過市；從他那雙桃花眼能看出，多情浪蕩；從無數對他傾心的女子可以看出，桃花甚多。
總結起來就是招搖、風流。
此時，這位風流的裴大公子正在馬車裡往身上揣迷藥。
迷藥的種類甚多，有迷煙、有丸子、有粉末，各種瓶瓶罐罐……
綠楊一言難盡地看著他神奇地往自己身上塞下了數十種藥。
公子一定是昨日吹風把腦子吹壞了，不然瘋了也不敢去對沈小姐下迷藥啊！
這要是捅了出去，先不說沈家如何，自家的家主和夫人就非得先來一頓混合雙打。
終於，裴行昭「裝備」妥當後，將一包粉末狀的迷藥遞給綠楊。「好了，這個你帶著。」
綠楊垂眸盯著，不接。
裴行昭瞇起眼。「你就那麼想我跟沈小雲退婚？這樣你就再也見不到玉薇了。」
被拿捏住死穴，綠楊深吸一口氣，黑著臉將迷藥接了過來。
裴行昭滿意地點點頭，叮囑道：「沈雲雲今日要是非要退婚，我就迷暈她！要是我失了手，你就迷暈玉薇，拿她做人質，威脅沈小商！」
綠楊頓時覺得手中的迷藥有些燙手。「迷暈……玉薇？」
「是的，沈商商很在乎玉薇，我若失手，你就一定要成功。」裴行昭鄭重嚴肅地道。
綠楊大驚。玉薇做錯了什麼?!「公子武功高強，天賦異稟，天人之姿，一定會成功的！

我相信公子，嗯！」

裴行昭無語。天人之姿是這麼用的？「多讀些書吧你。」

綠楊點頭。「好的，公子。」

裴行昭瞪他一眼，偏過頭不再理他。

裴、沈兩家家主相識於一次生意上的來往，大約是因志趣相投、脾氣相似，很快就稱兄道弟，只差沒有結拜。

沒有結拜成功的原因則是沈夫人與裴夫人先一步給兒女訂下了婚約。

對此，裴、沈兩家家主倒也樂見其成。

但後來他們曾無數次的後悔過這個決定，因為這兩個不省心的成日吵吵鬧鬧，他們幾乎每日都要處理他們的官司。

一個月中，有半月是沈雲商找裴家告狀，另外半月則是裴行昭找沈家告狀。

到如今，兩家長輩可以說是聽著他們的聲音就開始頭疼了。

但即便如此，他們心裡也明白，這兩個人就是見不得又離不得。

他們原本以為，這官司他們得斷一輩子，可誰也沒想到，這一次兩人吵得格外厲害，竟然鬧到要退婚的地步。

裴家起初只以為這又是鬧了什麼矛盾，裴夫人實在是怕了斷這官司，當場就揚言要去寺廟禮佛，生怕走得慢了沈雲商就找上門來了；可隨後卻聽裴行昭說要退婚，裴家主與夫人才開始正視此事，於是一個唱紅臉、一個唱白臉，最後還將裴行昭罰跪在祠堂，都沒能讓他改變決定。直到第二日知道他將沈雲商送給他的信物都還了回去後，二老才終於意識到了事情的嚴重性。

雖然婚約是自幼就訂下的，可若兩個孩子真的如此抗拒，他們自然也不會強來，所以，裴家主與裴夫人今日便決定來沈家商議一番，看看到底是發生了什麼不得了的事，還有沒有迴旋的餘地？

退婚是自家兒子提出來的，裴家主和裴夫人自覺心虛，遂帶了不少的禮物上門。

而沈家這邊……

前日，沈雲商一回來就黑著臉、紅著眼，咬牙切齒地說要退婚，若不答應她就絕食。要知道，沈雲商最好這一口，以絕食相逼那就肯定不是鬧著玩的。

可還不等沈家主和沈夫人仔細盤問，沈雲商放完狠話回去院子裡就發了燒，第二日一醒看見父母，第一句話就是退婚，然後又昏睡了過去。

等晚飯時沈雲商一見著他們又開始撒嬌，半字不提退婚，二人便以為這事過去了，就沒再詢問。

今兒一聽裴家主和裴夫人攜兒子上門，沈父、沈母頓時大驚，趕緊迎了出去。他們知道自家女兒的脾氣，是以夫妻二人心中都難免有些心虛。

於是，就有了以下的場面——

「蘇姊姊妳來了？哎呀來就來，還帶這麼多東西做甚！」

「怎還勞白姊姊出來相迎了？我們自己進來便是。」

「蘇姊姊這是說的哪裡話？妳過來我自是要出來迎的。」

「白姊姊客氣了。」

「裴老哥來了啊？許久不見，裴老哥又年輕了！」

「沈老哥才是玉樹臨風，不敢比、不敢比啊！」

「蘇姊姊妳先請。」

「不不不，白姊姊妳先請！」

「裴老哥來這邊上座。」

「不不不，沈老哥您上座、您上座。」

裴行昭領著綠楊站在月亮門外，實在聽不下去了，揚聲道：「別裝了行不行？」

正廳內頓時就安靜了下來，幾人扯著虛假的笑容互相對視了幾眼。

沈家主的臉都快要笑僵了。「那就……不裝了？」

話音一落，幾人笑容盡散，各自落坐。

剛坐下，裴家主就一掌拍在桌子上。「給我把那個小兔崽子帶上來，我今日倒要看看他到底在犯什麼渾！沈老哥別客氣，該罰就罰、該打就打，我絕無二話！」

不是說好不裝了嗎？來不及多想，沈家主跟著一巴掌拍在桌上。「來人啊，給我把那個小兔……小姐請過來！女兒家家的，脾氣怎就那麼大呢！」

裴行昭雖在月亮門外，但有內力在身，將裡頭的話聽了個十成十，忍不住翻了個白眼。怪不得能成為至交好友，都挺能裝。

這時，冷風拂過，一陣熟悉的香氣襲來。

裴行昭下意識偏頭望去，只見青石磚上，少女一襲冰藍色羅裙，配著同色大氅，款款而來，身形窈窕，面容嬌美，眉眼盡是傲氣不羈。

裴行昭的心尖止不住地顫了顫。

他已經許久沒有見過這樣的沈商商了，驕傲、明媚、鮮活。

崔家的大少夫人是端莊溫婉、和氣賢淑的。

人靠得近了，裴行昭才漫不經心地收回目光。

她今日打扮得固然好看，可他清楚，她盛裝而來為的不過是和他一別兩寬。不過，前世……暫且管他那離奇的經歷叫前世吧，前世她穿的好像並不是這身。

他輕輕摸了摸衣袖，眼眸輕瞇。她今日若堅持退婚，他該用什麼迷藥？

沈雲商也看見了裴行昭。

少年一襲深藍色華服，腰間綴著幾串金珠，同色大氅更是富貴逼人。

沈雲商喉中微哽，她已經許久沒有看見這麼肆意、富貴、招搖的裴昭昭了。

裴駙馬爺向來低調慎行，罕言寡語。

她輕輕碰了碰袖中銀針，若他堅持退婚，她該扎哪裡才沒那麼疼？

月亮門前，少女嬌美無雙，少年俊美風流，站在一起本就格外賞心悅目，偏今日還都有默契地穿了同色的衣裳，更顯般配。

可二人心中卻是各有盤算。

只是他們還沒想好該怎麼威脅和放狠話，素袖便已迎了出來。

素袖看了眼二人，頷首道：「請小姐、裴公子進正廳。」

二人聞言，目不斜視，抬著頭、揚著下巴走進正廳，活像兩隻即將要大戰一場的大公雞。

素袖看著二人一致的步伐，眼中有笑意閃過。

這架勢，她怎麼瞧也不像是來退婚，倒像又是找長輩斷官司的。

玉薇和綠楊默默地跟在後頭，亦各自在心裡盤算著待會兒若自己的主子失手了，他們該怎麼下手？

沈雲商、裴行昭到了廳內，還算規矩地一一給長輩見了禮。

這回，沈家主趕在裴家主前頭開了口。「阿昭啊，來，告訴伯父，這丫頭怎麼欺負你了？」

裴家主緊隨其後。「商商啊，妳跟伯父說，這小子怎麼欺負妳了？」

沈夫人道：「就是啊，到底是發生了什麼事，值得你們鬧成這般？阿昭你別怕，儘管跟伯母說。」

裴夫人也說：「對對對，這小子簡直是越來越無法無天了！乖囡囡，妳別怕他，儘管跟伯母說，伯母今日一定好好罰他！」

裴行昭和沈雲商一陣無語。到底誰才是誰的親父母？

舊事再次重演，接下來，便是他們兩人冷著臉堅定地說要退婚，兩家長輩見他們態度堅決，幾番相勸和斥責都沒能讓他們改變主意，終是鬆了口。

隨後，兩家將訂婚信物和生辰帖各自歸還。

三日後，聖旨到了裴家，崔家則上沈家求親。

「怎麼不說話？裴行昭，你說！這個婚是不是非退不可？」二人久久不開口，裴家主沒了耐心，皺著眉怒聲斥問。

「雲商啊，這婚事……」

沈雲商偷偷瞥向身旁年輕俊美的少年，卻恰好對上那雙久違的勾魂攝魄的桃花眼。

視線一觸即分，沈雲商摸向袖中銀針，裴行昭摸向袖中迷藥。

若是他（她）敢說要退婚……

「婚不退了！」

「婚不退了！」

兩道聲音同時響起。

沈雲商一愣。「嗯？」她出現幻覺了？

裴行昭一怔。「嗯？」他聽到了什麼？

玉薇、綠楊摸向銀針和迷藥的手亦是一頓，而後同時鬆了口氣。

雖然他們也不知道天崩地裂是如何在這麼短的時間內變成風平浪靜的，但是他們樂見其成。

裴、沈兩家長輩準備了一肚子勸和的話，都因此梗住。

沈家主沒憋住，問道：「昨日不還說天下男人死光了都不嫁裴行昭嗎？」

裴家主也下意識問出口。「昨日不還說寧打一輩子光棍都不娶沈雲商嗎？」

話音一落，沈夫人與裴夫人同時清咳了起來。

沈家主與裴家主這才後知後覺地發現自己被兩個小祖宗氣到失言了，二人尷尬地對視了一眼後又挪開，有默契地當作方才什麼也沒有發生過。

沈雲商悄然放下銀針，試探地往旁邊挪了兩步，很有些詫異地用胳膊肘碰了碰身邊的少年，彆彆扭扭地問：「你什麼意思——」

裴行昭不等她說完，便擲地有聲地道：「我錯了！」

「嗯？」沈雲商驚疑不定地望向裴行昭。這走向怎麼不一樣了？

裴行昭眼神閃爍，試探道：「我們……再試試唄？」

雖然他不知道這一次她為何給了不一樣的答案，但這對他而言，再好不過。

要真下手將她迷暈了，他少不了得挨一頓毒打。

沈雲商愣了好半天才回過神，高傲地抬著下巴說：「試試就試試唄！」

雖然她不知道這一次他為何做了不一樣的選擇，但對她而言，再好不過。

要真將他扎暈了，父親跟母親肯定要將她禁足。

「確定……不退了？」幾位長輩對視一眼後，沈家主遲疑地開口問道。

「確定！」

「確定！」

再次異口同聲。

沈雲商唇角輕彎，飛快瞥了眼身邊的人，這一次，那雙望過來的桃花眼中也染了笑意。

沈雲商清咳一聲，目視前方。笑什麼笑？勾人得緊！

裴行昭用胳膊輕輕碰了碰她。想笑就笑，憋什麼啊？

二人的眉眼傳情被兩家長輩看在眼裡，空氣安靜了幾息，眼看要電閃雷鳴了，爽朗的笑聲突然響起——

「哈哈哈，今日陽光明媚，裴老哥來得正好！許久不見，不如我們在花園擺一桌酒席，好好喝上一回？」

裴家主努力壓下一腔怒火，擠出笑臉。「今日我不就是因為饞沈老哥的酒才來的嗎？」

等回去再收拾這個狗東西！

「小事小事！走，今日我們不醉不歸！」

「蘇姊姊，那我們也去喝上一杯？」

裴夫人上前挽住沈夫人的胳膊，親熱道：「好啊！許久不見，我可有好多話要跟白姊姊說呢！」

說話間，兩家長輩歡歡喜喜地離開，看都沒看廳中的小輩。

望著恨不得飛快消失在廳內的幾道背影，裴行昭的身子往沈雲商身子一歪。「伯母和我母親三日前不還一起逛了脂粉鋪子嗎？」買得太多，還特意把他叫過去搬東西呢！

沈雲商肩膀一偏，叫裴行昭的身子落了空，小幅度的踉蹌了一下。「四日前，裴伯父和我父親才喝了兩罈子陳釀。」要不是她攔著，二人還打算拿滷牛肉去酒窖裡喝呢！

玉薇跟綠楊在後頭不由得嘖嘖稱奇。

昨日還鬧得驚天動地，這會兒卻能打情罵俏了，他們到底怎麼做到的？

接下來，廳內陷入了短暫的沈靜。

「今日陽光明媚，不如我們出去走走？」裴行昭率先出聲。他得試探試探，她這次是因何改變了主意？

沈雲商乾脆俐落地轉身。「走唄！」她得探探他今日為何做了不一樣的選擇？

玉薇和綠楊對視一眼，皆從對方眼中看到了無奈。

「今日天沈得很。」綠楊說。

「感覺風雨欲來。」玉薇道。

總之，今日的天氣，說死了都不是陽光明媚。

二人輕嘆一聲，各自去取了傘跟上。

沈府位於福祿巷，出了府門往東走，有一條紅磚小路，路兩旁種了花，栽種著垂柳，往前穿過一座假山，繞過兩個轉角，有一株梅樹，再往前就是護城河。

這條路沈雲商和裴行昭走了十幾年，熟悉到閉著眼睛都能走出去。

可這一次二人立在府門前，遙遙望著這條路，眼底卻浮現著些許陌生。

三年了，這條路和記憶中好似不一樣，又好似並無差別。

沈雲商清楚的記得，夢裡……暫且就當那是一場預知的夢吧。夢裡他們最後一次並肩走這條路，就是在今日。

那時，他們因堅持退婚，在府中糾纏了很久，待一切塵埃落定時，初雪便至。

裴行昭問她要不要出去看看，她點頭說好。

他們便撐著傘，一路無言地走到那株梅樹下。

「就走到這裡吧。」

「好啊，就到這裡。今日婚已退，自此之後妳我各自婚嫁，前塵盡忘。」

「裴行昭，你記住了，自今日後你我再無關係……」

「好啊，那我們……就此別過。」

自那以後，他們便真的再無任何瓜葛，即便在鄴京無意中碰上面，最多也不過是遙遙頷首。

沈雲商鼻尖泛酸，掩飾地垂下眸，是以她便沒有注意到，一旁的少年也紅了眼。

二人無言緩緩向前走著，走到第一棵柳樹旁時，裴行昭開口打破了寂靜，用他一貫吊兒郎當的聲音道：「今日分明沒有太陽，沈伯伯是從哪裡看出的陽光明媚？」

沈雲商此時也已壓下心中萬千思緒，正想著如何開口，聽見他這話便順其自然的接了。「你方才不也這麼說？」

「我那是聽沈伯伯這麼說的。」

「你自己沒長眼睛，不會看啊？」

裴行昭腳步一頓，偏頭湊近沈雲商。「那妳看看，我長沒長眼睛？」

少年俊美的臉突然在眼前放大，驚得沈雲商一顆心怦怦直跳，以至於她半天都沒有反擊回去。

若是以往，她倒不至於如此方寸大亂，可此時此刻，眼前這人是她隔了三年，得上蒼厚愛，才又失而復得的，叫她怎能心如止水？

而心緒紊亂，恍惚愣怔的不只她。

裴行昭起初本只是想緩和氣氛逗一逗她，可離得近了，他卻怎麼也挪不開眼了。

昨夜從沈家回去，路上風大，他又在屋頂坐了幾個時辰，回寢房時已有些頭暈，綠楊便去給他熬了藥來，可誰知，一碗藥下去再醒來，他的腦海中卻多出了一段記憶。

抑或者說，是他於詔獄自盡後，回到了昨夜。

而不管是哪一種，都足以叫他心跳如雷，不知所措。

他向來不信鬼神，可發生在他身上的這一切，又好像沒有更好的解釋。

他用了半夜的時間勉強接受了這個事實，但直到今早醒來發現自己仍舊身處此地時，他才有了真實感。那一刻，他既興奮又激動。

他用內力震斷心脈時，有過不甘和恨，如今竟有了重來一次的機會，這怎能不讓他欣喜？

他知道，今日是一切的關鍵點。若想避免前世悲劇，今日這婚便必不能退。

可他也想過，他是死在詔獄了，但她還好好的活著，他若改變了走向，不知會不會牽連她？不過很快地，他就有了決定。

那三年的時間，讓他明白所謂的三公主看中他、非他不嫁，不過只是趙承北收攏他的手段，他也清楚趙承北想在他身上得到的是什麼。

既然他逆來順受、全意歸順，最後也沒能保護得了裴家，那麼這一次，他想賭一把。

賭自己對趙承北有用，他不會輕易翻臉。且趙承北現在只是二皇子，東宮還穩穩地壓在他頭上，就等著抓他的錯漏，他定不敢貿然出手。

而自己便可利用這點另搏一條出路，反正最壞也就和前世一樣，再死一次。

所以，今日的婚絕不能退。

一旦賜婚聖旨一到，那就再無迴旋的餘地。

只是這條路萬分艱辛，稍有不慎便是萬丈深淵，他不能牽連沈商商，這婚，早晚還是得退。

但眼下他看著近在咫尺的嬌顏，這個念頭就有所動搖了。

這是他念了三年，承蒙上天垂愛才失而復得的人，他捨不得再將她推開。

過往種種一一閃現，讓少年的心裡漸漸地種下了陰霾和執念。

他們是青梅竹馬、未婚夫妻，兩情相悅，本就該在一起，憑什麼要分開？難道他就真的沒有辦法將她留在身邊嗎？

「眼睛倒是長了，只是你這雙桃花眼，不知勾了多少姑娘芳心，還不如不長得好！」

沈雲商的聲音拉回了他的神智，可等他回過神，人已經從他身旁走過，只留下一陣芳香。

裴行昭眼底陰鷙散去，他勾唇一笑，轉身追了上去。「那勾著妳了嗎？」

沈雲商不理他，步伐越來越快。

少年便步步緊逼。「沈商商妳說話啊！是不是害羞了？是不是也被本公子的美色所迷？」

「你要點臉！」沈雲商忍無可忍，抬手就揪住他的臉。「你這臉厚到都可以去糊城牆了！」

「本公子的臉糊城牆，那姑蘇的姑娘可不就有福了？日日夜夜都能看到本公子……嘶，沈小商妳輕點，疼啊！」

沈雲商重重一擰後才放了手。

惹得裴行昭齜牙咧嘴地叫喚。「沈商商妳謀殺親夫啊？妳信不信我這就進去跟伯母告狀？」

「你去啊！」沈雲商好整以暇地看著他。「你現在進去，看是能告成狀，還是會挨一頓打。」

他們這次鬧得太大，方才父母不過是暫時放過了他們，今日這頓罰是跑不了的，裴行昭若敢這時候進去告狀，那就是撞在槍口上，下場可想而知。

裴行昭自然也知道這個理，當然他也沒真想進去告狀，但還是不服氣地瞪著沈雲商。

「妳讓我揪回來！」

「想得美！」沈雲商轉頭就走，高傲得不可一世。

「嘿我就不信了，妳給我站住！」

「誰站住誰是狗！」

「沈雲雲妳有本事別跑啊！」

「你有本事來追啊！」

府門口，兩個門房人手一把瓜子，靠在柱上看得津津有味，笑容有些……不好說。

玉薇跟綠楊取完傘跟上來時，也看見了這一幕。

二人唇角一抽，不約而同地翻了個白眼。簡直沒眼看！

綠楊搖頭重重一嘆。「看來這官司，夫人還是得斷一輩子。」說罷，他便悠悠然跟了上去，然而袖中卻不慎落下了一個小紙包。

玉薇瞥見，順手撿起。「你東西掉了。」

綠楊回頭一看，臉色大變，急急伸手過去。

玉薇見他這般反應，立即動作迅速地收回手。「這是什麼？你又要使什麼壞？」

「沒、沒什麼！」綠楊著急道：「快給我！」

玉薇自然不會給他，正要湊近鼻尖分辨。

綠楊見狀一急，脫口而出。「是迷藥，別聞！」

玉薇動作一滯。「迷藥？你帶迷藥做甚？」

綠楊正要解釋，餘光卻瞥見一抹銀光，他瞇起眼，若他沒有看錯的話，那應該是……

「銀針？妳帶銀針做甚？」

玉薇眼神一閃，忙放下手，冷著臉道：「與你何干！」

空氣安靜了一瞬，二人緩緩抬頭對視，都從對方眼中看到了同一種懷疑，於是……

「你這迷藥該不會是給我準備的吧？」

「妳這銀針該不會是給我準備的吧？」

「不是！」

「不是！」

玉薇咬牙。「你看我信嗎？」

綠楊梗著脖子反駁道：「妳妳妳妳不也……啊，救命啊公子，玉薇姊姊打人啦！」

兩個門房手中的瓜子頓時都不香了，看著綠楊的背影咬牙切齒，玉薇姑娘要被牛糞勾走了！

梅樹旁有一塊大石頭，天寒地凍的，石頭兩邊卻各靠著一人，氣喘吁吁。

「沈商商，妳怎麼……這麼能跑？」

「是你練武偷……偷懶了吧？連我一個柔弱的姑娘都……都追不上！」

裴行昭哼了聲，那是他追不上嗎？那是他樂在其中！

此時，後頭的叫喚聲傳來，沈雲商挑眉。「不去救你的人？」

裴行昭抬起頭，揚聲道：「玉薇姊姊，拉到別處打，別打擾我跟妳家小姐約會！」

「公子，您這就有點過……玉薇姊姊，妳輕點，我要還手了啊……哎哎哎，還真去別處打啊？好吧，公子，那我們去別處約會，不打擾您……欸打不著吧嘿……」

聲音斷斷續續傳來，很快就聽不見了。

沈雲商小聲嘟囔了句。「誰跟你約會了。」

裴行昭側眸，朝她靠過去。「妳說什麼？」

「我說你的人真沒用，身手那麼好卻連一個弱女子都打不過。」

這話就是在指桑罵槐了，但裴行昭只當聽不出來。他沈默了片刻後，突然俯身靠近沈雲商，一手撐在她身側的石頭上，將她半困在懷中。

沈雲商下意識往後靠去。「你做什麼？」

裴行昭勾唇一笑，彎起的桃花眼迷人卻帶著幾絲危險。「商商，玉薇真的是弱女子嗎？」

沈雲商被他這抹笑迷了眼，冷不防聽到這話，即便那三年她學會了喜怒不形於色，但此時還是忍不住身形一僵，眼底閃過一絲驚詫。不過很快地她就鎮定了下來，在裴行昭勾人的眼神中平靜道：「當然。」他看出什麼來了？夢裡他沒懷疑過的。

裴行昭又盯著沈雲商看了半晌後，慢慢直起身子，漫不經心道：「是嗎？那綠楊還真是沒用，今日回去得好好練練他。」

沈雲商微微鬆了口氣。

就在這時，裴行昭突然轉身盯著她。「對了，妳前日可是態度非常堅決的說要退婚，今日怎麼改變主意了？」

沈雲商剛鬆了的一口氣又提了上來，但這一次她仗著裴行昭猜不到真實答案，要比方才平靜得多，在裴行昭灼灼的目光中，她反問道：「你又是為何突然改變主意？」

未來發生的事她暫時還不想告訴他，若他知道她會死在三年後，必然不會理智，半夜去捅了趙承北和崔九珩都有可能。

裴行昭沒有試探出來什麼，惋惜地「嘖」了聲，道：「我先問妳的。」

未來之事他不想告訴她，一則不願她知道三年後他會死，數著日子的擔驚受怕；二則，這一次並不一定會重蹈覆轍。

就算他最終還是無法改變悲劇，起碼她能無憂無慮地過這段時日。

之後二人便陷入很長時間的沈默，都在等著對方先開口。

最終，裴行昭先投降認輸。「好吧，我先說。我今日過來時自己跟自己打了個賭，賭今日我們會不會有默契地穿一樣顏色的衣裳，若是穿了，我就不退婚。」

沈雲商低頭看了眼自己的衣裳，其實夢裡的今日，她穿的並非這件衣裳，今日玉薇將那件衣裳拿給她時，她覺得它不利於今日，所以她拒絕了，選了這套冰藍色的。難不成，夢裡裴行昭也打過這樣的賭，但最終他們沒有穿同色的衣裳，所以他才退婚了……在這兒騙三歲小孩呢！

「裴昭昭，給你一次重新回答的機會。」沈雲商咬牙道。

裴行昭卻眉眼微垂，安靜了好半晌才抬起頭看著沈雲商，聲音低沈沙啞。「或許，就是不甘心吧。」

沈雲商微微一怔。

「就因為他們是天潢貴胄，我們就得退讓嗎？」裴行昭邊說，眼底泛了紅。「妳我都心知肚明，妳前日根本就不相信妳所看到的。」

沈雲商眼神微閃。「誰說的？公主都貼到你身上去了，我能不信？」

裴行昭頓了頓，湊近她，似笑非笑。「真信了？」

對峙半晌，沈雲商敗下陣來。「……沒信。」

「妳過來跟我大鬧，不過是給我們退婚遞的一個臺階罷了，因為他們拿沈家和我威脅於妳，而妳也知道他們必然拿妳和裴家威脅過我，皇權之下，我們都不得不低頭。」

沈雲商沒吭聲，便是默認了。

「但我真的不甘心，與其說是跟自己打賭，還不如說是賭氣般地給自己、給我們的最後一點機會，就和壓死駱駝的最後一根稻草是一樣的道理。所以，當看到妳一身藍色出現時，我心跳如雷，想著這會不會是老天在告訴我，不要放棄？因此我便臨時改了主意。商商，我想再搏一搏。」

沈雲商見裴行昭眼底有了水光，眼眶也是一紅，聲音微哽地道：「其實我今日本來穿的不是這件，但走出門時，有一隻鳥飛過，在衣裳上留下一坨鳥屎，我便又回去換了。至於為何改變主意……是因為我看到你時，發現我們竟然穿了同色的衣裳，於是我便想到了那坨鳥屎，想著這會不會是老天讓牠來告訴我，我們的緣分還沒有盡？且跟你說的一樣，我也不甘心，所以我便打算搏一搏，沒想到你竟然也改變了主意。看來，這真的是冥冥之中已有注定，注定我們不會分開。」

一番話畢，二人交了心，神色間皆有動容。

「嗯，既然上天都不想要我們分開，那我們就搏一搏。」裴行昭說罷，伸手輕輕將沈雲商摟進懷裡。

沈雲商乖巧地依偎過去。

然而，在對方視線看不見的地方，二人臉上的深情動容頃刻間消散。

裴昭昭說的，她一個字也不信！

沈商商說的，他一個字也不信！

裴騙子！

沈騙子！

但那又如何？自己也給不了實話，那就一起騙吧，先把這事糊弄過去再說！

第三章

「互訴衷腸」結束，空中開始下起了雪。

那一次的這個時候，他們剛退了婚，撐著傘出來，好似每一片雪花都帶著悲傷的氣息。

而這一次……

沈雲商伸出手，接了一片雪花在掌心，唇角微微上揚。

這一次，每一片雪花都格外的美。

「紅梅開了。」

頭頂上方清朗如玉的聲音響起，沈雲商遂在他懷中轉了個身望去。

「今年的雪來得早，紅梅也開得早了些。」

梅樹上大多都是才露花苞，只有零散幾朵提前盛開了，飄零的雪花落在上頭，很快就消融不見。

而那一次，他們走到這裡時，雪已經覆蓋了枝頭。

沈雲商突然想起了臨死之前的執念，只可惜到死，她也沒有握住那枝帶著初雪的紅梅，不過幸運的是，她回到了執念產生之時。

這時，他就站在她的身後，她清晰地感受到屬於他的體溫，枝頭那枝盛開的紅梅，在她眼裡已非執念，而是成了絕世美景。

「是啊，今年開得是早了些。」沈雲商輕輕呢喃著，唇角緩緩揚起一個弧度，身子往後靠去。

裴行昭在她靠過來的同時就已伸出了手，他握住她的手輕輕擁著她，下巴搭在她柔軟的髮絲上，一雙桃花眼中盛滿了星光璀璨，越發勾人奪目。

前世，二人在此分道揚鑣，而這一次，他們在梅樹下相依相偎。

命運在此開始轉折，走向另一條未知的路。

見下了雪，玉薇、綠楊便忙趕了過來，可見著這一幕後，二人都極有默契的駐足。

雪花紛飛，紅梅為襯，神仙眷侶不過如此。

綠楊將手中的傘放在一塊石頭上，拉著玉薇離開。「玉薇姊姊，我的傘留給公子和未來少夫人了，可否借妳的傘躲一躲？」

玉薇沒回答他，走出好幾步後，撐開了傘。

綠楊眼中一亮，忙追了上去，自然而然地接過來，笑彎了眉眼。「不敢勞玉薇姊姊，我來。為了答謝玉薇姊姊借傘之恩，我請玉薇姊姊去吃炊煮吧！」

玉薇正要開口，便又聽他道——

「不如我們打個賭，看公子和沈小姐等會兒會不會也去吃炊煮？」

玉薇抿唇不語。這還用賭嗎？這兩日桌上都是清淡口味，小姐今日不去才是稀奇。

果然，如他們所料，他們才點好菜，裴行昭跟沈雲商就出現在巷子口。

裴行昭撐著傘，沈雲商走在他身側，步伐一致，默契非常，恍若他們周圍自成一道屏障，任何人都融不進去。

綠楊手托著腮，搖頭「嘖」道：「我就說了，公……崔小姐和崔公子拆不散他們吧！」

玉薇卻沒他那麼樂觀。她略帶憂色地看著漸近的二人，白身如何能與皇權相抗？

「都點好了？」走入小攤，裴行昭邊收傘邊問，然而一轉過身，卻見綠楊剛用衣袖給沈雲商擦完板凳，笑得一臉殷勤。

「沈小姐，都按照您的口味點的，加了辣。」

裴行昭一瞪眼。「起開！本公子在此，豈容你來獻殷勤！」

沈雲商緩緩坐下，故作受寵若驚地配合道：「哎呀，怎敢煩勞裴大公子？」

「這怎算煩勞？沈小姐花容月貌，能為沈小姐效力，乃裴某的榮幸。」裴行昭親自去加好了作料，放在沈雲商面前。「沈小姐嚐嚐，可合口味？」

沈雲商嚐了口，讚許道：「不錯。」

裴行昭立刻坐在她身側。「那裴某可否討個賞？」

「說來聽聽。」

裴行昭遂認真道：「雪勢漸大，街邊路滑，裴某不放心沈小姐獨自回府，可有幸送一送沈小姐？」

沈雲商抬手。「准了。」

「好的。」

玉薇無語。她不是人嗎？

綠楊趕緊道：「我也送玉薇姊姊回去。」

「嘖嘖嘖，要臉否？你多大，玉薇多大？」裴行昭嫌棄道。

綠楊炫耀地聳聳肩。「我喜歡這麼叫，我樂意這麼叫，人家玉薇姊姊都沒反駁！」

裴行昭遂湊近沈雲商，吹起耳邊風。「他配不上玉薇，玉薇值得更好的。」

「公子，您這就不厚道了！沈小姐您不知，昨夜我看到公子在屋頂上哭——」

「閉嘴！食不言，寢不語懂不懂？」

「我偏不！公子昨日送還玉珮時也在偷偷哭……哎，打不著！」

沈雲商和玉薇對視一眼，默默端著自己的碗挪到另一張桌上。

雪花漫天，天寒地凍，一個小小的小吃攤卻熱鬧異常，空氣中都瀰漫著幸福歡樂的氣息。

俗話說，樂極生悲，有時候也不是沒有道理的。

沈雲商在門口黏黏糊糊地與裴行昭告完別，回到拂瑤院時，就被逮住了。

她小心翼翼地看了眼等在她院中的沈父、沈母，咧開笑容就想去撒嬌，但被沈母叫住了。

「站那兒！」

沈雲商乖乖站住。「哦。」

「你們平日裡小打小鬧就算了，今日算是怎麼回事？鬧得驚天地、泣鬼神的，結果倒好，你們說和好就和好，倒顯得我們多管閒事了！」沈家主噼哩啪啦就是一頓吼。「以後這『退婚』二字，誰再敢提就打斷誰的腿！這婚姻大事是兒戲嗎？怎能隨口就掛在嘴邊！」

沈雲商拿出手絹抹了抹淚，撲通就跪在地上，哽咽道：「爹爹，我知道錯了！」

沈家主臉上的怒氣頓時消散無蹤，一臉心疼地跑過去將沈雲商拉起來。「哎喲妳跪什麼跪啊？知道錯了就好啦！快起來，這麼冷的天，凍壞了膝蓋可怎麼辦？」

沈雲商臉上掛著兩行淚，抬眸看著沈家主，輕泣道：「爹爹，女兒真的知道錯了，再也不敢了。」

「好好好，爹爹知道了，爹爹剛剛是凶了點，嚇著囡囡了吧？」

沈雲商癟著嘴點頭。「嗯。」

「好，那爹爹下次不這麼凶了啊！」

沈夫人對這一幕早就習以為常了，她輕嘆了聲，上前將沈家主拉開，看著沈雲商道：

「別裝了，自去領罰。玉薇同罰。」

沈雲商垂首。「是。」

玉薇也恭敬應下。

「怎麼能是裝呢？沒看女兒都嚇哭了……哎，夫人，怎麼就走了呢？女兒還在哭呢，不哄了啊……」沈家主強行被沈夫人拉走，還不忘回頭安慰道：「乖囡囡別哭了啊，爹爹明日讓人去給妳買好吃的。」

沈雲商委屈地應聲。「謝謝爹爹。」

看著沈家主和沈夫人的背影消失在月亮門，沈雲商才抬手擦乾淚，面上的委屈也一掃而空。「唉，還是沒躲過。玉薇，走吧，領罰去。」

玉薇面色平靜地說：「是。」

另一邊，裴行昭也一樣沒能躲過。

他一進門就迎來劈頭蓋臉的一頓罵，然後就被關到祠堂。

主僕二人一到祠堂，就熟練地找了個蒲團坐下。

「我就知道會是這樣，所以方才多吃了一碗。嗝……」綠楊得意道。

裴行昭嫌棄道：「你能不能注意點形象？」

「玉薇又不在這裡。」

裴行昭懶得理他，一個後仰就躺了下去，順手將蒲團扯過來墊在頭下。

這祠堂好親切啊，很讓人懷念呢！裴行昭道：「本公子要在這裡睡到天亮。」

綠楊無語。公子又發什麼瘋？這個天氣在這裡睡到天亮，凍不死也得凍傻了！

「你就在這裡好好地練練內功吧，別到頭來還打不過玉薇。」

「怎麼可能？我平日都是讓著她的，根本沒用功夫好吧！」綠楊反駁道。

蠢東西。裴行昭「呿」了聲，翻了個身。「別打擾本公子，不然你就要挨打。」

綠楊立刻就安靜了。

沈雲商這一夜睡得格外的沈，睜開眼時，天已經大亮了。

她抱著軟被舒服地滾了幾圈後，突然想起了一樁事，忙坐起身，喚道：「清梔！」

清梔早已候在外間，聞聲進來。「小姐醒了。」

聽到清梔的聲音，沈雲商輕輕鬆了口氣。「什麼時辰了？」

清梔邊喚小丫鬟端水進來，邊答道：「回小姐，剛過辰時。」

「妳家中人與妳約的何時？」

清梔一愣，這才反應過來沈雲商方才著急問時辰是何原因，遂動容地回道：「回小姐，午時，不急的。」

然而沈雲商卻道：「用完早飯我們便去。」

清梔不解。「小姐，時間還早……」

「清梔，妳若信我便聽我的。」沈雲商正色道。

清梔聞言忙道：「是，奴婢聽小姐的。」

沈雲商漱洗完，用完早飯，玉薇才出現。

沈雲商看了眼玉薇，朝一個小丫鬟道：「去玉薇房裡拿一件大氅來。」

小丫鬟恭敬領命而去。

「可用早飯了？」等待的間隙，沈雲商問道。

玉薇點頭。「用了。」

「可還好？」沈雲商又問。

玉薇再次點頭。「還好。」

「那跟我去……」打個架！沈雲商看了眼清梔，換了個說法。「去幫清梔過過眼。」

玉薇卻聽出了她的言外之意，看了眼清梔，道：「是。」

她昨日便聽清梔說過今日要去相看，可看小姐這架勢，這恐怕不是簡單的相看。

清梔眼眶隱隱泛紅，她何其有幸能遇見小姐！

小丫鬟送來大氅幫著玉薇穿上後，幾人便撐著傘出了門。

馬車早已準備好，裡頭放了好幾個手爐。

沈雲商坐下後，便將其中一個遞給清梔。

清梔受寵若驚不敢接，見玉薇已經自己拿了一個捧在手裡，她這才接過手爐，恭敬謝恩。「謝小姐。」

她是二等丫鬟，平日裡很少跟小姐出門，也很少和小姐共乘一輛馬車，是以她有些拘謹，一路都乖乖地坐在角落。

清梔生得秀麗，身形纖細，個子也不高，靠在角落小小的一隻，看著格外惹人憐惜，沈雲商看著便越發心疼自責。若那一次自己也陪著她去了，她就不會是那樣悲慘的結局。

這樣一個乖巧可人的小姑娘，落入那般慘境，叫天天不應、叫地地不靈，不知是何等的絕望。

「清梔，待會兒一切都聽我的。」

清梔自無不應。「是。」

雪下了一夜，早晨才停，此時路上的積雪已經被清理得差不多，但屋簷、樹梢還都覆蓋著白茫茫一片。

東城門的小茶攤上已咕嚕咕嚕地冒著熱氣，老闆正在清理著周遭積雪，沒注意到一輛馬車從攤前路過，掉了頭停在對面客棧旁的小巷口。

清梔不知道沈雲商這是何意，也不敢問，只聽話地乖乖在馬車上等著。

「清梔家中還有兩個弟弟？」玉薇拿了些點心出來，邊準備茶具，邊隨口問道。

清梔忙靠過去。「奴婢來吧。」

「不——」

玉薇剛要拒絕，沈雲商便道：「讓清梔來吧。」

清梔太過拘謹，讓她做些事，她反倒自在些。

玉薇當即便領會了沈雲商的意思，取了茶葉罐出來後，又坐了回去。

果然，清梔手中做著事，整個人都放鬆了些，她一邊煮茶，一邊回答玉薇方才的問題。

「家中是還有兩個弟弟，二弟今年十三，小弟才八歲。」

「可上學堂了？」玉薇又問。

清梔點頭。「嗯，都在上學，小弟是去歲才進的學堂。」

玉薇頓了頓，而後狀似隨意地問道：「夫子的束脩都是妳出的？」

小姐待下人大方，二等丫鬟每月工錢是二兩銀子，且每月還有賞銀，加起來少說有四、五兩，不僅能養活一家人，還足夠付兩份束脩。

「是。奴婢在府中有吃有穿，也用不上錢。」清梔輕輕笑著，淡然道。

玉薇皺眉。「妳每月的月錢全部都給家裡了？」

清梔應是。

玉薇看向沈雲商，果然見沈雲商面色不佳。

玉薇收回視線，又上下打量了眼清梔。

府中二等丫鬟的衣裳每季都會發放，料子也都不差，首飾則是允許在規制內自行配戴，可清梔……耳璫已很陳舊，頭上只戴了一朵珠花，且一看便知是極其廉價的。

「我記得，小姐賞賜過妳不少首飾。」玉薇沈聲道。

清梔此時才聽出不妥，驚慌地看了眼沈雲商後，忙放下茶盞請罪。「小姐恕罪，我並非不珍惜小姐賞賜，只是那時家中困難，奴婢不得已才將小姐所賜之物給了母親，讓母親去……當了。」

玉薇胸腔頓時湧起一股怒氣，這家子人真是將清梔往乾了榨！

但她還沒開口，便聽沈雲商道——

「賞給妳便是妳的，如何處置都由妳作主。」

清梔聞言鬆了口氣，可當她小心翼翼地抬頭卻看見玉薇的臉色格外難看，一時摸不清小姐有沒有因此生氣，便跪在原地不敢動彈。

一般大戶人家裡頭，主子身邊的貼身大丫鬟地位都是極高的，不必沾手活計，屋裡還有一個小丫鬟可以使喚，吃穿用度也都與其他下人不同。

而玉薇在某種程度上來說，可以算是沈雲商一手帶大的，在她這裡根本沒有月錢這個說法，她隨時可以支取銀錢，衣裳首飾也多是沈雲商親手給她挑選的，她甚至能與沈雲商一起讀書習字，同吃同睡，這全然是將她當成妹妹養著的，所以不只拂瑤院，府中所有下人對玉薇都很恭敬。加上玉薇常常冷著臉，因此小丫鬟們對她多多少少都有些懼怕。

「本就天寒地凍的，妳再渾身冒著冷氣，是要凍死誰不成？」沈雲商偏頭看著玉薇道。

玉薇這才勉強壓下心中火氣，伸手將清梔拉了起來。

清梔小心翼翼地直起了身子，沒得到其他吩咐，便又默默地繼續煮茶。

之後很長一段時間，馬車中都無人再開口。

大約過了小半個時辰，突有車轂轆聲靠近，玉薇才傾身拉開馬車簾櫳。

沈雲商睜開眼，側首望去。

那是一輛還算華麗的馬車，周遭跟著好幾個僕人。

馬車穩穩地停在客棧門口，便有僕人搬來了腳凳，很快地，馬車裡的人便在僕人的攙扶下走下馬車。

膀大腰圓，約莫六旬，渾身透著金錢的味道。

沈雲商看了一眼就不想再看第二眼，她收回視線，朝清梔道：「妳看看，這人是否認識？」

清梔這才探頭去望，然後搖搖頭。「奴婢不認識。」

清梔毫無防備，但玉薇卻從沈雲商這話中聽明白了什麼。她放下簾櫳，眼帶震驚，似是求證般地看向沈雲商。「小姐，您的意思是……」

沈雲商幾不可見地點了點頭。

玉薇渾身的冷意更駭人了。

清梔聽得雲裡霧裡，根本不知道發生了什麼事，但見玉薇又冒了火，便又將身子縮了回去。

沈雲商看時辰差不多了，便朝她道：「清梔，去吧。」說罷，她朝玉薇頭上瞥了眼。

玉薇立刻會意，道：「等等。」

清梔正要起身離開，聞言抬頭看向她。「玉薇姑娘？」

玉薇從頭上取下一朵鑲著金絲的薔薇珠花，傾身戴在清梔的髮髻上。「好了，去吧。」

清梔大驚。「玉薇姑娘，這使不得……」

「無妨。」沈雲商輕聲開口說：「妳家人快要到了，別讓他們知道我在這裡。」

清梔驚疑不定，躊躇片刻才恭敬道謝，下了馬車。

看著清梔走到小茶攤上，玉薇才道：「小姐是如何知道她家人今日別有用心的？」

沈雲商一愣，端起茶盞掩飾性地抿了口，斟酌地道：「我也是聽她說今日她家人要給她相看，又見她身上無甚首飾，便起了些疑心。」

「那客棧……」

「我聽過不少家中賣女兒來供養兒子的事，清梔前日和我說了之後，我心中便有些不安，就想著隨她來一趟。」沈雲商徐徐道：「清梔的契還有小半個月，她家人若真想將她賣了，現在定然是要瞞著她的，可她還有幾日便是自由身了，她家人卻如此著急，這便說明買家給的錢極多；但若是這樣一個有錢人，多半不會願意在一個小茶攤上等，況且，清梔的家人也不會做得如此明顯。若我沒猜錯，明面上跟清梔相看的另有其人，而真正的買家自然要見到人才肯給錢。茶攤附近只有這間客棧，靠街的房間可以清楚地看見小茶攤。當然，若我猜錯了，也不過是出來走了一趟，怕就怕萬一。」

玉薇越聽臉色越冷。

這時，小茶攤傳來動靜，玉薇掀開簾櫳望去，只見有兩個婦人帶著一個青年坐到清梔那張桌子。

其中一個婦人與清梔有幾分相似，她挨著清梔坐下，眼神貪婪地看著清梔頭上的金絲薔薇珠花。「藤妞啊，這是你們小姐賞賜的？」

清梔謹記沈雲商的囑咐，不敢往馬車看，只輕輕點頭。「是。」

「哎呀，你們小姐可真是大方。來，快給娘看看！」婦人邊說邊伸手去摘她頭上的珠花。

清梔下意識地躲了躲。「娘，不可以……」玉薇姑娘方才將珠花給她時，臉色難看得很，要是她再將它給了娘……

「怎麼不可以？」婦人立刻就變了臉，一手按住清梔的手臂，強行將珠花摘下。「以前哪次不是這樣！」

對面矮胖的婦人咳了兩聲，清梔的娘才反應過來自己的態度有些過了，遂看了眼清梔，放輕聲音道：「妳也知道的，妳兩個弟弟都在讀書，家裡太難了，都快揭不開鍋了。妳在沈家吃好的、穿好的，難道就不管管我們了？」

「好了劉家嫂嫂，今日可不是來說這些的，還有正事呢！」對面的大嬸這時開口道。

劉大嬸瞥了眼對面的青年，順理成章地將珠花塞進自己懷裡，拉著清梔的手，介紹道：「藤妞啊，這是妳張家嬸嬸給妳介紹的，妳快瞧瞧，長得一表人才，家裡有好幾個鋪子，妳嫁過去定是吃穿不愁。」

清梔此時心中還惦記著那枚珠花，聞言只隨意抬頭看了眼對面的青年。青年見她看過來，便朝她微微一笑。

確實，如娘所說，青年生得很有幾分俊俏，這一笑就叫清梔紅了臉。

劉大嬸與對面的張大嬸交換了個眼神。

張大嬸便抬頭朝客棧望去，不知是看見了什麼，她笑得越發燦爛了。「藤妞瞧著可還滿意？我跟妳爹娘已經看過八字了，很合的。妳若是滿意，等妳在沈家的契約一到，你們就成婚。」

清梔一愣，頓時有些心慌。「這麼快？我……」

「不快的、不快的，好多像妳這個年紀的女娃啊，娃兒都有了。」張大嬸繼續誘哄道：「能遇著個這麼好的可不容易，那定是要好好把握的呀！而且人家可等不得，本來這兩日都要走了，若是妳願意，便等你們成婚後再帶妳回他老宅，那裡我去過，大得很呢，妳過去就是做少奶奶的命。」

清梔還有些遲疑，她今日只是來看看的，並沒有想就這麼……

「父母之命，媒妁之言，這事就這麼定了。」劉大嬸根本沒等清梔開口，就逕自道。

聽到這裡，沈雲商側眸看了眼玉薇。「看來我的直覺還算準，接下來，就交給妳了。」

玉薇沈聲應下。「是。」她下了馬車，徑直進入客棧。

沒過多久，客棧中就傳來一陣慘叫聲。

沈雲商「嘶」了聲，「嘖嘖」道：「真是越來越粗魯了。」

又聽了一會兒，沈雲商才放下茶盞，悠悠地下馬車走進客棧。

不間斷的淒慘叫聲自然也傳到小茶攤上，可還不等劉大嬸幾人反應過來，就見客棧夥計走向他們。

「老爺請幾位進客棧喝杯茶。」

劉大嬸一愣，故作不解。「哪位老爺？」

夥計道：「幾位進去便知。」

張大嬸與劉大嬸對視一眼，後者試探道：「我女兒要回去上工了，我們去就行……」

「老爺說了，都進去。」

這回倒把幾人難住了，今兒本就是給清梔做的局，要是她進去見了人，察覺到什麼，說不定會出什麼岔子呢！

「老爺還說，若幾位不進去，之前談的就不作數了。」

劉大嬸一聽就慌了，但還是轉頭很小聲地問張大嬸。「這位老爺的底細清楚不？」

張大嬸看了眼青年，見青年點了頭。

幾人這才放下心。

劉大嬸轉頭朝夥計道：「進去，我們一起進去。」

清梔沒有聽見她娘跟張大嬸說了什麼，可心中卻隱隱有些不好的預感，但當她瞥見停在巷口的那輛馬車時，心中又定了定，便默不作聲地隨著幾人進了客棧。

夥計將一行人帶到二樓的一個房間外，叩了叩門，門便從裡頭開了，夥計道：「幾位請。」

劉大嬸幾人探頭朝裡頭望了眼，卻什麼也沒看見，只得小心翼翼地走進去。當他們所有人全進了房間後，門突然從外頭闔上。

幾人一驚，剛要出聲喊，就聽裡頭傳來一道清脆的聲音——

「過來。」

清梔立刻便聽出是沈雲商的聲音，忙抬腳走了過去。

門已闔上，且青年沒能將門拉開，因此劉大嬸幾人也就只得跟上。

走進裡間，地上的一幕讓所有人皆是神色一震。

地毯上，好幾個人被捆在一起，最中間的，便是那膀大腰肥的富商老爺。雖然都睜著眼，但似乎都無法開口說話。透過後頭的屏風，隱約能瞧見有兩位姑娘，一坐一立。

張大嬸和青年當即就意識到了不對勁，可想要逃已經來不及了，門被人從外頭鎖上，他們出不去。

「小姐……」清梔哪怕再遲鈍，此刻也察覺到有什麼不對勁了，她面帶疑惑地喚道。

她這一喚出口，劉大嬸幾人便明白了屏風後那人的身分。

劉大嬸從清梔口中聽過沈雲商，知道沈家小姐脾氣很好，遂眉眼一展，殷勤地開口。

「原來是沈小姐啊——」

「閉嘴！」玉薇冷冷地打斷她。「這裡還輪不到妳說話！」

劉大嬸神情一滯，不敢再吭聲，她用肩膀碰了碰清梔，大約是覺得清梔能在沈雲商面前說上話，可很快地，她的希冀就被打破了。

「我今日丟了件首飾，小姐疼我，為我討公道追來此地，卻沒想到撞上這麼個色膽包天的東西，竟敢衝撞於我！」玉薇斥完，又面色不佳地道：「不知幾位可瞧見過我的首飾？」

劉大嬸幾人一聽，便認為是這富商老爺色迷心竅，唐突了這位姑娘，這才挨的這頓打，跟他們並無關係，遂安心了不少。

清梔則是身子一僵，玉薇姑娘說的莫非是……

「不知這位姑娘丟了什麼首飾？我等願代勞為姑娘尋找。」這時，一直未曾開口的青年上前拱手道。

話落，只見屏風後人影晃動，立著的那位姑娘緩緩出現在眾人眼前。

身形曼妙，亭亭玉立，淡紫色狐毛大氅一看就是上等貨，連繡花鞋上的布料、刺繡都不是凡品，腰間綴著一塊薔薇玉珮，耳璫是上好的白玉，頭上戴著珠花。

玉薇冷眼掃去。

眾人忙低下頭不敢再看，而後只聽清冷的聲音徐徐傳來——

「是一朵金絲薔薇珠花，與我頭上戴著的這朵一模一樣，各位可見過？」

清梔猛地抬頭看向玉薇，眼裡難掩震驚，觸及到玉薇的視線，又見玉薇的手輕輕往下壓了壓。清梔在拂瑤院中伺候了近六年，自然看得懂玉薇的手勢，這是叫她噤口。

清梔壓下心頭驚慌，垂首一言不發。

頭上的珠花……除了清梔，所有人都倒抽了一口氣，她頭上那朵珠花，他們剛剛才見過。

劉大孀的額頭上已經開始冒起了冷汗，因為那朵珠花此時就揣在她的懷裡。她下意識地摸了摸懷中。

玉薇眼尖地瞧見了，問：「這位大孀，可是看見了？」

劉大孀低著頭，一時不敢回話。

「偷盜之物價值十兩內，返還盜竊之物，杖十；上五十兩，杖三十；上百兩……」玉薇踱步走近劉大孀，冷聲道：「杖百。這可是要死人的，若沒人認，我就要搜身了，從誰身上搜出來的，誰就是……」

「姑娘明鑒啊，我對此並不知情！」

劉大孀再也忍不住了，撲通跪在地上，連聲求情。「這朵珠花、珠花是……對，是藤妞，是藤妞給我的！」

玉薇冷眼掃向地上的婦人。「藤妞？」

「藤妞就是清梔，她在沈小姐身邊做丫鬟，這朵珠花就是她給我的。」劉大嬸忙將懷裡的珠花取出來，雙手捧給玉薇，急急解釋著。

玉薇接過珠花，瞥向清梔。「哦，是清梔啊……妳是清梔何人？」

劉大嬸老實答道：「我是她娘。」

清梔眉頭緊蹙，不解地盯著玉薇。

「所以便是妳的女兒，偷了我的東西？」玉薇交疊在腹間的食指重重往下一壓。

拂瑤院三等以上的丫鬟都看得懂，這是噤口跪下的意思。

清梔轉頭看了眼屏風，咬咬牙跪了下去。雖然她不明白小姐到底是何意，但她相信小姐不會害她。

「果然是妳，妳膽子倒是大得很！」玉薇喝道：「看來小姐這些年時常丟失的首飾，也都是被妳拿走了。」

清梔的唇動了動，但最終還是沒有出聲。

「好了玉薇。」這時，屏風後有聲音響起。「不過是一些身外之物，叫她還回來就是。」

玉薇轉身朝屏風內恭敬地頷首。「是。」

劉大嬸的身子顫抖得厲害，那些東西她都拿去當了，錢都用得乾乾淨淨了，哪裡還得回去啊？都怪這死丫頭，說什麼是小姐賞賜，竟然是她手腳不乾淨偷來的！

劉大嬸眼珠子一轉，抬手就開始打清梔，邊打邊罵。「妳個死丫頭，怎麼能偷主家的東西？妳這是要害死我們啊！」

清梔咬著唇，悶不吭聲地任她打罵。

「住手！」玉薇厲聲喝道：「我的珠花在妳身上，想必小姐的東西也在妳的住──」

「小姐我冤枉啊！」玉薇話還未說完，劉大嬸就一嗓子嚎了出來。「除了這朵珠花，其他的我都不知道啊！」

「既如此，那便派人去查。」沈雲商語氣緩慢地道：「我的東西都是姑蘇城獨一無二的，是何去向，一查便知。」

劉大嬸的一張臉頓時萬分精彩。

玉薇看了她一眼，淡淡地道：「偷主家東西，過百兩，當杖斃。」

劉大嬸的瞳孔一震。杖斃？她飛快看了眼口不能言的富商，暗道還是晚了，要是早將這死丫頭賣出去，拿到錢後要杖斃便杖斃了，現在就死了，實在可惜！

「妳作為清梔的母親，有教唆的嫌疑，這便和我們去一趟官府吧！」玉薇繼續道：「若是東西還不回來，妳作為受益者，亦是同罪。」

劉大嬸聽了這話，魂都快嚇沒了。

這時候她哪還顧得了什麼錢，趕緊開口撇清責任。「姑娘，我冤枉啊！我對此絲毫不知，都是藤妞……都是這小賤人手腳不乾淨！我將她交給小姐處置，絕無二話！」

小賤人……清梔身形一僵，緩緩抬頭，難以置信地看著自己的母親。「娘，您叫我什——」

「誰是妳娘！」劉大嬸厲聲打斷她。「手腳不乾淨，就活該被打死！我沒有妳這個女兒！」

清梔抖動著唇，滿臉淚水，卻沒能說出來一個字。

雖然她一直都知道娘偏心兩個弟弟，但是這麼多年來，娘從來沒有對她說過這樣的重話，她從來不知，娘竟然還有這副嘴臉。

玉薇緊緊攥著手，努力壓著一掌將人拍飛的衝動。

「打死？」沈雲商輕輕一笑。「打死了，本小姐能得到什麼？東西還不回來，人又死了，本小姐圖什麼？不過，我看妳這婦人好像還有幾分氣力，我院裡正好缺個打雜的，不如妳就簽下奴契，給我抵債如何？」

劉大嬸被清梔養著，一直在家裡過著悠哉的日子，哪會願意去給人做苦力？當即便道：「小姐，我一個老婆子沒什麼用的，不如這樣，我將藤……清梔給您抵債吧？她伺候您也伺候習慣了的。」

「本小姐又不缺丫鬟，一個小丫頭也做不了苦力，我要來做甚？」沈雲商淡淡道。

劉大嬸心念一轉，低聲道：「小姐，清梔模樣好，您若是不喜歡，將她賣了也能賣個好價錢，總比打死了划算。」

「妳好大的膽子，竟還敢誆我。這姑蘇，我都不要的丫鬟，誰家還敢要？」沈雲商輕嗤道。

劉大嬸忙道：「我自然不敢誆小姐，正常人家不要，那……那總有地方會要的。」

沈雲商輕輕瞇起眼。「哦？何處？」

「青樓瓦舍、富家老爺們……總能賣出去的。」劉大嬸邊說，邊看了眼被捆著的富商。

富商雖無法開口但聽得到，聞言怒目瞪著劉大嬸，顯然是氣得不輕。

清梔整個人猶如被雷擊，青樓瓦舍、富家老爺……她在娘心中，原來竟是這樣的用處嗎？可她沒想到，讓她痛不欲生的還在後頭。

話到了這裡，沈雲商就沒再繼續開口了。

玉薇冷笑了聲，道：「妳還在滿口胡言，妳分明已經將清梔賣給這位老爺做小妾了。」

劉大嬸被她吼得一震，連忙從懷裡取出一張戶籍遞給玉薇。「沒有，還沒有賣！清梔的戶籍還在我手上，原本是要等清梔走後再簽的，請小姐過目。」

玉薇上前接過戶籍，確認之後，皺眉看向青年和張大嬸。「所以，你們是在私下販賣人口？」

事已至此，清梔終於反應過來今日這齣戲到底是因何而起。

她娘今日哪是來讓她相看的，而是要將她賣了，賣給這個年過六旬的老頭！小姐提前知道了此事，才設下此局救她。

不知是打擊甚大，還是太過傷心，清梔身子顫抖地看著劉大嬸，久久也沒能說出一個字。

而此時此刻，青年和張大嬸似是突然明白了什麼，二人對視一眼，轉頭就欲跳窗。可窗戶一打開，他們卻看見客棧樓下早已圍滿了官兵。

就在同時，房間從外被人打開，一隊官兵整齊進來，先是對著屏風後微微頷首，才看向欲逃跑的青年和張大嬸。「衙門得到消息，有人在此販賣人口？」

劉大嬸已經被這陣仗嚇得摸不著北了，只喃喃道：「沒有，我沒有！這是我女兒，我能賣……」

當今世道，賣奴不是什麼稀奇事，只要過了文書，確認是自願且是正規去處，律法是認的，但青年和張大嬸卻極有可能是人販子。

且此時他們意欲逃跑，便有畏罪潛逃的嫌疑，立刻就被官兵按住了。

清梔聽著劉大嬸的唸唸有詞，痛苦得心如刀絞，嘶啞著聲音哭道：「為什麼？為什麼？我是妳的親生女兒啊！妳為什麼要這麼對我？」

屏風後，沈雲商的眼神一緊。

親生女兒？有哪個人家願意這麼糟踐自己的女兒？就算家裡養活不了，也會儘量給女兒找一個好去處，怎麼可能捨得將女兒賣到青樓去？沈雲商遂朝玉薇耳語了幾句。

玉薇走出屏風，朝為首的官兵道：「大人，這婦人可否也一併帶去衙門查一查？」為首的官兵為難地看了眼劉大嬸。「這……」賣自家女兒這種事他們根本管不到，就算管得了今日，也管不了明日啊！

「她與人販子來往密切，說不定也犯過事。」玉薇道。

為首的官兵想了想，點頭說：「行，那我一併帶回去過堂。」他抬了抬手，便有官兵上前將劉大嬸帶走。

劉大嬸嚇得拚命大喊：「不，我沒有犯法！藤妞，藤妞妳救救娘啊……」

清梔閉上眼，看也沒看她一眼。

很快地，房間內便只剩下三人。

喊叫聲遠了，就變得格外寂靜，寂靜中帶著濃濃的悲涼。

等清梔哭得差不多了，沈雲商才從屏風後走出來，她蹲在清梔跟前，將戶籍交到她手中，傾身輕輕擁著她。「別怕，已經沒事了。」

清梔被她抱著，又是好一陣歇斯底里的大哭，最後也不知是不是傷心過度，直接哭昏厥了。

姑娘家重名節，沈雲商沒喚車伕上來，和玉薇合力將清梔攙扶到馬車上。馬車漸漸遠去。

而客棧旁邊一間酒肆樓上，有一道身影將這一切盡收眼底。

沒過多久，有一護衛打扮的人出現在他身旁，恭敬地道：「公子，人沒到手，下一步該如何？」

男人手中玉笛輕緩擊打在手心上。「無妨，不過一個二等丫鬟，想來知道的也不多。她身旁那個，倒是很得她看重。」

「屬下明白了。」

「九珩在何處？」男人又問道。

「崔公子去了書舍。」

男人唇角輕彎。「你說，九珩跟裴行昭比，誰更得姑娘歡心？」

護衛恭敬地答道：「崔公子出身世家大族，豈是一屆商賈可以相提並論的。」

「是啊，長了眼睛的都知道該怎麼選。」男人冷笑了聲。「這沈雲商是個瞎子不成！」

一輛馬車緩緩駛進合慶巷，停在一處精美的宅子前。

先下來的是護衛打扮的青年，車伕將矮凳放好，窗門吱呀輕響，隨後簾櫳被幾根白而修長的手指掀開，露出一張驚豔眾生的容顏，眉如墨畫，面若冠玉，煙青色狐裘上散落著的烏長髮絲正隨著他的動作輕輕搖曳著。

矜貴溫潤、清風明月，一見便叫人挪不開眼。

護衛撐開傘，替他擋去鵝毛般的大雪，但還是有一片雪花被風吹進來，落在他眉間，彷彿在眉心點了一片晶瑩的雪花妝，宛若天人。

護衛瞧見了，忙遞帕子過去，道：「昨日才停，今日卻又下起了大雪，看這架勢，短時間內怕是不會停，公子這兩日還是先不要出門了。」

眉間冰涼，公子接過帕子輕輕擦了擦，點頭。「嗯。」

二人拾級而上，剛到門口，便有管家迎了上來。

管家恭敬行了禮後，將備好的手爐遞給公子，並稟報道：「公子，殿下在公子房中。」

鄴律，嫡出的皇子、皇女才能被稱呼為殿下，當朝嫡出共有三位——東宮太子趙承佑、二皇子趙承北、三公主趙承歡。

二皇子與三公主是同胞兄妹，而東宮並非皇后親子，現在的中宮是繼后，東宮乃元后之子。

雖然如今皇后受寵，但鄴律繼承人必為嫡長，是以即便元后早逝多年，趙承佑至今也穩坐東宮。

眼下被管家稱為殿下之人，則是二皇子趙承北。

而他口中的公子，是鄴京大族崔家嫡長子，崔九珩。

崔九珩三歲被選為趙承北伴讀，二人一起長大，情誼之深厚自不必說。

一個月前，趙承北不知為何主動領了江南的閒差，拉著崔九珩一道下了江南。

崔九珩捧著手爐，頓覺渾身暖和了不少，溫和問道：「殿下等多久了？」

管家回道：「小半個時辰。」

一行人穿過長廊，往後院行去。

管家止步於廊下，護衛上前推開門。

屋內燒了炭，與外頭的冰天雪地形成鮮明的對比，護衛接過崔九珩脫下的狐裘放好，無聲地朝裡頭拱手行了禮，便恭敬地退了出來。

崔九珩捧著手爐繞過屏風，便看到坐在茶案後的人。

靠在椅背上的人儀表堂堂、器宇軒昂，身著寬袖華服但並未戴冠，頭髮半散著披在身後，露出幾分閒散慵懶之態。

「殿下。」

崔九珩微微頷首，也沒等對方開口便自然而然地坐到他的對面。

爐中冒著熱氣，散發著茶香，但洗好的杯子卻是空的，顯然是在等人。

崔九珩提起茶壺倒了兩杯茶，道：「茶煮久了。」

趙承北這才放下手中的書，冷哼了聲。「是你回來晚了。」

崔九珩笑了笑。「殿下恕罪。」話是這麼說，但語氣中並未有一絲惶恐。

「自從到了姑蘇，你和承歡便整日不見人影，一個扎在書舍、茶樓，一個……不提也罷。」趙承北微微傾身，盯著崔九珩。「難不成，本殿下的書和茶，比不上那書舍、茶樓？」

崔九珩太熟悉趙承北的脾氣，一聽便知這是心中有氣，故意找碴，遂眉眼一抬，淡淡地道：「別的我不做評判，但這姑蘇的秦樓楚館必然不比鄴京。」

趙承北被他一刺，懨懨地靠了回去。半晌後，他皺著眉說：「你既然知道，也不管管？」

崔九珩端起茶杯，詫異地道：「殿下都管不住了，我作為臣子，如何敢管？」

再一次被懟了回來，趙承北瞪他一眼，似是洩憤般地端起茶杯，然而才到嘴邊，便聽對面人惜字如金的提醒——

「燙。」

趙承北低眉看了眼滾燙的茶水，又沒好氣地放回去。「那你端什麼？」

「我暖手。」

屋內短暫的安靜了片刻。

而後，趙承北咬牙切齒地發難。「崔九珩，本殿下限你一日內將趙承歡給我弄回來！」

崔九珩聞言緩緩偏頭看了眼窗外，聲音徐緩地道：「西燭說，這雪一時半刻停不了，讓我不要出門了。」

崔九珩是文人，不像趙承北文武雙全，有內力護體，不懼寒冷。相反地，他極其怕冷，每年下雪天，除非必要，他都不會出門，這點趙承北自是心中有數。

而很顯然，去秦樓楚館逮尋歡作樂的公主殿下，對於崔九珩來說，絕非必要之行。

「那你今日還出門？」

崔九珩認真解釋道：「今日我出門時，並沒有下雪。」

從他進屋到現在，趙承北沒一處占上風，氣得臉色黑沈地盯著他。

崔九珩便放軟聲音，主動給了臺階。「殿下來找我，便是為了此事？」

趙承北的臉色這才稍微好看了些，卻並沒有回答他，而是默默地再次去端茶杯。

崔九珩心中便有了數，此事與公主無關。與公主有關的，趙承北都是風風火火地闖進來，威脅他去處理。

但趙承北飲完了一杯茶，仍未開口。

崔九珩也不催他，無聲地給他添上，如此反覆三回後，崔九珩輕輕一嘆，將趙承北的茶杯收走。「天色已晚，殿下睡眠不佳，不適合多飲。」看來此事，並非小事。

「哦。」趙承北快速地瞥了他一眼，眼裡的心虛顯而易見。

「……殿下直言便是。」

趙承北輕咳一聲，端正了身子，看著崔九珩，神色凝重地道：「我確實有一事，非你不可。」

這些年，非他不可的事還少嗎？光深夜去撈公主，都不知多少回了。

是以，崔九珩淡然道：「殿下請說。」

「你……」趙承北神色不定，很有些艱難地開口問：「你的婚事，你心中可有主張？」

崔九珩倒茶的動作一頓，有幾滴濺在桌上。

趙承北看在眼裡，雖有幾分不忍，但最終還是沒有開口。

過了很久後，崔九珩輕聲道：「我的婚事，但憑殿下作主。」

從他被選為趙承北的伴讀開始，崔家就等於與二皇子一體了，作為崔家嫡長子，他的婚事，自然不能只憑自己心意。

世家大族聯姻，利益放在首位，這是世家子弟自記事起便清楚的。

哪怕貴為公主……不，應該說，貴為公主，在婚姻大事上，更加身不由己。

趙承北沈默了良久後，手指在茶水中輕蘸，在崔九珩目光可及的茶桌上，緩緩寫下了一個字。「就在這裡。」

崔九珩的瞳孔驀地放大，隨後難掩震驚地抬頭看著趙承北。「屬實？」

「嗯。」趙承北點頭。

崔九珩從驚詫中緩過神後，也終於明白了什麼。「所以，殿下是衝著此事來的江南？」

「裴家和此事一半一半。」趙承北道：「我的人查到，有人看見她最後出現在金陵江的一艘船上，而那艘船，屬於金陵首富，白家。」

崔九珩再感震驚。「白家……」

「是。」趙承北接著道：「我又查了白家所有女眷，只有一個人身分有疑。」

崔九珩心中好似隱隱有了什麼預感。「誰？」總不會這般巧合吧？

「白家有一個女兒，自小體弱多病，常年養在閨閣，極少有人見過，而在她十七歲那年，她重病纏身，白家夫婦帶她外出求醫，後來她雖仍舊體弱，但病卻已大好，自此之後也能如尋常人一樣生活、嫁人，現在，她膝下有一個獨女。」趙承北徐徐道。

崔九珩眉頭緊皺，竟真的這般巧合！

白家長女自幼體弱多病，這在姑蘇不是什麼秘密，後來她求醫成功，嫁入沈家，至今只有一女，便是沈家小姐沈雲商，也就是裴行昭的未婚妻。

「殿下可確定？」

「九成把握。」趙承北看著他，鄭重道：「九珩，你知道的，這是我最好的機會。」

崔九珩似乎明白了什麼，皺眉道：「所以，你是要我娶……沈小姐？」

趙承北可以說是這世上最了解崔九珩的人，一看他神色便知他心中在想什麼。「我知道你的顧慮，但他們如今並未成婚，我也不過是給他們一個機會而已。」

「可是……」

「不論對於裴行昭還是沈雲商，這都是他們的機會。你可知有多少人想一朝翻身？商賈之身和天潢貴胄、世家大族可謂是隔著雲海，這樣好的機會擺在眼前，你怎知道，他們心中不願呢？」

崔九珩一愣。雖然此話不差，但他見過他們二人幾面，雖了解不深，卻總覺得他們不像是這樣的人。

「不如，我們來打一個賭，看裴行昭最後會選擇公主，還是沈雲商。若他們最後退了婚，九珩，你便向沈家求親。」趙承北頓了頓，笑道：「若我輸了，我願賭服輸，會為他們送上一份新婚賀禮。」這兩個人若不能為他所用，那便不能留了。見崔九珩還在猶豫，趙承北又繼續道：「未婚夫拋棄她做了駙馬，她心中又怎會沒有怨念？你去求親，她定是求之不得；且我也相信，你娶了她後必會好生待她，所以這對她而言並沒有壞處。只是，委屈了你。」最後，趙承北看著崔九珩，聲音低沈地說：「九珩，這事只有你能幫我。我並非想這樣算計人，但這只能算是陽謀，且你也清楚我的處境，若東宮贏了，崔家、母后、我、承歡，我們都活不了，我只是想搏一線生機。」

屋內長久的沈寂後，崔九珩終於鬆了口。「……好。但得是他們自己心甘情願選擇的退婚，而非受人逼迫。」

趙承北唇角一彎。「好。」對不起了九珩，事成之後再向你致歉。

趙承北離開，回到自己房中後，喚來貼身護衛囑咐道：「最近做事小心些，若被九珩發現什麼，你自去他跟前自裁謝罪。」

護衛沈聲應道：「是。可若崔公子私下與他們見了面……」

「退婚之前，他不會主動去見他們的，一則他足夠相信我，二則他心中有愧。」趙承北說罷，目光一寒。「若真去了，立刻通知我。」

護衛忙道：「是！」之後，又遲疑地道：「殿下，那公主殿下那邊……」

趙承北頭疼地揉了揉眉心。「算了，婚事是我虧欠了她的，由她去吧！」

第四章

今夜的雪越下越大，可姑蘇城中許多處仍是燈火通明。

西燭替崔九珩撐著傘，不滿地道：「公子，您不是說不來，怎還是過來了？」

崔九珩穿著厚重的大氅，藏在袖中的手中還抱了一個手爐，他抬眸望向眼前的閣樓，神色不明。

西燭見他不語，便也不再開口。

過了許久，崔九珩朝他道：「公主身分尊貴，整日混在此地像什麼話？你去將公主請出來。」

「公子知道的，屬下請不動。」

崔九珩默了默，又道：「那你將我腰間的玉珮取下來，拿著玉珮去請。」

西燭面無表情地說：「屬下一共拿過公子二十八塊玉珮去這種地方請公主，但最後，別說公主了，連玉珮都沒能帶得出來。」那玉珮就跟肉包子打狗似的，一去不回。

「你只管去。我來請了，公主出不出來便與我無關了。」

西燭只得應下。「是。」他欲將傘遞給崔九珩，可見對方手都揣在衣袖裡，便轉頭看了眼周圍，然後招手喚來最近的小攤販攤主，給了攤主一錠銀子。「麻煩你替我家公子撐會兒傘。」

崔九珩本欲抽出的手又默默地放了回去。

小攤主震驚非常地接過銀子。「好……好、好、好的！」

天底下還有這種掉餡餅的好事?!這該不是什麼新出的騙局吧？

不過他怎麼看，眼前這位公子都是位矜貴人兒，就算要行騙，也騙不到他頭上吧？小攤主在心裡反覆思量後，咬咬牙。不管了，這麼大一錠銀子，他出幾天的攤都不一定能掙到呢！富貴險中求！

小攤主打定主意後，就盡職盡責地給貴公子撐著傘。這麼大一錠銀子，讓公子淋到一片雪花都是他的錯。

崔九珩自然不知道小攤主心裡在想著什麼，只面色平靜地盯著閣樓門口。

於是，小攤主有了一個猜想——該不會是來這種地方抓娘子的吧？

可哪家娘子會放著這麼好看的郎君，來這種地方啊！

不過這話小攤主是不敢問的。

過了大約一炷香的時間後，西燭便出了閣樓，面色難看地走到崔九珩跟前，接過小攤主手中的傘。

小攤主愣了愣，愧疚不已地說：「這……就這麼會兒時間，這給的太多了吧？」

「無妨。」西燭黑著臉道。
小攤主見他臉色如此難看，便趕緊道了謝，跑開了。
小攤主走遠後，西燭才道：「玉珮沒了。」公主也沒有請出來。
這個結果在崔九珩的意料之中，他淡淡地「嗯」了聲。「回吧。」
二人轉身行了一段路後，西燭終於忍不住，開口道：「公子，下次能不能不讓屬下進去了？屬下總是被當作小倌，且那裡頭的女子，簡直、簡直太……」
崔九珩目光微斜，在西燭的胸膛上看見了一抹脂粉紅，唇角不禁微揚。「好的。」
「公子上次也是這麼答應屬下的。」
崔九珩一本正經地道：「你下次進去時凶一些，就像你方才出來時那樣，肯定就沒人敢靠近你。」
西燭一愣，片刻後才道：「行，下次試試。」
崔九珩眉眼輕彎，沒再言語。
閣樓上，一位明豔萬分的女子倚在窗邊，手指勾著一枚玉珮，盯著樓下的人影，直到那身影消失後，她才嗤笑了聲，又一頭扎進小倌堆堆裡。「來，繼續喝！」
沈雲商將清梔帶回拂瑤院後，便給她放了假，讓她在屋裡休養。
清梔將自己關在屋裡一天一夜，到了第二天晚上，她才來見沈雲商。

沈雲商彼時正倚在軟榻上修指甲，玉薇在一旁烤橘子，清梔一進來就撲通跪在沈雲商跟前。

沈雲商直起身子。「起來說話。」

清梔卻沒起身，反而是重重磕了個頭。「奴婢謝姑娘救命之恩。」

沈雲商聽她的聲音，便知她這應該是緩過來了，遂放柔聲音道：「妳是我的人，我自有保護妳的責任，快起來。」

清梔仍舊沒起身，她從懷中掏出一件東西，呈給沈雲商。「奴婢願將自己賣給小姐，不知小姐可能收留奴婢？」

沈雲商一眼便認出那是她的戶籍。她皺了皺眉，道：「如此，妳便是奴籍了。」

「奴婢甘願為奴，只求能在小姐身邊伺候小姐一輩子。」清梔語氣堅定，顯然是已經下了決心。

沈雲商沈默了片刻後，接過她的戶籍，將她扶起來。「地上涼，先起來。」

清梔卻是固執地看著她。「小姐可是答應了？」

沈雲商笑了笑。「嗯，我答應了。可以起來了？」

清梔又重重地磕了一個頭後，才站起身。

玉薇隨手拿了個矮凳遞過去。

清梔一時不敢去接，聽沈雲商讓她坐時，她才接過矮凳，又朝玉薇道了謝。

「妳的戶籍便先放在我這裡。」沈雲商這才朝她道：「放在妳手上，妳家裡人……我也有些不放心。妳若願意留在我身邊，明日我便讓人準備好妳的工契。」

這意思便是不要她？清梔嚇得連忙站起身。「小姐，奴婢——」她話還未說完，玉薇就按著她的肩膀，將她按坐了回去。清梔驚疑不定地來回看著二人，十分不知所措。

「妳本不是奴籍，沒必要如此。」沈雲商示意玉薇鬆手後，溫聲道：「妳也快要及笄了，不入奴籍的話，將來能說個更好的人家，怎能將自己的一輩子蹉跎在我身上？」

「可是我——」

「沒有可是。」沈雲商打斷她。「難不成妳擔心我也會將妳賣了？」

「不，奴婢不是這個意思！」清梔急忙解釋，她下意識又想起身跪下，可看了眼身旁的玉薇後，她到底是忍住了沒有動，只顫巍巍地坐在矮凳上。

「那就成了。」沈雲商道：「妳既願意留在我身邊，便安心待著，其他的事以後再說。對了，妳還沒有吃飯吧？玉薇。」不等清梔開口，沈雲商便看向玉薇。

玉薇輕輕頷首，轉身就出了門。

「我，不用……我……」清梔頓時如坐針氈。

「妳若不自在，就跟玉薇一起去吧。」沈雲商道。

清梔連忙站起身。「是，奴婢告退。」

見二人都走出去了，沈雲商便將手伸向爐上的橘子，只是手指才剛碰到，窗戶邊就傳來玉薇的聲音——

「小姐昨日吃了太多炊煮，有些上火，橘子只能吃一個。」

沈雲商咬咬牙。她背後長眼睛了不成？

不過最終，沈雲商還是聽話的只吃了一個。

夜色漸深，安靜得似能聽見雪落下的聲音。

沈雲商倚在軟榻上，陷入了沈思。

雖然她跟裴行昭的意見已達成一致，可另搏一條出路，說得容易，做起來卻很難。

她想起幾日前，公主見了她一事——

「妳應該猜到我的身分了，那我們就開門見山吧！我看上裴行昭了，對他志在必得，妳讓也好，不讓也罷，他都會是我的駙馬。但我勸妳乖些，這樣，妳好，我好，大家都好。沈家是姑蘇首富，四大家之一，也算是有頭有臉的人物，但和皇家相比，那就是蚍蜉撼樹，本公主得不到的，那誰也別想得到。本公主的意思，妳可明白？」

她怎能不明白？

她若答應，她和裴行昭生離；若不答應，那就是死別，且沈家、裴家甚至白家也都沒有好下場。

而且她也明白，公主既然都威脅到她這裡了，那麼這樣的話，裴行昭應該也聽過了，不同的是，拿來威脅裴行昭的變成了她和裴家。

所以，上輩子她別無選擇。

但現在她知道那是條怎樣的路了，自然不甘心再重蹈覆轍。

可是這般境地，想要全身而退，她該要如何做呢？

正如公主所說，她於皇家而言，不過是蚍蜉撼樹，唯有一點優勢，那就是她多活了三年……

沈雲商眼神一緊，猛地坐起身。

或許，她多活的這三年正是她破局的關鍵，因為，她等於預知了未來，可以在很多事上占先機！

那麼，有哪樁未來之事可以解她眼前的困局呢？

首先，這樁事要發生在就近，且必須要能壓得住趙承北……

突然，沈雲商腦中靈光一閃，眼底逐漸浮起一抹喜色。

符合這個條件的，還真有一樁！

今年的雪來得早，紅梅也提前盛開。因為今年的冬天格外長且冷，以至於邊境並未及時得到足夠的棉衣，凍死了不少將士，且很多地方受雪災影響，餓死、凍死無數人。

她是十二月初嫁到崔家的，那半個月崔九珩格外的忙，那麼怕冷的一個人每天早出晚歸，親自帶人去各個世家募捐，且為了及時籌集到足夠的棉衣並送往邊境，平日不曾與人紅過臉的人甚至不惜在朝堂上與朝臣爭得面紅耳赤，最終，及時將棉衣、糧草送到邊境和災區，解了邊關之困，也救下無數百姓。

而二皇子趙承北捐出了二十萬兩白銀，皇子府上下連吃了三個月的素，也因此，趙承北的名字被南鄴無數百姓所記住。

不對……沈雲商微微瞇起眼。

世家募捐這活兒可不是什麼好差事，二皇子和崔家卻任由崔九珩去做，這會不會說明……朝中確實拿不出糧了？沈雲商眼神略驚，所以這個時候……國庫空虛?!

那趙承北那二十萬兩是如何來……沈雲商似是想到了什麼，臉色驀地沉了下來。

她好像有些明白三公主為何看中裴行昭了，他們哪是看中裴行昭，根本是看中了裴家的錢！

若真是如此，那她和裴行昭可真是兩個冤大頭！

沈雲商深吸一口氣，努力壓下往上冒的火氣，但最終她還是沒忍住，罵出了聲。「趙承北，真夠狗的！」

玉薇一進來就聽見這話，頓時神情大驚。「小姐！」辱罵皇子，這是重罪啊！

「除了妳，周圍沒人。」沈雲商氣呼呼地道，隨後又說：「妳現在去清點一下我有多少私房錢。」

玉薇一愣，前腳還在罵趙承北，後腳怎麼就開始清點私房錢了？但她沒問，領命去了。

很快地，玉薇便回來了。「共有三萬兩。」

沈家乃姑蘇四大家之一，亦是姑蘇首富，沈雲商自出生以來，得到了足夠的愛，也擁有足夠的錢。後來嫁到崔家，別說崔九珩因為愧疚給她的許多錢，光是沈、白兩家給她的陪嫁，她幾輩子都用不完。雖然在那場募捐中，她給出了大半嫁妝，但剩的錢也足夠她一輩子衣食無憂了，所以對於銀錢，她還真是沒有多大的概念。

不過，她聽崔九珩說過，今年冬天很多地方都遭了災，光邊關幾城的賑災銀就高達百萬。

而今她沒有嫁妝，私房錢才三萬……這遠遠不夠。

「我名下的鋪子呢？」沈雲商說完，也不等玉薇回答，便道：「妳現在去一趟，將各個鋪子裡能取的錢都取回來，不要驚動任何人，也不許底下人聲張。」

玉薇愣了愣，邊折身去換衣裳，邊問道：「小姐要這麼多錢做甚？」

「我要幹一件大事！」沈雲商瞇起眼，咬著牙道。那一百多萬兩賑災銀，有一半都出自她跟裴行昭，憑什麼要便宜了趙承北！

「玉薇，我名下所有鋪子的書契放在何處？」

玉薇還沒有從她的「幹一件大事」裡理出個頭緒，聽見這話，又去櫃子裡給她搬出了一個箱子。「都在這裡了。」

「嗯。」沈雲商說：「妳快去快回，不要讓任何人，尤其是姓趙的察覺，我們有可能被他盯上了。」

玉薇一愣，而後點頭。「是。」

玉薇離開後，沈雲商就開始翻箱子裡的東西。

她名下的鋪子有母親和外祖母平日給她的，還有及笄時收到的及笄禮，加起來有整整一箱子。

湊齊百萬兩銀子事小，實在不夠，她明天去母親那裡撒個嬌，後天去外祖母那裡耍個賴，把嫁妝提前騙來便是。眼下最重要的是，要怎麼避開趙承北的耳目，將銀子送到幾處邊境？

邊境駐紮的都是朝中大將軍，有了這幾位的庇護，趙承北要再想動他們，就得掂量掂量了。

但很顯然，她一個大家閨秀，是沒有什麼人手可用的。

所以，她想到了鏢局。

她隱約記得，外祖母給她的鋪子裡有一間鏢局，叫什麼名字呢？

與此同時，裴家。

綠楊將裴行昭所有家當都搬出來放在他眼前。「您的私房錢和鋪子盈利加起來，總共就這麼多了。」

裴行昭難以置信。「我身為江南首富之家的嫡子，只有不到二十萬兩銀子？」

綠楊冷哼了聲，伸手對著他從上到下比劃了下，又朝屋內比劃了下。「您看看您這身，一個月八套；再看看您這間屋子，一季度一換。像您這樣的嫡子，江南首富也就養得起您這一個了！」綠楊越說越不平，只恨不得將「敗家」兩個字寫來貼在裴行昭臉上了。

裴行昭看了看珠光寶氣的自己，又看了看自己華麗耀眼的寢房。

就在綠楊覺得他應該為自己的所作所為感到羞愧時，卻聽見他咬牙切齒地道——

「老子原來過的是這樣富麗堂皇的生活啊！真他娘的爽！」鬼知道他在公主府受了多少委屈！別說腰間掛幾串金珠珠了，連床上都沒能掛上一串。

「公子，您教教我怎麼投胎吧？」

「簡單，我弄死你，送你去投胎，來做我弟弟。」

「夫人大概會先弄死您。」

「有什麼辦法可以一下子得到很多很多的錢？不然，我很快就會先被弄死了。」

「那您到時候記得把遺產留給您下一世的弟弟也就是我。」綠楊點點頭。「多少錢？」

「一百萬兩。」

綠楊想也沒想地道：「打劫。」

「劫誰？」

「您的父親，裴家家主。」

「你是不是又想挨打?」

「那除了您的父親,您說說看,您還有什麼辦法能一下子得到這麼多錢?」綠楊面無表情地看著他。

裴行昭眉頭緊鎖,思考片刻後摸著下巴道:「你說的未必沒有道理。你知道父親把庫房鑰匙放在哪裡嗎?」

綠楊倒抽了一口氣。「告辭!」

裴行昭一把揪住他的後領。「回來!這不是你出的主意嗎?」

綠楊瞪著他,憋了半天,最終只憋出了幾個字。「您瘋了?!」

聽不出來他在胡言亂語嗎?打劫自己父親這種事,全天下怕也就眼前這個浪蕩子敢幹了!

玉薇是在子時回來的,她見寢房燭火亮著,便知沈雲商還在等她,遂提著包裹快速進了屋。看見沈雲商還在翻看那一箱子的鋪子文件,她便將包裹放在桌上。

「小姐。」

沈雲商抬頭。「如何?」

玉薇知道她問的是什麼,正色道:「奴婢走的府中暗門,沒人跟蹤。」

「嗯。」

沈雲商又看向那包裹。「有多少？」

玉薇答道：「都拿的銀票，不到十萬。」

才不到十萬啊……沈雲商皺眉哀嘆了聲。

「小姐需要多少錢？」玉薇見狀便問道。

沈雲商放下冊子，伸出食指。「一百萬。」

玉薇一驚。「小姐要這麼多錢做甚？」

「幹那件大事。」沈雲商看向玉薇。「妳說，有什麼辦法能在最短的時間內湊到這麼多錢？」

玉薇想了想，道：「去找裴公子？」

「不行！」沈雲商果斷地拒絕。「他一定會刨根問底，但這件事現在還不能告訴他。

「算了，先睡吧，等我明日去找母親和外祖母。」

玉薇若有所思地點了點頭。「嗯。」

次日一早，沈雲商打扮得跟一朵嬌花似的，軟聲軟語地求到了沈夫人白蘞跟前，她幾乎用盡所有手段後，得到了……十萬兩。這相比於她平日的零花錢來說已經算是很多了，但還是差得太遠了。

可當她拿著錢，垂頭喪氣地回到拂瑤院時，沈家主沈楓卻神神秘秘地給她送來了十五萬兩銀票。

「看妳這小模樣，十萬不夠吧？我就知道，來，拿著。家裡生意上的帳都是妳母親管著的，這是父親存的私房錢。若還是不夠，跟父親說說還差多少，父親再給妳想辦法。」

沈雲商盯著那厚厚一包的銀票，眼眶立即就紅了。「爹爹不問我要這麼多錢做什麼？」

她平日愛好收集奇珍異寶，父親無有不應，但她從來沒有一下子要過這麼多錢，沒承想父親竟是連問都不問一句。

沈家主負著手，好整以暇地道：「行，那爹爹問妳，拿這麼多錢去做什麼呀？」

沈雲商一頓，隨後抿著唇，垂下腦袋。

「裴、沈、白三家在江南一帶都是有頭有臉的人物，幾位家主在這裡說話也有些分量，可是在鄴京，那便不夠看了。皇家威嚴不容褻瀆，我們小輩之間的恩怨情仇沒必要驚動長輩，若大人插手，抑或者傳出些什麼不好聽的話，這事怕就很難善了了。本公主看沈小姐是個聰明人，應該明白本公主的意思。」

她當然明白。

她和裴行昭有婚約在身，公主卻強搶了裴行昭做駙馬，這等違背道義之事是要被詬病的。公主不僅要裴行昭，還得要的光明磊落、坦坦蕩蕩，甚至是一段佳話。

不然，就是損了皇家威嚴。

她是沈家獨女，受白家寵愛的表小姐，裴行昭又是裴伯伯的獨子，幾家長輩若知道真相是這樣，必然會想盡辦法護住他們。

可這無異於雞蛋碰石頭，不用想便知必會撞得頭破血流。

所以，她和裴行昭哪怕千不願、萬不肯，也得打碎了牙往肚裡吞，即便他們沒有任何商議，也極有默契地演了一場決裂的戲碼，不僅是演給公主和趙承北看，也是演給幾家長輩和外人看的。

她和裴行昭都有自己想要保護的人和事，兒女情長在這些面前便顯得微不足道了。

在那場噩夢中她雖沒了，但她的親人卻是平平安安的，她臨死前雖有不甘，卻也不曾後悔。

這一次，若非多了那三年的經歷，知道了未來許多事的走向，有了些與他們抗衡的底氣，不然，她還是不敢賭。

但，她其實並沒有那麼堅強。她受萬千寵愛長大，曾經但凡受了丁點兒委屈她都要在父親和母親跟前撒半天嬌，遇到這麼大的事，她自然很害怕、很迷茫，也很委屈。若非這條路上還有裴行昭陪著她，她怕是會撐不住。

可此時面對至親的詢問，她卻無法將那些情緒宣之於口。在鄴京的步步驚心、艱難斡旋，此時此刻全都湧了上來，使得她頓時淚如雨下，但為了不讓父親擔心，她邊抽泣，邊找了個很荒唐但乍一聽又好像沒有問題的藉口——

「我、我給裴行昭打……打金珠珠。」

沈楓只有沈雲商這麼一個獨女，一直以來那都是捧在手心疼愛著的，用裴家主的話來說，他是恨不得將女兒拴在褲腰帶上，走哪兒、帶哪兒。這些年但凡沈雲商要的，沈楓無有不應。他最見不得的就是沈雲商的眼淚，沈雲商一哭，沈楓就方寸大亂。

「哎喲，打金珠珠就打金珠珠嘛！打打打，女兒想給他打多少就打多少，我們有的是錢。不哭了啊！」沈楓脫口而出地哄完後，又覺不對，疑惑地問道：「花二十幾萬打金珠珠，他掛得下嗎？」

沈雲商又是一聲哭了出來。

「好好好，掛得下，掛不下他也得給我掛，一天掛十串，天天換著掛！」沈楓又趕緊哄道：「二十萬夠不夠啊？不夠的話，爹爹再去妳娘那裡給妳偷點。」

沈雲商張著淚眼看著沈楓，哭笑不得。「爹爹會被打的。」

「沒事，爹爹習慣了。」沈楓不以為意地道。

沈雲商忙搖頭。「不用的爹爹，已經夠了。」到時候被發現了，娘才不會信她這些鬼話。其實爹爹也並非是全信，只不過是疼她，不會拆穿她。

「夠了就好，那不哭了啊？」

「嗯。對了爹爹，這是我想給他打的，他不知道，爹爹不要告訴他。」

「好，爹爹知道。」沈楓臉上笑著，心裡卻已將裴行昭狠狠罵了好幾遍。女兒似乎是怕他去找裴行昭麻煩，竟還特意這麼強調。狗東西，憑什麼值得女兒這般掏心掏肺！

送走了沈楓後，玉薇默默地打來水，讓沈雲商洗了把臉。

「小姐，還要去白家嗎？」

「去啊！」沈雲商剛哭完，聲音還有些啞。「等我緩緩，眼睛消了腫再去。」

玉薇想問什麼，但最終還是沒開口。

她當然不會信沈雲商剛剛那套說辭。

不過真正的原因小姐早晚會告訴她，不急於一時。

黃昏時，沈雲商從白家回來，帶回來二十萬，加起來總共有五十五萬。

她將所有銀票放在桌上，苦惱道：「還差一半。」到底是還沒有出嫁，嫁妝騙不來。

玉薇盯著銀票看了許久後，緩緩道：「奴婢倒是有一個辦法。」

沈雲商眼睛一亮。「什麼辦法？」

「母親，十萬兩怎麼夠？您知道的，沈商商挑剔得很，她那面海外來的鏡子都要好幾萬兩，她珍寶架上哪樣東西不是價值不菲？我這次惹她生這麼大的氣，要不送個貴重點的，怎麼拿得出手啊！」裴行昭拉著裴夫人的衣袖，皺著眉頭道。

「你先別晃，頭都給你晃暈了。」裴夫人去扯自己的衣袖，但沒扯出來，轉頭對上兒子可憐兮兮的表情，沒好氣地嘆了聲。「再拿十萬兩，多的沒有了。」

「母親……」

「閉嘴，再說一句，這十萬兩也沒有了！」

裴行昭見確實沒有商量的餘地了，飛快放開裴夫人的衣袖。「多謝母親大人！」

裴夫人瞪了他一眼，吩咐菱蘭去給他取銀票。

她到時候倒要看看，他給商商買了什麼不得了的東西，二十萬都不夠！

菱蘭將銀票取來遞給裴行昭時，看了眼他身後的綠楊，皺了皺眉。「綠楊怎麼了？」

裴行昭將銀票揣進懷裡，頭也不抬地道：「哦，綠楊啊，他昨夜跟人切磋，輸了。」

菱蘭似信非信，還要問時，裴行昭便拉著綠楊飛快走了。

「走了，菱蘭姑姑！」

綠楊一臉怨念地看著裴行昭的背影，想起昨夜子時的事——

裴行昭拉著綠楊去偷庫房，但庫房有高手坐鎮，於是……

「你去試試他的武功，就說深夜睡不著，想找人切磋一下。」

「公子怎麼不去？」

「呿！你都叫我公子了，你覺得他敢對他家公子也就是我動真格嗎？」

因此，綠楊被逼著去切磋，然後被毒打了一頓。

等他回來時，裴行昭已經走出了老遠，他追上去質問。「公子把我一個人丟那兒?!」

「他知道你是我很重要的人，不會打死的。」裴行昭理所當然地說。

綠楊疼得齜牙咧嘴。「是呢，沒死！」隨後，他又氣呼呼地問道：「庫房不偷了？」

裴行昭擺擺手。「不偷了，我打不過他。」

綠楊無言。您倒是很會審時度勢，那我這頓打就白挨了？

於是乎，綠楊氣得從昨夜到現在都沒跟他家公子說話。

「現在一共有四十萬兩了，只可惜，外祖母離這裡太遠了，唉！」裴行昭邊走邊嘆氣，恍若感覺不到身後怨氣十足的目光。「還有什麼辦法呢？」

綠楊心念一轉，咬牙道：「小的倒是知道一個財路。」

裴行昭忙問道：「什麼？」

當夜，裴行昭和綠楊就換上夜行衣，蒙著臉出了門。

他們徑直去了衙門，然後在衙門的懸賞告示上，挑挑揀揀地選了兩張走。

如此反覆，五日後，衙門懸賞的凶犯全部被抓，賞銀一共十一萬兩。

裴家作為江南首富，在很多地方都有酒樓、客棧，眼線比衙門還要多，他想找人，自然也比衙門快，只要對方得吃喝拉撒，那就跑不了。

裴行昭將新得來的十一萬兩放進箱子，咧嘴一笑。「嗯，不錯。嘶，這些人下手真狠。明日我們出發去逮下一個城的，很快就能湊夠銀子了。」

綠楊看著他被揍得鼻青臉腫的一張臉，雖然他自己被揍得更慘，但心裡也舒暢了。「好咧！」

然而等他們到了最近的城池後，卻發現衙門懸賞的告示空空如也。

「咦？誰？誰擋老子財路？」裴行昭氣急敗壞下，去問了衙門，衙門說，是一對江湖俠侶。哼，一對就了不起？他們不也是兩個人？「走！下一個！」

這場雪下了停，停了下，持續了小半個月。

閣樓上，趙承北的神色已很有幾分不耐煩。「沈雲商的風寒還沒好？裴行昭還不能下床？」

他最多還能在這裡待半個月，半個月內，必須想辦法讓他們退婚，然而就在半月前，據說沈雲商去見裴行昭的路上淋了雪，染了風寒，至今未好；裴行昭在去見沈雲商的路上，因雪地太滑，馬車翻了，摔斷了腿，現在還在府中養著。以至於半個月了，他一個都沒見著。

「屬下今晨翻牆偷偷去看了，沈小姐在喝藥，裴公子下床還需要人攙扶。」護衛回道。

趙承北皺眉看了眼天色，這天氣竟也成了他的絆腳石。

原以為上一次他們鬧得那般凶，這婚就該退了，可沒想到卻是雷聲大、雨點小，如今又遇上大雪，還不知要拖到什麼時候。

「她那個貼身丫鬟，也沒出過府？」雖說有九成把握，但那一成也是變數，他還是得確定她的身分，免得白忙活一場。

「回殿下，沒有。」護衛道：「我已經安排了人在沈家幾處門口守著，一旦她出來，便動手。」

趙承北「嗯」了聲，良久後，唇邊泛起一絲冷笑。「看來他們是想跟本殿下拖延時間，既然如此，那麼明日我們便登門拜訪。」

寢房內，沈雲商與玉薇湊在一起清點銀票，加上她先前那三萬私房錢，一共一百萬三千一百兩。

沈雲商心滿意足地長呼一口氣。「總算是湊齊了，不過，若沒那對黑白雙俠搶生意，我們會籌得更快。」

玉薇並不關心那什麼黑白雙俠，她現在只想知道小姐要用這一百萬兩幹什麼大事？似乎是看出她的疑問，沈雲商朝她挪了挪，湊近她耳語了幾句。

玉薇聽完震驚不已。「小姐要把這些送到邊關去？」

沈雲商點頭。「嗯，但這件事不能讓母親知道，母親要是知道我在人前動了武，我肯定沒有好果子吃。公主在裴行昭那裡找不到突破口，已經開始威脅我了，我豈能坐以待斃？但我們心裡都清楚，我們胳膊擰不過大腿，所以就得找個能擰得過的。」

玉薇皺著眉，不解地道：「可小姐怎知邊境會需要這筆錢？邊境的糧草、棉衣，朝廷自會供給，且就算邊境真的需要，將軍又如何能擰得過皇子、皇女？」

放在以前，沈雲商也會這麼認為。

過往這些年他們除了知府大人外，就再沒有見過什麼權貴，所以在他們心裡，世家大族那是立在雲端的，他們一輩子都搆不到，而皇權那更無須提了。皇權之下，只有服從，沒有說不的權利。

但她在鄴京做了三年世家大族的少夫人，見識自然比十七歲的沈雲商要多得多。

鄴京遍地是貴人，自然規矩繁瑣，且大族之間也分個高低，世家大族養出來的貴女，氣度、學識絕非常人可比。她剛去的那會兒，許多人看不上她商賈之女的身分，明裡暗裡的輕視忽略，好在崔九珩待她好，常帶她參加名門宴會，崔夫人也因崔九珩的請求，耐心地手把手地教她如何管家、如何融入貴夫人與小姐們之間。

各族見崔家如此重視她，態度也就慢慢地不一樣了，她也開始有了自己的圈子。

雖然嫁給崔九珩不是心中所願，那些年她過得也並不歡愉，甚至是戰戰兢兢的，但不可否認，她確實在崔家學到了很多東西，也看明白了很多事。

比如，世家大族並非表面那般光鮮華麗；再比如，皇子、皇女其實並不是不可撼動的，他們頭上有東宮、有陛下，而且，他們離不開世家大族和朝臣的擁護。

東宮是已故元后之子，當今皇后膝下又有嫡子，所以太子殿下與趙承北便注定是對立的，更準確地來說，是你死我活的關係。

不論誰登頂，都不會給自己留下這麼大的隱患。

前世，趙承北因賑災銀一事聲名大噪，後來三年，在崔九珩和裴行昭的鼎力協助下，聲望逐漸高過太子，再後來，太子受母族牽連被廢黜，趙承北笑到了最後。

再之後的事，她就不知道了。

但她很清楚現在的趙承北還得夾著尾巴，屈居東宮之下，並不能為所欲為。不過想要對他們這些商賈動手倒不是什麼難事，所以，她需要找一個可以讓趙承北忌憚的存在，哪怕只是忌憚一時，也夠解眼前的危機了。

而現在的她不認識什麼名門大族，她有的只有錢，而剛好，幾位大將軍需要錢。

再恰好，這幾位大將軍在朝中都很有威望，其中一位更是在年後打了一場大勝仗，名震四方，只是那位將軍的身分有些特殊，在她死前的一個月，他便解甲歸田了。

「今年的天冷得太快了，所以我猜想邊境可能會需要糧草、棉衣，我們便提前備好，在他們需要時給他們送去，來個雪中送炭，再怎麼樣也能求一個庇護。」沈雲商輕聲向玉薇解釋道：「趙承北如今只是皇子，有太子壓在他頭上，他正是需要威望和擁護的時候，邊境幾位大將軍，他暫時是不會得罪的。」

玉薇似懂非懂地點點頭。

沈雲商看著她微蹙的眉頭，不由得輕輕一笑。

那三年她在學習，玉薇也在學。玉薇很聰明，一點就通，崔夫人身邊的嬤嬤便樂意多教玉薇幾句。雖然現在她們又回到一切尚未開始的時候，但她相信，以玉薇的聰敏，這些事很快就能得心應手。

「趁著天黑，妳去將鏢局管事的請過來，這趟鏢太過緊要，我們得好生商議，確保萬無一失。不過……」

「不過什麼？」

「沿路有山匪，光憑鏢局中人的身手，恐怕不一定能安全地將東西送過去。」沈雲商微微瞇起眼。「我還得去請一些人隨行保護才行。」

玉薇疑惑地問：「請誰？」小姐認識的人她都認識，並不覺得有誰適合幹這件事。

「此事我心中有數，但是……」沈雲商垮下臉看著玉薇。「需要錢。」

「現在江湖黑榜都已經開始通緝我們了，況且，附近幾城已經沒有凶犯可以抓了。」

沈雲商重重一嘆。

「或許……可以先用這裡的？」玉薇道。

沈雲商看了眼箱子裡的銀票，半晌後搖搖頭。「請這些人很貴，不是一筆小數目。而且，一百萬兩或許還不夠用。」

崔九珩說過，光是邊境幾城的賑災銀就高達百萬，若再加上城災區，那是全然不夠的。不過到時候雪災，她可以去求父親、母親，對於災民，父親跟母親必然會出手相助。

現在，她只須想辦法再去弄十萬兩。那裡頭的人一個人兩萬，她要請五個！

沈雲商往後一躺，十萬兩啊，怎麼弄？

惱。

在這之前，她從來沒有想過，她堂堂姑蘇首富家的獨女，有朝一日竟然會因為錢而苦

同時另一邊，裴行昭也在與綠楊商議著該如何將銀錢瞞著趙承北的耳目送出去，並屯好棉衣、糧草，及時地送到各處邊境。

可二人想來想去，都沒個萬全的法子。

「公子，您以往若努力些，此時定然不會為此發愁了。」作為江南首富家的獨子，早該培養自己的人脈勢力，但裴行昭過往十幾年是個只會花錢的浪蕩子。

他身邊會武功且完全可信任之人，只有綠楊。

裴行昭冷哼。「要你說！」他自己也都快要悔死了。「所以，想來想去，還是只有鏢局能解燃眉之急；至於屯糧草，只能你去一趟了，我得留在這裡應付趙承北。」

「可公子不是說，鏢局也並不能保證萬無一失嗎？」這世間還有一種存在，叫做山匪。

「時間不等人，我們要用最快的速度辦成這樁事。」裴行昭面色鄭重地道：「趙承北不會放過我，所以晚一天，就多一分危險；至於鏢局……確實不夠，但若是能請高手隨行，便要穩得多。」

現在的他不認識鄴京貴族，也沒有公主放權給他，他沒有勢力，沒有影衛、侍衛可用，做事便很束手束腳。待此事一結束，他便得開始培養人手了。

「高手？那至少也得像守庫房那位那麼高，不然也只是去送人頭的；而且還得絕對的安全，確保不會中途叛逃。」江湖中多的是見財起意、殺人越貨的。

裴行昭斂眉「嗯」了聲。隨行的高手，他心中倒是有人選，但是，他還需要十萬兩。

「你說這錢，怎麼這麼不經用呢？」

「照您這麼個用法，就是一座金山，遲早也得讓您搬空。」

然而，還沒等二人找到新的財路，麻煩就已經找上門了。

沈雲商這日剛用完早飯，素袖姑姑就過來稟報，她的友人來探病了。

之前幾日為了出門賺賞金，沈雲商裝了場病。

但她一時想不到誰會冒著這麼大的雪來看她，若是那幾個傢伙，素袖姑姑會直接報名字……哦不對，哪需要素袖姑姑特意來通報，他們自己就會闖進來了。

嗯？她好像想到那十萬兩要怎麼弄了！

「素袖姑姑，是何人？」沈雲商心頭有了打算，便急著想出門一趟。

素袖回道：「是兩位姓崔的公子，及一位崔姓小姐。」

崔姓可是大族，且幾位公子、小姐一瞧便是氣度不凡，所以夫人才趕緊讓她過來通報，卻不知小姐是如何認識這些大族家的公子、小姐？

沈雲商臉色一白，趙承北打上門來了！

「我知道了，我換件衣裳就去。」沈雲商怕素袖看出什麼，儘量語氣平靜地道。

「是。」素袖頷首離開，回去覆命了。

素袖一走，沈雲商的臉色就沈了下來。

玉薇皺眉道：「小姐，怎麼辦？」

沈雲商壓下心慌，思索著對策。

趙承北既然不願鬧大了損了他的皇家臉面，今日怎麼會上門？是因為她多日不出門，他沈不住……不對！沈雲商突然想到了什麼，眼神驀地一亮。

兩位崔姓公子，也就是說，崔九珩也來了。

前世，趙承北在江南所做的一切都是瞞著崔九珩的，她嫁過去後崔九珩才知道真相，因此跟趙承北大吵了一架。

所以今日，趙承北既然帶著崔九珩一起上門，那就不會做什麼，他此行，怕只是來警告她的。

想通其中關節後，沈雲商心神微鬆，勾唇道：「換衣裳，去會會他。對了，我『病了』這麼多天，裴昭昭竟然沒來看過我嗎？」

「奴婢方才正想稟報此事，裴公子半月前在來看姑娘的路上，馬車翻了，腿摔斷了。」

沈雲商倏地站起身，不敢相信自己聽到了什麼。「以他的身手，翻個馬車就能把他的腿摔斷了？」

玉薇沈默著沒吭聲，她也很好奇裴公子這腿是怎麼斷的？

沈雲商也跟著沈默下來，很快地她心裡便有了答案。「他該不會是借此在躲趙承北吧？」

玉薇一愣。「倒是有可能。」

沈雲商不由得嗤笑了聲。「出息！等見完趙承北，我們去看他笑話！」

沈雲商妝扮好後，捏著手絹，走幾步就咳幾聲，裝作一副大病初癒的模樣，往正廳走去。

昨夜雪已經停了，早晨時下人就將路上的積雪清理乾淨了，一路倒也算平坦。

雖然她猜測趙承北今日不會為難父親、母親，但此人太過危險，她心中還是有些擔憂，不過一炷香的時間，便到了前院。

她才走到廊下，便聽見裡頭愉快的交談聲傳來，她微微一怔後，不由得放輕了腳步。

「原來你們是來遊玩時迷了路才與小女認識的啊！哈哈，小女心善，又是個熱心腸，帶個路而已，她肯定不會拒絕的。」沈楓笑著道。

「正是，沈小姐人美心善，確實幫助我們良多。原本我還感嘆沈小姐這般的花容月貌，世間難得一見，今兒一見沈老爺、沈夫人，可算是明白了。」

這是三公主趙承歡的聲音。

「沈小姐這模樣，全然是遺傳了沈老爺與沈夫人的。」

「崔小姐謬讚了。」白蘞柔聲道。

「小妹說的確是事實。在下見二位感情深厚，默契非常，想必沈老爺與沈夫人當年定也是一段佳話吧？」趙承北道。

沈雲商神情一滯。類似的話，崔九珩也曾問過她。

「哈哈，崔公子好眼力，我和夫人當年那自是好一段佳話呢！」沈楓一臉陶醉地說：「我記得很清楚，那年花燈節，萬頭攢動，而我一眼就看見了夫人，夫人提著花燈，恍若仙子下凡，我們一見鍾情——」

白蘞忍不住打斷他。「是你對我一見鍾情。」

沈楓笑著道：「嗯，對對，是我對夫人一見鍾情，開始猛烈地追求，送花、送首飾、送錢、送鋪子、送房產、送衣裳、送糕點、送……」

白蘞瞪了他一眼，沒好氣地道：「還送了一對石獅子！你們說這人是不是有病？誰追姑娘送石獅子？」

「總之呢，就是在我的不懈努力下，終於打動了夫人的芳心，抱得美人歸。」沈楓得意地端起茶杯飲了口。

白蘞哼道：「分明就是你不要臉，天天往我家湊，父親跟母親嫌你煩才答應的。」

沈楓一愣，放下茶杯，一臉震驚。「夫人嫌我煩？為什麼？夫人不愛我了嗎？夫人，是我哪裡做的不好嗎？夫人，妳看看我，是不是我垂垂老矣，妳嫌棄我了……」

沈楓喋喋不休，一個人就能叫廳內熱鬧不已。

崔九珩和趙承歡皆面無表情地看向趙承北。好端端的，起這個話頭做甚？

趙承北默默垂首。他好像就問了一個問題……

沈雲商聽到這裡，勾了勾唇，抬腳踏進廳內。

第五章

「父親、母親。」沈雲商柔柔弱弱地請了安，並輕輕咳了幾聲。

「哎喲，商商來啦！怎麼樣啦，身子好些沒有啊？」沈楓一見沈雲商過來，便想起身過去，被白蕤用眼神制止了，遂只得身體微微前傾，關切地問道。

沈雲商輕柔回道：「回父親，女兒已經無礙了，咳、咳咳……」

「嘖，這還咳著呢，怎麼會無礙？冰天雪地的就該好好在屋裡養著，妳出來做——」

「咳咳咳！」沈楓的話還沒說話，就被白蕤的幾聲清咳打斷。

沈楓似這時才反應過來，神色有些尷尬地飛快掃過面前幾位客人。

沈雲商今日之所以出門，正是因為他們的到訪。

「那什麼……商商啊，這幾位崔公子、崔小姐是專程來探病的，妳說說這大冷天的還特意來一趟，真是有心了。」沈楓話鋒一轉，哈哈笑道。

趙承北自然不會去計較他方才因擔憂女兒的失言，只輕輕一笑，看向沈雲商。「沈小姐與小妹一見如故，又於我們有恩，自然該來的。沈小姐，妳說是吧？」

沈雲商的手絹還掩在唇邊，聞言輕輕抬眸，就對上趙承北溫和的笑容，她下意識地捏緊了手中的繡帕。

世人都道二皇子殿下和善大義、仁慈寬厚，可她卻清楚，這人笑容底下掩藏著多麼深的心思，笑面虎都不足以形容趙承北。

即便她多活了那三年，但心中對於這個人的忌憚和懼意，仍舊還在。

「咳，咳咳咳……」沈雲商垂眸，又是幾聲清咳，待緩過來些，才勉強露出一個笑容。「崔公子客氣了，不過舉手之勞，不足掛齒。倒是我病了這許多日，精神不濟，怠慢了各位。」

「沈小姐哪裡的話，今日是我們貿然上門，失禮打擾了小姐休養。」趙承歡看著沈雲商，好似帶了幾分內疚地道：「是我的不是，先給小姐賠罪了。」

沈雲商不由得再次抬眸望去，就見對方輕輕朝她笑了笑。

趙承歡五官明豔，饒是她渾身透著貴氣，可不知是不是容貌的原因，讓她的聲音聽起來帶著幾分嫵媚，普普通通一句話都像是帶著鈎子似的，但又偏偏叫人生不出半點旖旎和輕視，甚至她那無形的氣勢能壓得人瞬間彎下脊梁，對她俯首稱臣。

這就是皇女與生俱來的貴氣和底氣，沈雲商早已見識過。

初見那次她盛裝打扮赴約，卻在見到趙承歡的那一刻，氣勢全無。

但這一回，不一樣了。

她畢竟做了三年崔家婦，幾乎日日被架著在貴夫人和小姐堆裡周旋，成長迅速，即便今日來的是皇后娘娘，她也能應對自如。

與生俱來的皇家氣勢她壓不過，自然也不用去壓。

對方若氣勢凌人，她便可和煦如風，輕柔如水，只須鎮定自若，如此，即便身分遠不如對方，也能不落下乘。這是崔夫人教她的。

沈雲商用繡帕輕輕壓了壓唇，而後眉眼一彎，淺淺一笑，聲音細柔但卻吐字清晰。「崔姊姊來，我自是萬分開心，豈有打擾之說？上一次與崔姊姊在茶樓相談甚歡，還討了崔姊姊幾杯上好的雨前龍井，我一直惦記著得再請回去，正好今兒崔姊姊與兩位公子來了，我自是要好生招待的。」說罷，她沒給趙承歡開口的時間，轉頭朝沈楓和白蕤屈膝，恭敬地請示道：「父親、母親，今日女兒的好友來訪，不知可否自作主張，設宴宴請好友？」

沈雲商一番話落，不說趙承歡幾人愣了愣，便是沈楓和白蕤一時都沒有反應過來。

那一瞬，他們好像從女兒身上看到了幾分不該屬於她的威壓。

白蕤最先回神，她神色複雜地看了眼沈雲商，才道：「自是可以。你們難得相聚，我們長輩在這裡反倒礙事，我將素袖留在這裡，有什麼需要，妳吩咐她就是。」

沈雲商含笑道謝。「多謝父親、母親。」

白蕤拉著沈楓離開時，避著人朝素袖使了個眼色，後者微微頷首。

二人走到廳外，才傳來沈楓的聲音——

「哎呀，我怎麼覺得我們女兒懂事了好多啊，夫人妳說是不是啊？嘖嘖，我這心啊，可真是倍感熨貼……」

聲音逐漸遠去，很快便消失。

趙承歡臉上的笑容淡了下去，若有所思地盯著沈雲商。

在茶樓時，沈雲商抬著下巴強撐著氣勢，卻是一隻紙老虎，周身沒有半點稜角，如今不過半月，她卻好似變了個人；還是說，那日不過是她的偽裝？

趙承歡絕不相信一個人可以在這麼短的時間內變化如此之大，若非知道沈雲商的身分，便是告訴她這是鄴京哪家貴女，她都是信的。

趙承北同樣神色難辨地看著她。

只有崔九珩雖先是略顯驚訝，但很快就垂下了視線。

沈雲商只當不知他們的打量，在玉薇的攙扶下坐到崔九珩旁邊的椅子上，正好，與趙承歡面對面。

「素袖姑姑，煩勞妳幫忙去廚房說一聲，今日中午要準備府中最高規格的宴席，看看廚房有沒有善鄴京菜系的廚子，若是沒有，便去姑蘇酒樓請一位過來。」

姑蘇酒樓是姑蘇城最好的酒樓，沒有之一。

裡頭日日滿座，規矩是得提前三日預約，但並不一定排得上號，要是當日去，那就更不可能有位了。

崔九珩讓人排了好幾天的隊才得以進去，此時聽沈雲商要請人家廚子過來，便疑惑道：

「沈小姐如何能請得動姑蘇酒樓的廚子？」西燭當時花了大價錢都沒能在當日買到一個位

子，這廚子是如何能說請就請的？

沈雲商從進來開始，便一直沒往崔九珩處看過，因為對於這個人，她的心情很複雜。

她知他本性善良，許多事情都是受趙承北所欺瞞，而趙承北對他也算是真意，諸多事都不願髒他的手，只除了一樁。

「此毒乃浮水，脈象癥狀與風寒相似，但對身體無礙，只要按時服用解藥，一個月即可解毒。」

「可我見她近日身體每況愈下，當真沒有問題嗎？」

「崔公子放心，我定不會看錯。」

那是她得「風寒」後的第十日，她無意中聽見崔九珩與一位民間頗具盛名的大夫的對話。

也是從那時開始，她知道，她不是得了風寒，而是中了毒，但毒卻並非是浮水，而是碧泉。

很多人不知，只當碧泉與風寒癥狀一模一樣，在生前幾乎無法分辨，但她卻知道一個分辨的辦法——中了碧泉之毒，血液進入水中，會立即消失不見。

她也很快就明白，這是趙承北的手筆。

崔九珩去民間找大夫來看，就是已經不相信太醫院的人，在懷疑趙承北了，只是他沒想到，這位大夫也被趙承北收買了。

她不是沒有想過將真相告訴崔九珩，可那時太子式微，趙承北如日中天，她若得罪了他，沈、白兩家，包括裴行昭，都不會有好下場。

趙承北既然要她的命，她給就是了，只要她的家人能平平安安。

所以從那以後，她再也沒有吃過藥，就讓崔九珩以為她是因為沒有服用湯藥而死的。

但要說恨，她對崔九珩著實是恨不大起來。

她在崔家受恩頗多，他也確實沒有害她之心。

但他們終究立場不同，崔家與趙承北一體，他與趙承北情誼又太過深厚，甚至可以說是堅不可摧，所以他們，注定是站在對立面的。

「崔公子不知，我對姑蘇酒樓的東家有過救命之恩，所以他承諾過，姑蘇酒樓永遠為我開特例。」沈雲商淡淡回道。

她對趙承北示弱沒有用，那三年就是前車之鑒。

所以這一次，她得要他知道她有利用價值，不能輕易動她，如此她才有時間籌謀。然而她對於趙承北的利用價值並不多，所以她要把能擺的都擺到他跟前。

雖然姑蘇酒樓在他眼裡或許算不得什麼，但卻並非毫無價值。

「呀，什麼貴客竟勞沈大小姐去請姑蘇酒樓的大廚啊？」

突然，一道吊兒郎當的聲音從廳外傳來，隨之而來的還有叮噹聲響，像是環珮玉石相撞。

廳內頓時安靜了下來，紛紛朝外望去，很快便看見一位打扮得……華麗到刺眼的公子瘸著腿，大搖大擺地走進廳內。

他腰間掛著的金珠珠和玉石串隨著他走動輕輕搖晃，發出清脆悅耳的聲音。

活像個行走的小金山。

但他那張臉太能扛，這般招搖竟也不顯俗氣，反而像極了世家大族寵出來的矜貴小公子。

不過，應該沒有哪個世家大族的公子會這麼打扮。

趙承北幾人一時都看得愣了神。

趙承歡實在沒忍住，問道：「你……不嫌重嗎？」

裴行昭大剌剌地走進來，手一招，讓人將幾個金燦燦的金箱子抬到沈雲商面前後，這才拱手朝他們行禮。「原來是崔公子、崔小姐啊！我有深厚的內力傍身，一點也不覺得重，而且，習慣就好。」說完，他便坐到沈雲商旁邊的椅子上，側身朝她道：「沈商商，聽說妳病了，怎麼樣了？嘖嘖，看這樣子好像瘦了不少呢！這不，我今兒就去請了尊金菩薩來，保佑妳身體康健、平平安安。」裴行昭邊說，邊讓人將金箱子打開。「還有一些是我這些日子讓人給妳搜尋來的奇珍異寶，妳挑挑，有喜歡的就擺在房裡，不喜歡的就擱在院子裡。」

廳內其他人一陣無語。奇珍異寶擱院子裡？鄴京幾大世家也沒這麼奢侈吧！

「崔公子、崔小姐也是來探病的嗎？真巧啊，看來今日我能託各位的福，吃一頓好的了。」等金箱子開完了，裴行昭才抬頭看向趙承北，彎起一雙桃花眼道。不等趙承北回答，他目光一轉，狀似隨意地說：「咦，你們來探病沒送禮嗎？」

趙承北、崔九珩、趙承歡三人不約而同地側眸瞥了眼一旁他們帶來的禮物。本來不算輕的，但如今跟裴行昭的比起來，怕是還沒他半個金箱子蓋貴重。

崔九珩和趙承歡再次同時看向趙承北。今日就不該聽他的來這一趟！丟死人了！

沈家後院，一處廊下。

「夫人啊，妳說這崔家幾位公子、小姐真是來探病的嗎？我怎麼覺得來者不善呢？」從前廳出來，繞過長廊，沈楓臉上的笑容就消失了，他皺著眉轉頭往正廳的方向望了眼，擔憂道。

白蕵正在思索著什麼，聞言愣了愣，問他。「為何這麼認為？」

沈楓一臉正色地道：「因為我了解咱們女兒，這可不是她對好友的態度。我覺得女兒並不想見到他們，那假笑都要趕上她老爹了啊！」

白蕵心神微鬆，還以為他真看出了什麼。「不管他們目的何在，女兒吃不了虧就行。」

沈楓還是有些擔心。「可畢竟是姓崔。」在身分上能壓人一大截。

「這是我們的地盤，便是崔家人，也不能在這裡欺負了商商，況且女兒有自保的能力，無須擔憂；再者，我也第一時間讓人去請阿昭過來了。」白蕵不甚在意地道：「老爺若實在不放心，就去查一查，女兒是否給他們指過路。」

沈楓眼神一亮。「夫人說得對，我這就讓人去查。」說完轉身離開。

白蘞在原地立了好半晌，直到素袖過來。

「夫人，小姐讓奴婢去請姑蘇酒樓善鄴京菜系的廚子。」素袖帶著幾分憂思道：「看來是來自鄴京崔家……」

白蘞面色一緊。鄴京崔家，只有嫡系那一脈。他們接近商商的目的何在？

「夫人，可要讓人盯著這幾位？」

「不必，我們還不清楚他們的目的，先不要打草驚蛇。」白蘞神色微冷。「妳去吧。」

素袖恭敬地頷首道：「是。」

茶室中，沈雲商與趙承歡相對而坐，玉薇在一旁默默地煮著茶。

趙承歡瞥了眼茶葉，微微勾唇。「讓沈小姐破費了，這可比本公主那幾杯雨前龍井值錢多了。」

沈雲商淺笑頷首。「招呼殿下，自然該拿出最好的。」

「也是，你們不缺錢。」趙承歡道：「光裴公子送的那幾個大金箱子，就夠買上許多了。不過……」

沈雲商安靜地等著她後頭的話。

「財不外露這個道理，妳與裴公子好像都不大懂？」

沈雲商默了默，而後略有些不解地抬眸。「和鄴京四大世家之一的崔家比起來，這些便不入眼了，在公主眼裡，更是些微不足道的小東西，我們何必藏著掖著？」

趙承歡眼底當即浮現出幾絲冷光。她是真不知道的無心之言，還是已經猜到了他們的目的？現在，皇家最缺的就是錢。

「裴昭昭三天兩頭就往我這兒抬幾箱子，我一時倒也沒覺出什麼不妥，今日得公主殿下提醒，我日後便會注意些。」沈雲商正色道：「讓他從後門送。」

趙承歡無言。怪不得皇兄非要裴行昭。

「不過說起來，我倒有一事不解，不知能否請公主解惑？」沈雲商笑意盈盈地看著趙承歡。

趙承歡似笑非笑。「沈小姐說來聽聽。」

沈雲商偏頭望向院中的八角亭內，目光在崔九珩身上停留了幾息，才轉頭看向趙承歡。「崔公子芝蘭玉樹、溫潤矜貴，公主身邊有這樣出塵絕世之人，怎還瞧得上我一介商家女的未婚夫？」話落，亭中有人重重放下茶杯。沈雲商沒去看，只垂眸輕笑了笑，而後她好似沒有察覺到趙承歡驟冷的氣勢，繼續道：「便是公主不喜崔公子這樣的，鄴京世家公子如雲，公主怎偏偏會看上裴行昭？」

趙承歡細細瞧著沈雲商，見她似乎並非另有深意，才偏頭望了眼亭中。「情之一字，如何說得清啊？」說這話時，趙承歡臉上帶著笑，但眼中卻無笑意。茶室內安靜了幾息後，趙承歡才緩緩轉頭，臉色已全然沈下來，帶著幾分凌人之氣。「本公主就喜歡這樣的，不行嗎？還是說……妳想跟本公主爭？」

沈雲商不慌不忙地放下茶盞，莞爾一笑。「我沒有這個意思。」

趙承歡聽出她後頭還有話，便沒出聲，只目光凌厲地看著她。

果然，只見沈雲商輕輕抬頭，語氣溫婉柔和地道：「因為，裴小昭本來就是我的。他生是我的人，死是我的鬼，誰想要他，就得從我的屍體上踏過去。」

趙承歡凌厲的眸子中閃過一絲異光，許久後，她才道：「上次見沈小姐，沈小姐可沒現在這般氣勢。」

「公主都要搶我未婚夫了，我還有什麼可示弱的？作為姑蘇首富家的獨女，公主覺得，我該是怎樣的？」沈雲商一番話滴水不漏，又將問題拋給趙承歡。

趙承歡看著她半晌，輕輕一笑。「若不是妳的未婚夫入了本公主的眼，我們或許還能做朋友。」不待沈雲商開口，她便斂了笑容，冷冷道：「沈雲商，妳可知道，忤逆本公主的下場？」

「公主這話我可擔不起，我不過是不同意將未婚夫讓給公主罷了，何談忤逆？」沈雲商眨眨眼，身子微微前傾，語氣輕緩地道：「我知道公主殿下權勢滔天，但若沈、白、裴三家傾力抵抗，怎麼也會在民間激起幾朵水花，若是消息傳到鄴京，恐怕會有損公主殿下清名。」

趙承歡的臉色微變。若沈、白、裴三家全力抵抗，那可不只幾朵水花。「妳在威脅本公主？」

「不敢。」沈雲商淡淡地道：「我只是想過好自己的日子罷了。公主也知道，我是沈家獨女，自小吃慣了獨食，絕不允許有人從我手裡搶東西。寧為玉碎，不為瓦全，這就是我給公主殿下的答案。」

趙承歡神色難辨地看著沈雲商，半晌後，她道：「即便妳不顧及沈家幾百條人命，可妳怎麼認為，裴家會為妳做到如此地步？」

沈雲商淡笑道：「裴家不只是為我，更是為了裴家獨子。公主還不知道吧？雖然裴昭昭是個遊手好閒的街溜子，但裴伯伯就這麼一根獨苗，誰敢打他的主意，那可不得拚盡全部？還有……」沈雲商笑容淡去，直直盯著趙承歡。「沈、裴兩家上千條人命，公主殿下確定您能揹負得起？還是說，二皇子殿下揹負得起？」

趙承歡終於確定，沈雲商果然已經知道了什麼。她的眼底盛著幾分怒氣，一字一句道：「沈雲商，妳知不知道妳在說什麼？」

「我說過了，我這個人吃慣了獨食，誰要想從我嘴裡搶東西，我就是死也要咬下對方一塊肉。」沈雲商分毫不讓，眼神毫不閃躲地迎上趙承歡，咬牙道。

二人對峙，氣勢一時竟難分輸贏。

玉薇神色平靜地跪坐在一旁，心中卻是心潮澎湃。小姐霸氣！

這時，外頭傳來素袖的聲音——

「小姐，午宴已準備妥當。」

沈雲商沒出聲，玉薇便起身出了門。

茶室內，緊張的氣勢也隨之減弱。

趙承歡的笑意不達眼底。「是本公主小看妳了。」

沈雲商瞬間收斂氣場，拿著繡帕輕輕壓著唇角，又成了那個大病初癒的沈小姐，似是嘲諷的一笑。「大約，我只是太自私，且太不要命了。」

可偏偏就是自私又不要命的，最不好打交道。

趙承歡瞥了眼亭中已起身的幾道身影，意味深長地道：「那就且看，誰能笑到最後。」

趙承北和崔九珩並不知曉茶室內這番看似平靜卻緊張的交鋒，只有內力深厚的裴行昭聽見幾成。

趁著入席的空隙，裴行昭碰了碰沈雲商的胳膊，輕聲道：「厲害啊，沈商商，沒想到我在妳心裡這麼重要啊！」

沈雲商早知他聽得見，對此半點不意外，只是……她瞥了眼他的腰間。「怎麼多了這麼多串玉石？」他不是只掛金珠珠嗎？

「哦，我在來的路上碰見了慕淮衣，我跟他說我要來見情敵，他就把自己腰間的玉石串都扯給我了，說給我充場面。」裴行昭笑道。不要白不要，能換不少錢呢！

沈雲商無語。

姑蘇的人都知道，姑蘇城有兩大行走的山，一乃裴行昭，金光燦燦的金山；二是慕淮衣，晶瑩剔透的玉山。這兩個人上輩子大約是兄弟，愛好簡直是出奇的一致。

「哦對了，他本也是要過來探病的，只是中途將行頭都給我了，他覺得無法見人，就轉頭回去了，將禮物給我，讓我給妳帶來。」裴行昭繼續道。

沈雲商眼睛一亮。「禮物呢？」

「我都裝進金箱子裡了。」

「可我覺得按照他的作風，應該會給我抬個鑲滿玉石的箱子來，箱子呢？」上頭的玉石摳下來能值不少錢呢！

「那一看就是慕家的東西，怎麼忽悠他們啊？」

裴行昭朝前方趙承北幾人的方向抬了抬下巴。

沈雲商深吸一口氣。該不會丟了吧？敗家子！算了，等會兒她自己上門去要。

今日算是把趙承歡得罪狠了，她得趕緊湊夠錢去尋求庇護。

方才那些話只是唬趙承歡的，她怕死得很，更不會真的蠢到只拿沈家去跟趙承北拚。

大約是因為有崔九珩在，有些戲就還得演下去，因此今日的午宴算是賓主盡歡。

午宴過後，趙承北幾人沒有再留，起身告辭。

沈雲商與裴行昭將人客氣地送到府門，馬車離去後，二人臉上的笑容立刻就淡了下去。

沈雲商目不斜視地道：「要進去坐會兒嗎？」最好不要，她還得趕時間去見慕淮衣。

裴行昭攏在衣袖中的手，捏了捏手心裡趙承北塞給他的紙條，面色平靜地說：「不了，我還得回去養傷。」趙承北約他一個時辰後在醉雨樓見面。

沈雲商垂眸看了眼他的腿，她還是不信他腿上有傷。

「行，不送。」沈雲商說罷便轉身，頭也不回地往府中走。

裴行昭不滿地轉頭看她。「喂，沈商商，妳也太沒良心了，我腿上有傷啊，妳都不扶我——」

「啊！」

裴行昭的話還未說完，便見沈雲商跨門檻時不慎踩到裙角，整個人朝前撲去，他眼神一變，如一道風一般迅速地掠到她身旁，一把摟住她的腰，將她攬在懷裡。

「沒事吧？」身形穩定下來後，裴行昭皺眉道：「沈小商，妳怎麼越活越回去了？連路都走不穩……」裴行昭的聲音越來越小，因為他發現沈雲商唇邊帶著笑，眼神往下，落在他的腿上。「妳懷疑我就直說，何必弄這齣？」

沈雲商抬眸看了他片刻，猛地靠近他，手搭在他肩上，柔聲道：「我覺得現在這樣比直接問有意思多了，你覺得呢？」她靠得很近，鼻尖幾乎就要碰到一起。

裴行昭心尖不由得一顫，摟著她腰身的手也驀地一緊。

這一刻，他再一次真真實實的感受到，他們現在還是屬於彼此的。

她是他的沈商商，不是崔家少夫人。

不，現在不是，以後也不是，永遠都不會是！

她只能是他的，任何人都不能將她從他身邊搶走。

他眼底的陰鷙又逐漸的浮現，毫不掩飾，抑或者說是已不受他控制，那不知是何時開始壓在他心頭的執念，已經越來越深。

到如今，已經開始瘋狂地往外滋生，逐漸超出了他可控的範圍。

沈雲商將他的神情盡收眼底，笑容微斂。「裴昭昭，你怎麼了？」

一聲熟悉的裴昭昭，讓他猛然清醒。

裴行昭慢慢地垂眸，視線落在那柔軟的櫻唇上。

沈雲商似是察覺到什麼，慌忙想要抽身，可他摟得太緊，她竟一時退不得半步，頓時便有些急了。「裴小昭！這是在門口，你想幹什麼？」

門外，兩個門房已經悄悄地伸頭望過來。

府中的下人也都若有若無地看了過來。

玉薇跟綠楊倒是垂著頭，只是那眼神時不時就往這裡瞥一眼。

二人青梅竹馬，又有婚約，且兩情相悅，自沈雲商及笄後，裴行昭時不時就要按著她親一會兒，像是等了多年，格外迫不及待似的。

但也就僅限於親吻，沒有再出格的行為，且那都是在屋裡，或是自己院裡，在門口……沈雲商還沒有嘗試過。

「你瘋了？吃錯藥了？快放開！」周遭人多，沈雲商又急又羞，低聲罵道。

然而裴行昭卻好似沒聽見似的，突然就彎腰靠了過來，沈雲商嚇得雙眼緊閉，可意料之中的事並沒有發生。

裴行昭的唇落在她的耳畔。「沈商商，我也一樣。」

沈雲商睜開眼，一時沒明白他是什麼意思。

「我也是家中獨子，吃慣了獨食，絕不會叫人將妳從我身邊搶走，除非，我死了。」裴行昭聲音輕緩，卻異常的堅定。

沈雲商愣了愣，反應過來後輕輕勾起唇。可就在她心中的動容達到最高峰時，卻又聽他道——

「妳的病也是裝的吧？還有，妳方才怎麼那麼大反應？妳以為我要做什麼？」這回，他的語氣又換回了平日的吊兒郎當。

沈雲商哪能聽不出他是故意的，胸中的情意頓時消散無蹤，氣得一腳踩在他腳上。「你給我放開！」

「我不放。妳先回答我，妳為什麼裝病？」

「你先放開。」

「不行啊，我們現在是在耳語，放開了聽到的人就多了，萬一趙承北的人還沒走，聽到了怎麼辦？」

沈雲商嘴角抽了抽。她了解這人的臉皮，她若不說，他就能不要臉的一直這麼抱著她，但她得要臉啊！半晌後，她咬牙道：「他是皇子，總不能一直留在這裡，我想裝病拖延時間。」

「哎呀，我們真是心有靈犀，我也是這麼想的。」

沈雲商瞪他一眼。「現在可以放開了？」

裴行昭笑道：「可以啊！」他嘴上說可以，卻並無動作。

沈雲商不由得抬頭看他，卻見裴行昭也抬起了頭。

但裴行昭看的是周圍。

隨著他目光掃去，周圍所有人都不約而同地低下頭。

就在這一剎那，裴行昭突然低頭在沈雲商唇上印下一吻，然後放開了她。

沈雲商被這偷襲般的一吻愣住了，指尖隱隱發麻，甚至忘了要第一時間罵人。

「那我就走了，別太想我哦！」

直到人走出府門，沈雲商才反應過來，她握著拳喊道：「裴、昭、昭！你給我站住！」

裴行昭自然不會站住，他溜得飛快。

但他一出門，正好撞上回來的沈楓。

因為跑得快，腰間的金珠珠飛快搖擺著，發出叮噹脆響，格外引人注目。

「沈伯伯，您回來啦！」

沈楓的視線落在他腰間的金珠珠上，似笑非笑道：「這金珠珠還不錯嘛！」

裴行昭並沒聽出有什麼不對，眼睛一亮地說：「是吧，沈伯伯也這麼覺得，沈伯伯要是喜歡，我摘幾串給您？」

沈雲商追出來時就聽見他這話，當即倒抽了一口氣。

在父親眼裡，那些金珠珠就是她花二十萬兩給他打的，裴昭昭這話落在父親耳中，無異於挑釁啊！

果然，沈楓的臉色頓時就不好看了。

沈雲商趕緊提裙跑過去，一把將裴行昭扯過來。「你不是急著回去嗎？還不走，愣著做甚？」

裴行昭萬分不解。「妳別推我啊，不急在這一時，妳讓我給沈伯伯扯幾串——」

「你給我閉嘴！走！」

沈雲商連推帶拉地將人送上馬車，還順手一根銀針扎在馬屁股上。

馬兒吃痛，嘶鳴一聲就跑了出去，車伕嚇得趕緊拉穩馬繩。

可憐裴行昭才被推進馬車，還沒來得及坐好，就被甩得一個踉蹌，撞在車壁上。待他穩好身形後，立即捂著額頭，氣急敗壞地拉開側邊簾櫳。「沈商商妳幹什麼啊？謀殺親夫啊？沈伯伯，您要給我作主啊！」

「哎哎哎，我還沒上去呢！」綠楊看熱鬧看得正起勁，直到馬車駛出老遠才反應過來，臉色一變，趕緊追了上去。「公子您等等我啊！」

沈雲商只當看不見身後的兵荒馬亂，笑著去扶沈楓。「爹爹去哪裡了啊？可有用飯了？」

沈楓氣得不行，指著馬車離開的方向吼道：「妳說他什麼意思？啊？跟我炫耀還是跟我示威呢？妳叫他回來給我說清楚！」

「爹爹放心，回頭我肯定好好揍他一頓，好好教訓他。」沈雲商一邊拉著沈楓往府中走，一邊認真說道。

「還給他作主？我還嫌妳那銀針扎少了呢！要我說，妳就該多扎幾根！」沈楓邊被扯著上臺階，還邊對著巷子口罵。

「爹爹，咱也不能把氣撒給馬兒是不？等下次吧，下次我見著他，往他身上扎。」

「妳說的啊，扎十根！」

「好的，都聽爹爹的。」

沈楓的氣這才勉強消了些，可進了門還是覺得氣不過，便吩咐門房。「一個月以內，不准那姓裴的進來！」

門房恭敬地應下。「是。」

沈雲商輕輕呼出一口氣，差一點就露餡了。「對，爹爹說得對，一個月……不，兩個月都不准他來。」

只要裴小行不跟爹爹單獨見上面，這事就暴露不了。

見女兒從頭到尾都偏向自己，沈楓這才滿意。「這還差不多，還是女兒乖。對了，崔家幾位公子、小姐可走了？妳身子怎麼樣啊？怎麼還在外頭呢？快回屋裡養著去。」

沈雲商挽著沈楓的胳膊，聽他久違的絮絮叨叨，他問一句她就回一句，父女二人就這樣一路到了拂瑤院，場面無比的溫馨幸福。

將沈雲商送到後，沈楓再三叮囑她好好養病才離開。

而沈楓前腳一走，沈雲商就讓玉薇去約慕淮衣見面。

半個時辰後，玉薇回來，說慕淮衣在醉雨樓。

沈雲商便換了衣裳，和玉薇悄悄出府，前往醉雨樓。

醉雨樓是姑蘇城最有名氣的茶樓，出入的或達官貴人，或家財萬貫。一樓座位十兩銀子，二樓包廂二十兩，若要換更好的茶，或者更換樓中排好的戲曲，抑或者另點人煮茶，價錢則另算。如此昂貴，卻每日座無虛席。

「慕公子這經商的頭腦，不愧是姑蘇幾家小輩中的頭一名。」這話，沈雲商每次在這裡見到慕淮衣時，都要感慨一次。

慕淮衣如以往一般謙虛而得意地回她。「謬讚、謬讚。」

沈雲商看了眼茶，茶是好茶，但煮茶的人……「清溪公子呢？」

慕淮衣手一抖，驚訝地看了她一眼。

沈雲商瞥了眼灑在桌上的茶水。「怎麼了？」

慕淮衣沈默了片刻，放下茶壺，坐直身子，雙袖一揮。「有我這個老闆在，難道還比不過清溪？」

沈雲商如實道：「你煮的茶沒有他煮的香。」

以往但凡是她一個人來，給她煮茶的人都是清溪；再者……沈雲商剛見完一個金燦燦的人，現在又看著面前渾身散發著玉石光芒的慕淮衣，眼睛著實有些疼。

不過她今日是特意來找他的，倒也能忍忍。

慕淮衣瞇起眼。「妳再說一遍。」

「我收回剛才的話。」沈雲商唇角一彎，笑得萬分燦爛。「我今日是來找你的，不是找清溪的。」

慕淮衣眉頭一皺。這笑容好生熟悉，他好像今日上午才在另一個人的臉上看到過。

「諒妳今日也不敢找清溪。」慕淮衣壓下心中的怪異，問：「妳找我什麼事？」

沈雲商自動忽略了他前頭那句話，道：「我聽裴昭昭說，你來探病了？」

慕淮衣不明所以。「對啊！」

沈雲商盯著他看了片刻，眼神複雜地說：「你堂堂慕大公子，來探病竟然不送禮？」

慕淮衣一愣，下意識道：「我不是讓裴行昭帶去了？」

「啊？我沒看見啊！」沈雲商分析道：「按照你慕大公子的行事作風，你給我送禮不是得有個鑲滿玉石的箱子？可他只帶來了幾個金箱子啊！」

慕淮衣一時還沒有反應過來。「不可能啊，我看著他將我的箱子抬上他的馬車。」

原來那個箱子在他的馬車上，裴小行竟然昧她的東西！「我沒有看見。」沈雲商咬牙道。

慕淮衣一張臉頓時五彩繽紛，好半天才想明白什麼，猛地站起身，咬牙切齒地罵道：「這狗太過分了！」隨後，他似是又想到了什麼，瞇起眼，試探地道：「沈雲商，裴家最近是不是缺錢啊？」

沈雲商一愣。「為何這麼問？」

「因為他……」慕淮衣到了嘴邊的話緊急轉了個彎。「因為他昧了我給妳的箱子啊！」

沈雲商眨眨眼，如實道：「裴家若缺錢，那應該不是一個箱子能解決問題的。」但是她也想不通，裴行昭為什麼要昧下給她的箱子？「好了，不管怎樣，你的禮我沒有收到，你是不是應該補上？」她心中記掛著更重要的事，便沒再去細想。

「雖是他昧了，但我已經給了。」

「可是沒到我手上。」

「你們是未婚夫妻。」

「但還沒成親。」

慕淮衣面無表情地看著沈雲商，沈默了許久後，他防備地問：「說吧，妳今日來找我到底是因何事？」

沈雲商朝他燦爛一笑。「我來找你借點錢。」

慕淮衣問：「借多少？」該不會也是十萬？

沈雲商眨眨眼。「十萬兩白銀。」

慕淮衣的神色頓時無比的怪異。「你們是來消遣我的嗎？」裴行昭前腳才找他借走十萬兩，後腳沈雲商又來，除了這個，他一時想不到別的理由。裴家是江南首富，沈家乃姑蘇首富，他慕家在姑蘇四大家裡排名最末，這兩個人怎麼可能會同時向他借錢？

「我有些急用，但前段時間惹了母親生氣，不敢去要。」沈雲商忽略了慕淮衣的「你們」，解釋道：「你放心，我很快就會還你的。」

慕淮衣還是不信。

「我可以寫借據，利息按錢莊的算。」沈雲商的態度十分誠懇。

「那妳怎麼不去錢莊借？」

「因為我不想讓家裡知道。」沈雲商認真地道：「我找你借錢這件事你得幫我保密，不能跟任何人說，包括裴昭昭。」

慕淮衣唇角一抽，裴行昭也是這麼跟他說的。

見慕淮衣仍舊用一種奇怪的眼神看著她，沈雲商皺了皺眉，一拍桌子。「慕淮衣，行不行，給個準話！」

慕淮衣沈思半晌後，唇角勾起一絲冷笑。「行。」他倒要看看，這兩個人到底想幹什麼。

沈雲商的眼睛立即一亮。「你真是好人！」

「利息按妳沈家錢莊兩倍算。」

沈雲商氣道：「奸商！」

慕淮衣哼了聲。「妳剛才還說我是好人。借不借？」

沈雲商深吸一口氣。「借！」

慕淮衣又盯了她片刻，才叫人拿來紙筆，當場立下借據。「都要銀票？」

「你怎麼知道？」

「哼！」因為這是裴行昭的要求。

求人辦事矮一截，沈雲商被他這麼哼了，也忍住脾氣笑道：「對，要銀票。」

慕淮衣是慕家長公子，底下還有好幾個弟弟，又有叔伯日日盯著，他沒有裴行昭那麼有恃無恐，成日無理取鬧，也不怕被取代。

所以他自十六歲就開始接手家中生意，不過兩年，手中就已捏著不少家族產業，也有屬於自己的勢力。也正因此，拿出二十萬對他來說，並不是什麼難事。

慕淮衣讓人將銀票取來，看著沈雲商收好後，眼眸一轉，用一副要挑事的語氣道：「要不要叫清溪來給妳煮茶？」

沈雲商正沈浸於錢湊夠的興奮中，並沒察覺到什麼，隨口應下。「好啊！」

「得咧，我這就給妳請去。」慕淮衣飛快起身，邊朝外走邊道：「今日沈小姐的茶不收費。」

沈雲商一愣。這奸商平日恨不得從她身上多摳點銀子走，今兒怎麼這麼大方？

她轉頭看了眼背後站著的玉薇。

玉薇眨眨眼，表示她也不懂。

沈雲商沒想出個所以然，便不想了，示意玉薇坐去對面。「晚些時候，妳去將鏢局管事的請到院中，我出門一趟。」

玉薇應下後，在她對面坐下。

很快地，清溪便推門而入。「沈小姐。」

沈雲商與他算是相熟，輕輕頷首便算是打了招呼。

醉雨樓有很多位茶師，公子、姑娘都有，煮的一手好茶不說，樣貌也都是個頂個的好，不僅如此，他們還琴棋書畫樣樣精通。

然而此地只圖風雅，並不低俗，但凡有一絲出格都要被打出去，是以很多文學大家、達官貴人都慕名而來。

這也就是醉雨樓長盛不衰的緣由。

沈雲商受沈楓影響，很愛喝茶，而這樓中，最得她心的茶師就是清溪，喝過清溪煮的茶之後，她就再沒換過人。

「沈小姐，可還是照舊？」清溪將一應茶具準備妥當，便抬頭看向沈雲商問道。

沈雲商點頭。「嗯。」

「沈小姐今日一個人來的？」清溪的話不多，但今日，卻意外的如此問道。

沈雲商又點頭。「是。」

清溪眸光複雜地「嗯」了聲，便沒再吭聲。

第六章

半個時辰前。

裴家那輛招搖的馬車停在醉雨樓門口，裴行昭掛著叮叮噹噹的金珠珠、玉串串走上二樓包廂。

即便是瘸著腿，也絲毫不影響他的風流氣質，那雙彎起的桃花眼看向誰都似在拋媚眼，惹得樓中的女客人跟女茶師皆滿面緋紅。

包廂內，趙承北將方才底下的轟動收入眼底，笑看著裴行昭。「裴公子在這裡很受歡迎。」

裴行昭替他續上茶，笑著回道：「只可惜，我這個人長情又專一，弱水三千，只取一瓢，倒是要讓姑娘們傷心了。」

這話似是意有所指。

趙承北眼中冷光閃過，開門見山道：「上次和裴公子說的，裴公子考慮的如何？」

裴行昭笑容微斂，偏頭朝下方臺上看去，此時，正在彈唱的是一位客人點的姑蘇小曲。

「這首曲子描繪了姑蘇之美，我雖沒去過鄴京，但我覺得，這裡才更適合我。」

趙承北面色一沈。

裴行昭轉頭眼帶笑意地看著趙承北。「二皇子殿下不會強人所難吧？」

趙承北與他對視一瞬，冷聲笑了笑，端起茶盞淺飲了口，才淡淡道：「本殿下不過是給你一個機會，何談強人所難？」

裴行昭知道他還有後話，便沒有出聲。

果然，片刻後，趙承北繼續道：「看來在裴公子心裡，沈小姐比裴家重要。」威脅之意顯而易見。

裴行昭眼神略沈，半晌後，他看向趙承北，正色道：「我知道殿下想要什麼。」

趙承北放茶盞的動作一滯，面上隱現森寒殺氣，但很快就被他掩下，淡然道：「哦？那你說說，本殿下想要什麼。」

「去歲打了幾場大仗，洪災之後災區又鬧了疫病，加上軍餉，這是很大一筆數目。」裴行昭聲音徐緩地道。

趙承北的臉色就變了。「你膽敢妄議朝政！」

「不敢，這只是我的猜測。」裴行昭看向趙承北，語氣輕緩。「其實最開始我並沒有想到這裡，我只是很好奇，公主殿下為何會看上我？」

趙承北目光淩厲地盯著他。

「我問過公主殿下，公主殿下稱是看上了我這張臉，可我又問公主殿下，鄴京之中，如崔公子這般的兒郎有多少？公主答，鄴京公子各有千秋，崔公子不過尋常。」裴行昭說到這裡便笑了笑。「我便再問公主殿下，我比起崔公子如何？公主殿下沒答，只目光淡淡地上下掃了眼我，意思很明白了，士農工商，我不過是商戶出身的浪蕩子，身無長處，與世家精心培養出來的崔公子相提並論，那就是自取其辱。

「如此我就感到萬分奇怪了，崔公子矜貴溫潤，才貌雙絕，我卻是空有其貌，螢火如何能與日月爭輝？可若連如明月般的崔公子在公主殿下眼中都是尋常，那麼我又如何會入得了公主的眼？所以，我便開始思索，這其中會不會還有我不知道的曲折。」

話到這裡，趙承北眼中的殺意消退了不少，淡笑一聲。「你倒是很有自知之明。」

裴行昭輕輕挑眉。「我與崔公子乃雲泥之別，怎會不自知？」

趙承北沒有出聲，顯然是很認同他這句話。

「半個月前，我不慎傷了腿，臥床這些日子我便細細琢磨，可思來想去卻始終找不到我能勝過崔公子的地方。我全身上下僅有兩個優點，一是好看，但這在見慣美色的公主殿下眼裡並不算優點，那就只剩下另一個了。」裴行昭說到這裡頓了頓，抬眸看向趙承北，緩緩道：「我有錢。」

趙承北眼神微緊，卻仍未開口。

「於是我便想到了去歲的幾樁事，因此猜測，可能並非是公主殿下看上了我，真正看上我的人，是二皇子您。」裴行昭繼續道。

趙承北面色一黑。

裴行昭連忙道：「啊，是我說錯話了，二皇子殿下別誤會，我的意思是，二皇子殿下看上了我的錢。」

聞言，趙承北的臉色並沒有好到哪裡去。他堂堂皇子，好男風和覬覦別人的錢財比起來，根本半斤八兩！

「我好像又說錯話了，二皇子殿下您消消氣，我嘴笨，您別跟我一般見識。」裴行昭傾身給他續上茶，賠罪道：「我的意思是，我為民，您為君，您看上我，不是，看上我的錢，那是我的福氣，我是千不願、萬不願與殿下您為敵的，所以我斗膽想與殿下交個朋友，何須委屈公主殿下。殿下，您看如何？」

趙承北此時終於聽明白了裴行昭的意思，他端起茶盞緩緩飲了口，許久後才道：「你的提議不錯。」

裴行昭的笑容漸深，然而他還沒開口，卻又聽見趙承北道——

「但本殿下不信你。」

裴行昭的笑容頓時僵住。

趙承北意味深長地看著他。「這也是世家大族聯手多以婚姻為紐帶的緣由。裴行昭，難道在你眼裡，公主還比不上一個沈雲商？」

裴行昭神色微沈，慢慢直起身子。「公主金尊玉貴，但對裴行昭而言，眼裡、心裡都只容得下一個沈雲商。」

趙承北冷笑道：「所以，你為了她，寧可得罪本殿下？」

裴行昭沈默了片刻後，抬頭道：「殿下非要我做這樣的選擇？」

趙承北瞇起眼。「是，你待如何？」

「錢財乃身外之物，可談，但沈雲商只有一個。若殿下非要以拆散我和她為代價……」

裴行昭話音微頓，再抬眸已恍若換了個人，暗沈陰鷙，渾身上下透著要和人拚死一搏的狠勁。「寧為玉碎，不為瓦全，這就是我給殿下的答案。」

若裴行昭還是當年十八歲的裴行昭，他在天潢貴胄面前，自然不會如此放肆。

可現在的裴行昭，已是做了三年的駙馬爺。

雖駙馬不得入朝，但因公主放權給他，他的手中握著趙承歡的全部勢力。

自從進了鄴京，裴行昭就從吊兒郎當的浪蕩子變得沈默寡言、殺伐果斷。在那三年裡，為了給裴家搏一條生路，也為了保護沈雲商，他成了趙承北手中的一把利刃。

崔九珩不能做的，抑或者說，趙承北不讓崔九珩沾手的髒活，都是他去做，因此即便他無官身，但在那很長的一段時間內，鄴京許多朝官對他都帶著幾分畏懼。

他們在背後罵裴行昭是趙承北的一條狗，但在明面上他們絕不敢對裴駙馬不敬，因為乾淨的官著實不多，誰都不敢去賭，第二天的朝堂上，會不會突然就擺上了他們的罪證。

而今即便他回到十八歲，他也試著去做十八歲的裴行昭，可是因帶著那三年的記憶，那恍若已刻在骨子裡的陰鷙冷血時不時就會冒出來。

就像現在，他氣場全開，就連趙承北都有一瞬的退懼。
畢竟，趙承北是現在的趙承北，而他，是三年後的裴行昭。
趙承北似乎也意識到自己那一瞬間忍不住生出的懼意，臉色越發難看，捏著茶杯的手慢慢攥緊，又緩緩鬆開。
「寧為玉碎，不為瓦全，你也得有跟本殿下抗衡的本事，就憑你，也配為玉？」
裴行昭淡淡道：「我自知裴家在殿下心中如螻蟻，但也要自不量力地跟殿下拚上一拚，即便撼動不了殿下，也要鬧得人盡皆知，畢竟……人言可畏。」
啪嚓！趙承北猛地將茶盞砸向地上，怒目斥道：「你在威脅本殿下?!」
裴行昭側眸瞥了眼地上的碎片，靜默半晌後，他不疾不徐地起身半跪在地，一片一片地撿起碎的茶盞，期間，手被劃破了好幾道口子，鮮血慢慢地染紅了他手中的碎片。
「殿下您看，這茶盞與我何等相似，是盛茶添香還是破碎成片，都在您一念之間。可是，我卻並非死物，若是殿下將我這般摔了，我就會將我的每一寸骨肉染得鮮血淋漓，然後用盡全部力氣，將它們拋灑向大江南北。當然，或許在當下也激不起什麼浪花，可有朝一日，在殿下最緊要的關頭時，說不定就會有人想起我拋灑在各處的血肉，然後就會有人一片一片地將它們撿起來，擺在殿下跟前。」裴行昭站起身，捏著鮮紅的碎片走到趙承北跟前。
「到那個時候，我的每一片骨肉，都會讓殿下功敗垂成、萬劫不復。」被碎片割破的手還在滴血，染紅了整隻手，裴行昭卻像是絲毫感受不到痛似的，他輕輕將沾滿鮮血的碎片放在茶案上，抬眸看著趙承北。「殿下，我這不是威脅，我是在求和。」

這一幕對趙承北的衝擊力不可謂不小，在他的心裡，區區一個商賈出身的浪蕩子，應該很好拿捏才是，可他怎麼也沒想到，裴行昭竟還有這樣的一面。

陰鷙、狠戾、不要命。

求和？真是好一個求和！

趙承北突然低笑了一聲，而後似是不可控般發出一長串笑聲。

笑聲倏地止住，趙承北突然抬手，按住裴行昭放下碎片卻還沒有收回的手掌，逐漸用力。「你這場表演很不錯，本殿下看得很盡興。所以，本殿下給你一個求和的機會。」

掌下的碎片扎進肉中，鮮血沿著茶案流向地上。

裴行昭的額間漸漸地滲出一層薄汗，但他面色卻仍舊淡淡的。「那就，多謝殿下。」

如此動作持續了好半晌，趙承北才鬆手。

他抬手將方才樓中人煮好的茶盡數倒出，看向裴行昭還在滴血的手，問：「裴公子可會煮茶？」

裴行昭收回的手不可控地打著顫。「會，只要殿下不嫌棄。」

趙承北沒出聲，只做了個「請」的姿勢。

裴行昭面不改色地拔出扎在手掌中稍微大些的碎片，取出帕子隨意包紮後，就著桌上的茶具，重新煮了一壺茶。

他知道趙承北想看什麼，倒茶時便也沒有換手。

而就在這時，趙承北突然出手用力抓住他的手，再次按住。

裴行昭眼神微沈，抬眸看向他。

趙承北手上的力道越來越重，直到裴行昭手上的血滲出帕子，滴在茶盞中，他才放手。

裴行昭便看著他面色自若地端起茶盞，抿了口帶血的茶，而後似笑非笑地道：「一將功成萬骨枯，想要坐上那個位置，我從不怕手上沾血。今日本殿下看你有幾分膽魄，便給你一個機會，但若他日你膽敢背叛本殿下……」趙承北重重放下茶杯，手中帶了幾分內力，茶盞應聲而碎。「你將你的血肉灑在大江南北，我就能將它們一片一片踩入地底，讓它們埋入塵土之中，永不出世！」說完，趙承北便放下茶盞，起身離去。

待他一出包廂，裴行昭周身的氣勢立刻就消散無蹤，他閉上眼往後靠了靠，唇色隱隱有些發白。不知是失血太多，還是痛過了頭。

但這傷，還算值得。

至少，趙承北暫時打消了讓他尚公主的主意，也暫時不會對裴家和沈雲商動手。

綠楊在趙承北離開後就趕緊進了包廂，一進來就聞到一股濃濃的血腥味，他面色一變，急急跑到裴行昭跟前。「公子！」

裴行昭閉上眼沒出聲，綠楊便小心翼翼地抓起他的手仔細檢查。

手掌鮮血淋漓，看不真切，只隱約知道傷口多且極深。

綠楊倒抽了一口氣，渾身散發著怒氣。「公子稍等，我去取傷藥。」他黑著臉，帶著一身火氣和憤怒去取傷藥、打熱水。

慕淮衣就是在這時慢悠悠地走進來。

「裴行昭，我有個消息你要不要……啊！啊啊啊！怎麼這麼多血，殺人啦?!」

裴行昭被他吼得腦袋一陣嗡嗡作響，皺著眉低聲回了句。「沒死，還活著。」

「你你你……你這是怎麼了啊？啊？」

慕淮衣滿臉驚恐地走近他，在看到他滿手的鮮血後嚇得臉色一片煞白。「我的天，你是在這裡跟那位公子打架了還是遇刺了?裴阿昭我告訴你啊，你回去可千萬別說你是在我這裡受的傷，不然你家老爺子肯定要打上門——」

「慕淮衣，」裴行昭睜眼看向他。「你還是不是兄弟？我血都要流乾了，你關心的點是不是偏了？」

「是兄弟啊！」慕淮衣認真地回道：「但是你不知道跟江南首富之子做兄弟有多難。」

裴行昭語氣不善。「……滾。」

「好咧！」

慕淮衣毫不留戀地飛快轉身，但走出幾步又折了回來，偏頭看他。「血真的要流乾了嗎？」

裴行昭抬頭，眼神凶狠。

「行行行，好了好了，我知道了，還有力氣瞪人，那就是沒大礙。」慕淮衣走到他對面坐下。「我不會醫術，也不會包紮，就在這裡陪你等你家綠楊吧，夠兄弟吧？」

裴行昭閉上眼，不想再搭理他。

沒過多久，綠楊去而復返，半跪在裴行昭跟前，手腳麻利地準備給他清洗傷口、上藥、包紮。

就在他的手剛要碰到裴行昭時，裴行昭淡淡地開了口。

「掌心有碎片嵌入。」

趙承北壓住他的手時用了內力，有一些被震碎的碎片直接嵌進了肉中。

綠楊臉色一白，身子不由得顫了顫。

他咬著牙，問候了趙承北的十八代祖宗，才拿起桌上的杯子舀熱水淋在裴行昭的手上。掌心有碎片，他不敢用帕子擦，只能先將血跡沖洗掉，才能看見碎片扎在何處。

慕淮衣此時臉上已再無半點玩笑，他目光凌厲地盯著裴行昭的手，咬牙問：「他是誰？」

裴行昭眼也不抬地說：「你就當是被狗咬的。」

慕淮衣沒回他。

屋內安靜了半晌後，裴行昭睜開眼，正色看著慕淮衣。「此事與你無關，別招惹他。」

慕淮衣愣了愣後，隱約明白了什麼。「是你我都惹不起的人？」

裴行昭沒應聲，便是默認了。

慕淮衣深吸一口氣。「這種人你是怎麼惹上的？」

就在慕淮衣以為他不會答時，卻見他重重一嘆。

「唉，都是本公子這張臉闖的禍，長得好看有時候也是一種禍事。」

慕淮衣嘴角抽了抽。他就多嘴愛問！

接下來很長一段時間，再也沒人開口。

綠楊小心翼翼地將碎片全部取出，上完藥，最後用細布纏住整隻手掌。

待綠楊端著水盆離開，裴行昭才隨口問道：「你方才，要告訴我什麼消息？」

慕淮衣動了動唇，他此時已經不大想挑事了。

「這點小傷，又沒傷筋動骨，別掛著張哭喪的臉，晦氣！」裴行昭笑嗤了聲道。

慕淮衣目光沈沈地看著他，對上他那雙彎起的桃花眼，沒好氣道：「你說得對，容貌太甚有時候確實不是好事，比如我們家的清溪，就是因為長得太好看，許多人都慕名而來，有些還起了歪心思，麻煩極了。」

裴行昭皺眉。「就是那隻勾得沈商商在你這兒眼裡都容不下別人的狐狸？」

慕淮衣瞪他。「什麼狐狸不狐狸的？你就是狗嘴裡吐不出象牙！人家規矩清雅得很，是你們這些心髒的人，看什麼都髒。我剛剛才見到一位熟客，這位小姐非點他不可呢！」

「熟客」和「小姐」幾個字，慕淮衣咬得格外重。

裴行昭心中一咯噔。

「我走時見他們相談甚歡，你要不要過去看看啊？」慕淮衣意味深長地看著裴行昭，只差沒將那位小姐的名字貼到裴行昭眼前了。

裴行昭死死地盯著慕淮衣。「她來了？」

旁人愛點誰點誰，跟他有啥關係？除了沈雲商，還有誰值得讓他特意過去看看。

慕淮衣偏頭看臺下，一臉無辜。「我可什麼都沒說哦！」

這時綠楊回來了，腳才踏過門檻，就覺眼前一花，再睜眼時，他家公子就不見了蹤影。

「公子您去——」話還沒說完，慕淮衣就從他身邊經過，伸手拽他。

「走，去看熱鬧。」

綠楊震驚。公子都傷成這樣了，還這麼急著去看熱鬧？

屋內茶香四溢，臺下小曲婉轉，叫人萬分愜意。

沈雲商抿了口茶，滿足道：「這樣的日子要是能過一輩子就好了。」

她和裴行昭的世界裡沒有出現過趙承北、趙承歡，也沒有崔九珩，就好了。

他們就可以日復一日地過著這般安寧又不失趣味的日子。

清溪聞言，但笑不語。

砰！門突然被用力踹開。

沈雲商剛皺起眉欲發作，便聽見了那熟悉的叮叮噹噹的聲音，不用看便可知道踹門的人是誰。

沈雲商短暫的錯愕後，看了眼一旁的清溪，然後本能地起身朝臺下望了眼。

清溪忙阻止。「沈小姐，跳不得！」

沈雲商轉頭欲哭無淚地看著他，低聲問：「他怎麼來了？」

雖然她真的只是喜歡喝清溪煮的茶，沒有任何其他意思，也不應該為此感到心虛，但裴昭昭的心眼太小了，每次她來都要偷偷過來，若是被他知曉，必定要殺上門來大鬧一場。

清溪默了默，回道：「裴公子比沈小姐先來的。」

沈雲商一愣。他先來的？她腦中靈光一閃，著急問：「給他煮茶的是誰？」

清溪如實道：「樓中安排的羽書姑娘，但……」

沈雲商眼睛一亮，心頭有了主意。

「沈商商！妳還想在這裡過一輩子？妳給我再說一遍！」

人未至，聲先到的怒吼聲打斷了清溪的欲言又止，他默默起身垂首，退到一側。

門大開著，隨著叮噹脆響聲，還有一陣冷風拂來，沈雲商鼻尖微動，皺了皺眉。

怎會有血腥味？

眨眼間，裴行昭就穿過屏風，裹著一身冷氣，氣勢洶洶而來，一雙桃花眼裡盛著幾分凶狠。

中氣十足，不像受傷的樣子。

沈雲商心神微鬆，這才梗著脖子，理不直、氣也壯地吼回去。「你還有臉說我？你不是說回去養傷嗎？怎麼也在這裡？聽說，還是羽書姑娘給你煮的茶呢！」

但她吼完，卻見裴行昭臉上沒有半點心虛，反倒怒氣更甚。

沈雲商下意識覺得不對，偏頭看了眼清溪。

清溪感受到她的視線，輕聲道：「裴公子是與人有約，裴公子到時，羽書姑娘已經煮好茶退下了。」

沈雲商瞬間氣勢全無。哦，吼早了，完蛋了！

「怎麼不繼續吼了？繼續啊！」裴行昭逼近她。「在我跟前還跟人眉來眼去呢？沈小商妳要上天啊！」

沈雲商小聲反駁。「沒有眉來眼去，我就是來喝杯茶而已。」

「沈家的茶不夠妳喝？妳要跑來這裡喝？」裴行昭上前一步，沈雲商就後退一步，將她逼得又坐回椅子上，他俯身咬牙道：「他的茶香些是嗎？」

對啊！但沈雲商自然不敢這麼回。「沒、沒有，一般，很一般。」

「那妳還來！」

「我、我聽曲呢！」耳邊傳來樂聲，沈雲商忙解釋道。

「妳聽曲還非要點他？」

那不正是因為他煮的茶香嘛……沈雲商心虛道：「不是我非要點，是慕淮衣安排的。」
裴行昭咬牙切齒地道：「但慕淮衣說，是妳非要他不可。」
沈雲商暗惱極了。這個不安好心的奸商！
「就只是煮杯茶而已，離得那麼遠，還有玉薇在呢，且清溪也沒說話——」
「哦，妳嫌我話多？」裴行昭打斷她。
沈雲商頗感無力。「我不是這個意思。」為什麼吃起醋來的男人這麼不講理？
「那妳是什麼意思？」
沈雲商低下頭不答。她現在說什麼他好像都能給她堵回來，且這麼多人在，外頭還有幾個看熱鬧的……沈雲商想了想，悄悄朝清溪看了眼，示意他先走。
「妳還看他！」
耳邊傳來一聲怒吼，沈雲商感覺耳朵都要給他震聾了。「我……」
「這麼護著，怕我怎麼著他了？」
沈雲商無奈地抬眸看了眼怒氣沖天的裴行昭，她今天出門該先看看黃曆的。「我們真的沒有什麼……」
「妳還想有什麼？」裴行昭難以置信地問道。
沈雲商深吸一口氣，不吭聲了，但垂下的眸光卻不動聲色地瞥了眼裴行昭從進來後就一直藏在袖中的右手。

清溪悄然離開，玉薇也默默地溜走了。

很快地，屋裡就只剩下他們二人。

沈雲商這才伸手去拉裴行昭的手，意料之中，他躲開並以左側對著她，沈雲商心中便越發確定了。從他靠近她後，那股血腥味就越來越濃。

她沒吭聲，而是順勢抓住他的左手，輕聲哄他。「別生氣了好不好？我下次來不見他了。」

「哼！妳上次也是這麼說……欸妳幹什麼？」

沈雲商趁裴行昭不備，突然使力將他拉向自己。

裴行昭倒是能掙脫，但他因怕傷著沈雲商而卸了力，因二人姿勢使然，裴行昭就自然地跌坐在她的腿上，她似是怕他跑了，一把就抱住他的腰身。

裴行昭驚得瞪大眼。「妳……我告訴妳，妳別想使美人計，沒用的我跟妳說……不對，妳這些亂七八糟的東西是從哪兒學——」

「裴昭昭，你手怎麼了？」沈雲商冷著臉打斷他。

裴行昭愣了愣後，眼神閃爍。「沒有啊，我手沒有怎麼……欸妳幹什麼呢？女孩子家家的，動手動腳做甚？」

「裴行昭，你再躲試試！」

沈雲商很少叫裴行昭全名，但凡叫了，那就是真的生氣了。

裴行昭本能地停下反抗的動作，任由她拉開自己的右手衣袖。

沈雲商見到那裹著厚厚細布的手掌後，面色一變。「怎麼傷的？」以他的身手，很難有人能傷得了他。

裴行昭自然不願說實話讓她擔心，遂不甚在意地道：「呿，就是方才不小心打破了一個茶盞，綠楊小題大做，無礙的。」

沈雲商靜靜地盯著他。

細看之下不難發現，他的唇色隱隱發白，額上的碎髮被汗浸濕還未乾。痛成這樣，絕不可能只是一個小口子。

沈雲商沈著臉將手指搭在他的脈間。她跟母親學過醫術，雖然她在此道上毫無天賦，學得也不精，但簡單的脈象還是能摸出來。

「你剛才見了誰？」

裴行昭顧左右而言他。「妳還沒跟我說清楚呢，那隻狐狸——」

「清溪是這裡的茶師，他泡茶，我喝茶，沒有任何出格的行為，我們之間也幾乎沒有什麼交流。」沈雲商邊摸著脈，邊快速道：「現在可以告訴我，誰傷了你？」

「沒有誰傷我，誰能傷得了我啊？」裴行昭「哼」了聲，吊兒郎當道。

沈雲商眼神微暗。

他說得不錯，在姑蘇城，確實沒人敢傷裴家嫡公子，便是知府衙門遇著裴行昭也是客客氣氛的。但現在這姑蘇城中，有人過於貴重，對裴家無須有任何忌憚。
「是二……姓趙的？」最後兩個字，沈雲商怕被外頭的人聽見，說得極小聲。
裴行昭沒想到她竟就這麼猜著了，眼神一閃便想找個理由混過去，卻聽沈雲商道——
「你敢騙我試試。」
裴行昭輕嘆一聲，低頭看著她。「好吧，就是他。但我是主動受的傷，並不是他動的……」
「裴行昭！」沈雲商鬆開他的手腕，咬牙怒目瞪著他。「失血過多你還有精力在這兒鬧，你不要命了！綠楊，進來！」
裴行昭被她吼得沒來由的心虛，趕忙輕聲安撫。「我沒事，妳別急啊！我一點事都沒有，真的。」
綠楊聞聲走進來。「公子、沈小姐。」
「他的傷如何？」沈雲商盯著綠楊問。
裴行昭欲給綠楊使眼色。
沈雲商一手按住他的腰身，一手高高抬起將他的頭摁下來搭在自己肩上，冷眼看著綠楊。「如實說，若有半字欺瞞，你以後都別想再見玉薇。」
綠楊看了眼背對著他，但還奮力伸出那隻裹著細布的手警告他的裴行昭，欲哭無淚。
這……沈小姐拿玉薇威脅，那他就沒轍了啊！

於是，綠楊只能如實將方才所看到的說了一遍。

話落，屋內一片沈寂。

綠楊小心翼翼地退了出去。

沈雲商鬆開按著裴行昭腦袋的手，眼中落下一行淚，緊緊攥起拳頭。

趙承北！她現在恨不得立刻衝出去，將裴行昭受的千倍、萬倍還給他！

裴行昭察覺出不對勁，趕緊從她懷裡下來，半蹲在她腿邊看她，果真見她眼淚一串串落下，滴在裙上，他的心也跟著一揪，連忙哄道：「商商別哭，我真的沒事。」他就不該一氣之下跑過來的，就讓清溪在這裡給她煮個茶又怎麼了呢？「妳看我現在不是活蹦亂跳的嗎？」裴行昭趴在她膝上，仰頭逗她。「等會兒叫沈伯伯知道我把妳弄哭了，肯定得拿著掃把攆我，不讓我進門了。商商乖，別氣了好不好？再說，我已經跟他談好條件了，他不會再找我們麻煩了，就流這點血，很值得的。」

沈雲商瞪他，帶著哭腔道：「一點都不值得！」

「好好好，不值得。我跟妳保證再也沒有下次了，別哭了啊，妝都哭花了。」裴行昭替她抹著淚，輕聲哄著。

好說歹說總算讓沈雲商止住了眼淚，他不由得哀怨地道：「本是我來找妳要說法的，怎反倒變成我哄妳了？」

沈雲商抬眸看他，眼中含著水霧，似乎下一刻就要化作淚珠落下來。

「好好好，別哭別哭，我哄我哄，我哄就是了。」裴行昭趕緊做了個投降的姿勢道。

金珠珠和玉串串隨著他的動作發出清脆的聲響，沈雲商看著看著便破涕為笑，但下一刻她又沈下臉。「沒有下次了！」

裴行昭見她終於笑了，忙舉起兩根手指頭，認真道：「沒有下次了。」

「是三根指頭！」

裴行昭頓了頓，又加了兩根。

「裴行行，你不識數嗎？這是四根！」

「嗯，不識數，妳教教我？」

沈雲商無語。

「快教我、快教我。」裴行昭邊說邊往沈雲商跟前湊。

沈雲商邊躲邊推他，卻又被逗得忍俊不禁。「裴昭昭你要不要臉？」

「我只要商商，要臉做甚？」

「噺，裴小昭你好肉麻！」

「有嗎？還有更肉麻的，要不要聽？」

「不要，你走開啊！」

「不，我不走，一輩子都不走。」

屋外，一陣乾嘔聲響起。

屋裡的怒吼質問不知何時就變成了柔聲低哄，慢慢地，又變成打情罵俏。

外頭看熱鬧的人滿臉嫌棄。

「我就知道會是這個走向。」慕淮衣意興闌珊地呿了聲。

綠楊狠狠抹了抹眼角。浪費了他這不值錢的眼淚。

玉薇偏頭看了他一眼，從懷裡掏出手絹給他。

綠楊愣了愣，接過後捂在鼻子上，重重一擤。「謝謝啊……噎！」

慕淮衣嫌棄地挪開幾步。「嘖嘖！」真是個憨貨。

「我洗了再還給妳。」

玉薇果斷搖頭。「不要了。」

「那好吧。」綠楊眨眨眼，小心翼翼地將手絹收進懷裡。

慕淮衣面露深意。嘖嘖！真有心機。

門突然從內打開，幾人忙回頭望去，卻見二人攜手走出來，好一番情意綿綿、你儂我儂。

慕淮衣翻了個白眼，惡聲惡氣道：「從今天開始，在我沒有未婚妻前，你們兩個，不准同時出現在這裡！」

裴行昭與沈雲商對視一眼。

裴行昭頗為遺憾地道：「那完了，我和沈商商豈不是這輩子都不能一起出現在這裡了？」

沈雲商跟著附和。「是啊，慕公子你怎麼能這樣？」

慕淮衣不忍了，垮著臉從牙縫裡擠出幾個字。「清溪，送客！」

清溪還未應聲，裴行昭就已牽著沈雲商快步離開了。

「門口給我貼上裴行昭不得入內！」慕淮衣不解氣地衝著二人的背影吼道。

清溪淡笑點頭，卻並未吩咐人去辦。這樣的事情已屢見不鮮，當不得真。

出了醉雨樓，沈雲商將裴行昭送上馬車，朝他道：「回去好生養著。」

裴行昭回以他招牌的「桃花笑」。「好的。」

即便沈雲商看這張臉從小看到大，但每次見著那雙彎起的眸子，還是會忍不住驚豔。她努力挪開視線，伸手從裴行昭手中扯下馬車簾櫳，轉身走向自己的馬車。不能被美色誤了正事。

她前腳一走，簾櫳又被裴行昭掀開，但他並沒有叫住她，只彎起眸子目送著她上了馬車。

趙承北雖答應他不會再讓他尚公主，也不會動她，但他知道，這場戰爭才剛剛開始。

因為前世，裴家扶持趙承北登上龍椅後，他做的第一件事就是卸磨殺驢。

一個在天下萬民眼中幾近完美的帝王，是不能有污點的。

而逼迫他退婚尚公主、占用裴家錢財這樣的污點，正如趙承北所說，要將它們按進塵土裡，永不出世。

所以，趙承北從一開始就沒想過要留他的命。

自然，他今日也不是真的投誠，他還沒蠢到將老路再走一遍，眼下不過是緩兵之計。

他得盡快搭上能與趙承北抗衡的勢力，而南鄴幾座邊城，是他目前最好的選擇。

但同時他也清楚，還不夠。

幾位大將軍護得了他們一時，卻護不了他們一世，他和趙承北遲早會翻臉，只憑此遠不能全身而退，他還得做得更多些。

「走。」見沈家的馬車已經開始前行，裴行昭才放下車簾，斂了笑意朝綠楊道：「我要去一個地方，你將鏢局的管事請到院中等我。」

綠楊看了眼他的手，眼中閃過一絲憂色，但還是沒再多言，點頭應下。「是。」

另一邊，沈雲商一上馬車，臉色就沈了下來。

她還是嚥不下這口氣。

可她心裡也清楚，她現在不能輕舉妄動。

雖然在姑蘇城，她想要報復回去並不是難事，但她若動了手，趙承北定會懷疑到他們身上，那麼裴行昭今日所做的就白費了。

那三年裡她能心平氣和地在崔家斡旋，是知道沈、白兩家無礙，裴行昭也過得不錯，可現在，這條路才剛剛開始，裴行昭便受了這等傷，她憤怒的同時卻也生懼。

這條路是完全未知的，並不見得比她先前的選擇更好，所以她很害怕。

若裴行昭出了什麼事……不，她不能允許這樣的事發生！

沈雲商重重閉上眼又睜開。「玉薇，手底下可有有能力且信得過的管事？」

玉薇想了想，答道：「雲水樓的掌櫃出自白家，他家中的人也都是白家的家生子，他信得過。」

「雲水樓……」沈雲商喃喃唸了句，似在沈思著什麼。雲水樓是她名下的酒樓，倚水而立，背對雲天，當年建成之後選掌櫃時頗費了一番心思，最後還是外祖母將現任掌櫃給她送來。在他的經營下，雲水樓的生意漸佳，雖比不得姑蘇酒樓，但也已是頗具盛名。「我記得……他被賜了白姓？」

玉薇點頭。「是，他曾與老母親逃荒到金陵，被白老夫人所救，給了他一碗飯吃，也給他母親治了病，後來他母親百年歸土，也是白老夫人給了他一塊白家風水上佳的地作為墓地。之後他求娶了白老夫人屋裡的一個家生小丫鬟，並主動請求簽下死契。他在白家盡職盡忠，立下不少功勞，白老夫人問了他的意思後，作主賜了主家姓。」

沈雲商名下的鋪子一直是白蕤身邊的嬤嬤帶著玉薇在管著，是以玉薇對這些鋪子的管事底細都很清楚。

沈雲商若有所思地點了點頭，半晌後道：「那便將他一道請過來。」

趙承北在姑蘇，她不能大張旗鼓地在姑蘇購買糧草再運往各地，她得在臨近邊城的地方囤積，可做這些頗費時間，她自然是分身乏術，所以得找一個信得過的人去幫她做。

原本她是想讓玉薇走一趟的，但玉薇模樣出挑，讓玉薇一個人去這麼遠的地方，她實在不放心。

玉薇點頭應下。「是。」

說話間，馬車徐徐停在一間成衣鋪門口，沈雲商穿著大氅進去，不多時，有人穿著她的大氅出來，上了馬車。

而沈雲商則換上另一件衣裙，悄然從後門離開。

暗中跟蹤的人並沒有發現什麼不妥，一路跟著馬車到了沈家，見沈雲商與玉薇進了府門，才有人離開去覆命。

而玉薇回拂瑤院換了套衣裳後，又折身從暗門出了府。

沈雲商繞過幾條巷子，穿過鬧市，到了烏衣巷。

烏衣巷有一座小莊園，名喚花間酒，是一個賣花和賣酒的地方。

但花間酒只賣名花、名酒，且價格都不菲，是以出入的客人並不多。

沈雲商抬頭看了眼花間酒的牌匾，而後提裙徐徐走進去。

與她記憶中一樣，一進門便是滿園子的花草。

她沿著花中小路緩緩向前行著，不多時，她便看到地上畫著的一朵花和前方不遠處畫著的一罈酒。她抬腳輕輕踩在花上，停了下來。

意料之中的，很快便有人迎了出來。

來人先是看了眼她的腳下，才在她的臉上一掃而過，眼底隨之掠過幾絲訝異，而後揚著笑臉恭敬上前。「這位小姐，買花還是買酒？」

沈雲商沒動，淡淡道：「我買腳下這朵花。」

來人眼神微閃，又笑道：「小姐說笑了，這朵花如何取得下來？」

「那我便見一見畫這朵花的人。」

來人再次深深看了她一眼後，躬下身做了個「請」的姿勢。「小姐這邊請。」

沈雲商微微頷首，隨他而去。

莊園內崎嶇複雜，小道蜿蜒，走了許久，才終於到了一處寬闊的地方。

「小姐，您想見的人，就在這裡。」

那人帶著沈雲商停在院中的月亮門前，便不再向前。

沈雲商抬頭掃了眼東南與西北兩個方位的房間，幾乎沒有猶豫地踏進東南方向的廂房。在她離開後，那人伸手拉了拉月亮門邊的一根小繩索，隨後，東南方向的廂房中響起了鈴鐺聲。

沈雲商走到門口時，門便從內打開。

她進門就往左側望去，入目是一張屏風，屏風前擺著一張茶案，上頭已經放著煮好的茶，而屏風後，隱約能瞧見一道坐著的人影。

沈雲商淡然在茶案前落坐，端起茶盞淺飲了一口。她放下茶盞後，屏風後的人就開了口。

「小姐想買什麼花？」

沈雲商輕輕一笑。「踩花、暗號、東廂房、飲茶，我連過四關，閣下竟還要試探？」

花間酒並不是只賣花和酒，他們的生意非常之廣泛，但總體只以花和酒為區分。花代表著不見血，而酒，則是買命。

她以前並不知道這些，只當這僅是一間賣花和酒的鋪子，是去了鄴京後才在一次偶然的事件中知曉的。不僅鄴京和姑蘇，幾乎每座城都有一間花間酒，布局也都一模一樣。

屏風後的人聞言輕笑道：「小姐見諒，畢竟不是什麼能見光的生意，生面孔一個人來，自然要謹慎些。」

沈雲商微微頷首，表示理解。

「小姐想買什麼？」

沈雲商從懷裡掏出在慕淮衣那裡借來的銀票，放在茶案上，道：「這是十萬兩，我要五個人，幫我押趟鏢。」

屏風後的人默了默後，道：「小姐這趟鏢何時走？去往何處？」

沈雲商道：「明日一早，去往邊城。」

「哪處邊城？」

「就近五處。」

「一人一處？」

「是。」

「何物？」

沈雲商一時沒答。

「一般來說，我們是不問貨物的，但押送至邊城的東西，不清楚底細我們不敢接。」那人解釋道。

沈雲商默了默，道：「糧草、棉衣。」

屏風後的人這回沈默得有些久。

沈雲商也不急，安靜地等著。

不知過了多久，那人才道：「這單生意，花間酒接了。」

沈雲商微微鬆了口氣，輕輕頷首。「有勞。」

沈雲商飲完茶盞中的茶，便起身離開。

就在她走後，暗門中又走出來一人，語氣詫異。「今日兩單生意，怎一模一樣？」

坐著的那人久久才開口道：「大約……是小未婚夫妻間的什麼情趣？」

另一人才不信。什麼情趣需要花費如此之大？且往邊城送糧草算什麼情趣？不過，生意既然已經接了，他們也無須過問太多。

「這樁生意要不要稟報東家？」

「嗯，送過去吧。」

第七章

趙承北回去的途中，臉色一直不怎麼好看。

他從未想過他竟會在一個小小的商賈跟前失了氣勢，雖然只有那麼一瞬，後頭也找回了場子，但也足夠讓他震怒了。

「殿下，您當真要答應他？」貼身侍衛看了眼他的臉色，小心翼翼地問道。

趙承北冷哼了聲。「若在之前，答應無妨，但如今沈雲商身分有疑，本殿下自然不會應。」沈雲商的身分若屬實，他就必須要握在手裡，若握不住，便也不能叫旁人得到。

「那殿下方才……」

「他如此豁得出去，不能將他逼急了。」趙承北深吸一口氣，閉上眼往後靠了靠。「先將他穩住，再另做打算。」

裴行昭可以不尚公主，但沈雲商得嫁崔九珩。可要拆散他們，且不能讓九珩在大婚前發現端倪，並不是一件簡單的事。趙承北有些頭疼地揉了揉眉心，似是想起了什麼，又問：「鄴京現在情況如何？」

侍衛恭敬地回道：「太子殿下趁殿下您離京，在大肆收攏朝臣。」

這個答案在趙承北的意料之中，他並不感到訝異。

「殿下，您不擔心嗎？」

趙承北唇角輕掀。「該擔心的不是我。」父皇如今正值壯年，太子便急著收攏朝臣，怕是過不了多久就得失了父皇的心。「蠢貨。」

侍衛沒聽懂他話中之意，見他開始閉目養神，便沒再繼續說話。

風雪天氣，天好像黑得要格外早些。

沈雲商回到拂瑤院時，已經看不見外頭景象了。

她先去見了鏢局管事，與他商議好這趟鏢的細節後，才去見了雲水樓的掌櫃。

雲水樓的掌櫃被安排在側廳等候，見玉薇過來請，他忙起身跟她進了正廳。

他雖然管著雲水樓，卻只在雲水樓剛開業時見過沈雲商，後來一直都是白蕤跟前的嬤嬤或者玉薇過去點帳，處理一應事務。今日他突然被叫過來，覺得很詫異。

「見過小姐。」

沈雲商坐在上位，從他一進來她便注視著他的一言一行，正如玉薇所說，瞧著是個沈穩規矩的性子。非她不信任白家的人，只是這趟差事太過重要，她得萬分謹慎。

「白叔請坐。」

白掌櫃聞言一愣，忙道不敢當此稱呼。

沈雲商柔和一笑，示意他坐下。「我聽外祖母提起過白叔，既都是自家人，便隨和些，不必太過講究繁文縟禮。」

白掌櫃猶豫了幾息，這才恭敬坐下。

但他不敢坐得太實，只挨了個邊，隨後恭敬問道：「不知小姐今日喚我過來有何要事？」

沈雲商也沒繞彎子，直接道：「我有件事想請白叔幫我走一趟，路途有些遠，最快也要年前才能回來。」

白掌櫃一愣。「不知是去何處？」

沈雲商道：「就近幾處邊城。」

白掌櫃眼裡閃過不解。「小姐有鋪子在邊城？」他管著雲水樓，其他的事並不擅長，小姐要他去這一趟，自然只能與生意有關。

「並非如此。」沈雲商道：「我想請你去這幾處幫我囤積些糧草、棉衣。」

白掌櫃面露詫異地看著沈雲商。糧草、棉衣、邊城，小姐這是要做甚？

「正如你猜測的那般，我想將這些棉衣、糧草在邊城最需要的時候送到軍營中。」沈雲商看出他眼底的驚訝，如實道。

「這……這是為何？」白掌櫃忍不住問道。

「今年天冷得早，我覺得不太對勁。」用人不疑，疑人不用，她想要讓他去做這件事，自然不能瞞著，就算白掌櫃不問，沈雲商也會告訴他。「所以想著以備不時之需。」

白掌櫃好半晌才反應過來，而後不解地道：「若真是有雪災，那朝廷……」

「去歲多地洪災，後頭又鬧了疫病，再加上幾場仗，我猜測……」沈雲商壓低聲音道：「如今國庫怕是不充盈。」何止不充盈，國庫如今根本就沒什麼錢了，否則趙承北也不會有機會借此收攏民心。

「我們作為姑蘇首富，若能借此搏一個好名聲，說不定能爭取到皇商的資格，便是沒有，也能賺一賺名氣；且在幾位將軍跟前混個臉熟，對我們沈家而言也並非壞事。」她自然不是真的想爭取皇商，只是她總不能和白掌櫃說，她要利用幾位將軍跟二皇子對抗吧？如此，定是會嚇著他。

「當然，這只是我的猜測，若屆時沒有雪災，抑或者朝廷有足夠的賑災銀撥下來，這些東西我們也能出手賣了，總歸是虧不了。」

白掌櫃望著沈雲商，毫不掩飾面上的驚詫。

他雖然沒怎麼見過沈雲商，但對自家這位小姐還算了解。

燦爛明媚、心思單純、不諳世事、乖巧善良。這是老夫人口中的小姐，外界大多數人也都這麼認為，他對此也深信不疑。

可現在，他有些不確定了。若真是不諳世事，怎會有如此氣魄？

「白叔？」

白掌櫃回神，忙應道：「聽憑小姐吩咐。不過，不知小姐可還安排了人手？」

沈雲商明白他的意思，道：「若白叔有用得順手的人手也可帶上，不夠的，便從我院子裡挑。」說完，她又正色道：「白叔，此事外祖母與父親、母親都不知曉，還請白叔暫且幫我瞞著，畢竟這事如今還沒有定數，免得叫他們跟著擔心。」

白掌櫃遲疑了片刻，才點頭應下。「是。小姐，何時出發？」

沈雲商道：「明日一早。」

白掌櫃微怔。「如此快？」

「嗯，此事不宜耽擱，須盡快辦好。」沈雲商鄭重地道。

白掌櫃點頭應是。

接下來，二人又商議了些細節。

大約過了一個時辰，白掌櫃才起身告退。「我這就回去交代好樓中的事，明日一早便過來。」

「明日不必來府中，直接出城與隊伍會合。」沈雲商囑咐道：「切記低調行事，對外宣稱是自己的私事即可。」

白掌櫃自是應好。

白掌櫃離開後，沈雲商頗有些疲憊地靠在椅子上，抬手揉了揉眉心。

玉薇進來瞧見，便過去給她輕輕揉著肩。「小姐，可要我跟著去一趟？」

沈雲商搖頭。「不必，白叔去就夠了。」

玉薇聞言便沒再堅持。

之後二人許久都沒再開口。

沈雲商雖很疲乏，但閉上眼，腦中就不受控地飛快轉動著。

雪災發生在一月之後，他們只剩一個月的時間趕到幾處邊城並囤好糧草、棉衣，預計在年前，他們的名字就會呈到幾位將軍案前。

也不知道能否拖到那個時候？

裴行昭只說與趙承北談好了條件，卻並未細說，但她心裡隱約有猜測。

趙承北會答應，那就說明她之前所想是正確的，並不是三公主看中了裴行昭，而是趙承北看中了裴家的錢財。

那麼能讓趙承北答應的，自然就只能是錢。但她猜不到，趙承北要了多少？且幾位將軍護得了他們一時，卻護不了一世，若趙承北始終不肯放過他們⋯⋯

不，是一定，趙承北一定不會放過他們，或者說，是不會放過她。

雖然她至今都不清楚她到底有何可以讓趙承北利用或者忌憚的。

沈雲商倏地睜開眼，眼底冒著某種異光。

忌憚⋯⋯沒錯，趙承北對她更多的並非利用，而是忌憚。

否則，他根本不必讓崔九珩娶她。

依著趙承北的性子，無利可圖的事情他怎麼會做？更何況還事關崔九珩。

崔九珩是崔家嫡子，且在趙承北心中占據著極其重要的位置，他的婚事本能爭取到更大的利益，卻偏偏娶了她。

而且，若非她身上有對趙承北而言極其重要的東西，一開始殺了她便是，何須如此大費周章？

不過最後，趙承北還是對她下手了。

她猜想，他多半是想利用她為餌，若無結果就將她除之而後快，讓她不能成為他的威脅。

可她有什麼可讓趙承北忌憚的？

沈雲商自然而然地想到了那枚半月玉珮。

那枚玉珮似乎是唯一能回答她這些疑惑的東西。

可再深的，她便無從查起了。

母親未曾對她詳說，她便是問也問不出什麼來，況且，那是她成婚時母親才給她的，現在的她根本還不知道它的存在，所以也就無從問起。

思來想去，最終似乎又陷入了一種循環。

額際突突直跳，沈雲商強行從思緒中抽離。

現在想什麼也無益，眼下，她最應該考慮的是以後。

幾位將軍暫且只能解燃眉之急，想要從趙承北手中全身而退，還得另想他法。

首先，她要做最壞的打算。

所以最重要的，是要籌備一條後路，就算跟趙承北撕破臉、大禍臨頭了，她得有能力護住沈家。

白家底蘊相對深厚，族中有人在鄴京為官，若非必要，趙承北不會動白家；裴家老爺子那一輩有一位幼弟家亦是官身，不過，似乎早年出了什麼事，兩家已不來往多年，但若趙承北只是圖裴家錢財，自然也不會做得太絕，所以其實最危險的是沈家。

可還是那句話，她現在除了錢，什麼都沒有。

哦，錢也沒多少了，還有十萬的外債。

沈雲商再次長長地嘆了口氣。

玉薇聽到她接二連三的唉聲嘆氣，便知她心中又在琢磨著什麼，遂出聲勸道：「小姐今日已很疲累，不如先好好休息，明日再想？」

沈雲商很聽勸。「也行。」她起身時，隨口問道：「妳說，若是有朝一日大難臨頭了，有什麼辦法能保住沈家？」

玉薇想了想，道：「小姐是指二皇子嗎？」

沈雲商輕輕點頭。

玉薇順口回道：「若是他的話，要麼找一個比他更尊貴的人相助，要麼逃。」

沈雲商腳步一滯，轉頭看著玉薇。良久後，她突然笑了。「或許，這就叫當局者迷？」

這麼簡單的道理，她竟然琢磨了這麼久。

玉薇遂問：「那小姐覺得哪種可行？」

這個問題又把沈雲商難住了。

比趙承北更尊貴，且和趙承北站在對立面的只有一個人。

太子趙承佑。

她對東宮了解得不深，但隱約知道他的處境。

元后早逝，外家根基雖深，但這一代家主的智謀遠不如祖輩，除此之外支持東宮的幾乎只有朝中堅持嫡長為尊的老臣。

所以，對比起有皇后和母族鼎力支持的二皇子，太子顯然落了下乘。

而趙承北藉著這一次雪災聲名遠揚，太子從原本能勉強與他分庭抗禮變得逐漸式微。

她想要用太子對付趙承北，那就得幫扶太子度過這關鍵的一關，可是時間緊迫，她如何能在這麼短的時間內見到太子，並說服他聯手？這聽起來就是癡人說夢。

再者她隱約知道，就在年前，太子似乎做了什麼讓陛下不喜之事，失了陛下的心。

若要走這條路，很難，這似乎並不是最好的選擇。

那麼，就只有……逃？

沈雲商唇角一垂，同樣地，這也不是很好的選擇。

「蒼天啊，想活命好難。」沈雲商走出廳內，對著冰天雪地哀嘆道。

玉薇默默地立在她身後，望向院中積雪。回應沈雲商的只有一陣冷風，吹得她渾身一個激靈，顧不得再悲秋傷春，立刻轉頭就走。「回屋、回屋！」

玉薇見她如此模樣，唇角輕揚，應聲跟上。

走到寢房門口，玉薇卻見沈雲商腳步突然頓住，然後回頭看著她。「妳說，有沒有可能，這兩個辦法同時進行？」雖然都不是最佳選擇，但都有機會保命。單選選不出，那就一起？東邊不亮、西邊亮，總能成一個吧？

玉薇被她問得一怔，片刻後，她眨眨眼，道：「小姐選的那位尊貴的人是？」

沈雲商伸手往上指了指。「他的長兄。」

玉薇幾番猶豫躊躇，最後才道：「可是想見那位，不容易。」她這話算是委婉的了，以她們的身分，根本不可能見得到東宮。

沈雲商自然也聽出來了。

還有一種可能，東邊不亮，西邊也不亮。

她盯著玉薇半晌後，黑沈著臉。「罰妳今晚不准說話了！」說完，她便推門而入。

玉薇在門口佇立幾息後，才抿著絲笑意，抬腳進屋，關上了房門。

小姐自從那日發燒後，就一直心事重重，好像時刻都緊緊繃著那根弦，不得放鬆，今日倒是難得見小姐耍小孩子脾氣。

天色已晚，二人漱洗完後便各自睡下。

冬日的夜好像格外漫長，天色亮得也較晚。

玉薇起身時往屏風後看了眼，見裡頭沒有動靜，心想人還未醒，遂放輕了動作。待她穿戴好再往裡看時，依舊沒有聲響，但是紗帳似乎動了動。

玉薇頓時就明白了。她默默走到床前，喚了聲。「小姐。」沒人應她，玉薇便繼續道：「小姐，今日要去給夫人請安。」

被子動了動，彰顯著主人的抗拒。

「若去晚了，奴婢就要挨罰了。」

這時，被子裡終於傳出了聲音。「太冷了啊，玉薇姊姊。」

玉薇冷靜回道：「小姐比奴婢年長些。」

沈雲商立即拉下蓋住頭的被子，轉身瞪著紗帳外立著的人。「不能去給母親請個假嗎？」

玉薇反問道：「小姐覺得呢？」

沈雲商瞪了半晌，洩了氣。她覺得不太行呢！

又拖了片刻，沈雲商終於咬著牙，掀開被子起身。

玉薇則轉身喚了清梔進來，伺候沈雲商漱洗。

二人收拾妥當，便披著大氅往白蘋院中走去。

「妳說得對，我們暫時是見不到那位的，所以現在當務之急就是先想想怎麼逃。」沈雲商邊走著，邊道：「我昨夜想好了，想要從趙承北手中逃走，除了權勢，只剩下武力。所以呢，我現在需要一批武功高強的人，越多越好。」沈家上下幾百口人，要全都護住，並不是易事。「除此之外，還要開始囤積錢財，逃走後才能生存。」沈雲商問道：「所以，妳有什麼好的建議嗎？」

玉薇思索良久，回道：「沒有。」一大批武功高強的人，還得敢從朝廷或者二皇子手中救人，她著實想不到要去哪裡找。

「江湖啊，小笨蛋。」沈雲商似是猜到玉薇所思所想，接著道：「綠林好漢那麼多，總有人看在錢的分上願意的吧？」

她也想過花間酒，但很快就被她否決了。

其一，價格太過昂貴。若趙承北對沈家動手，那她就等於是買命，買命可不是兩萬兩一個人了，得十萬兩一條命，幾百號人……她暫時不敢想。

其二，花間酒有很大的可能不會接這單生意。因為花間酒的規矩，生意不涉及皇權。

小笨蛋玉薇「哦」了聲。「那請問小姐，要救下這麼多人，還得帶他們逃亡，得要多少綠林好漢呢？」

沈雲商想了想，道：「那得看綠林好漢有多大本事。」

其實玉薇擔心的也正是她擔心的，再怎麼樣，幾十號、上百人是少不了的，她要去哪裡找這麼多人？

「妳知道江湖中有什麼門派，專門幹這個的嗎？」一個一個找自然很難，但若是找一整個門派，那就容易多了。

玉薇搖頭。「不知，但大概是沒有的。」反正，她目前還沒有聽說有哪個江湖門派是專門救人的。

之後很長一段路，沈雲商都沒再開口，臨到院中她才道：「晚些時候我們去打聽打聽，有就最好，沒有的話……我們買一個。」

玉薇驚得瞪大眼。這才剛花了一百多萬兩，哪來的錢再去買一個門派啊？

她只跟著嬤嬤去買過鋪子，卻不知買一個門派需要多少錢，但那絕對不是一個小數目。況且，建立一個門派不容易，誰會想不開拿來賣？

沈雲商說幹就幹，從白蕤院中回來後，她就帶著玉薇喬裝好從暗門出去，到東市去打探。

救人的門派確實沒有，但賣門派的還真給沈雲商撞上一個。

玉薇當時的神情精彩極了，她覺得小姐已經是異想天開，卻沒想到竟還真有這種事！

其實說賣也不恰當。

這個門派叫做極風門，創立五年，門中弟子共兩百餘人。
根據告示上極風門中弟子的敘述，沈雲商有了以下總結——
極風門兩百名弟子又分屬各小派系，根據自身天賦或者喜好習不同技能，其中包括武功、暗器、製毒、做藥等等。
五年來，門內一切順風順水，各個派系都有佼佼者。
而培養這些人才需要巨大的財力，可偏偏這位門主創立門派行，但是做生意實在是背，五年來，多處生意虧損，門主的家當也差不多消耗殆盡，導致現在門派入不敷出。
門中的大多弟子也都是癡人，只會鑽研自己熟悉的領域，對於做生意那是一竅不通，所以現在想要讓門派不散，只有一個辦法，那就是招一位副門主。
換句話說，就是招個培養門中弟子的錢袋子。
大約是為了不浪費時間，告示下頭標明了，招副門主的價格二百萬兩起跳。
意思就是，沒有二百萬兩的就不要去耽擱他們的時間了。
「嘖嘖，這個門主……」沈雲商從告示欄下退出來，搖頭嘆了聲。
就在玉薇以為她要說出什麼批判的話來時，卻聽她饒有興致地道——
「有點意思啊！」
玉薇皺眉。拿著萬貫家財去創立門派，結果生意失敗，家財散盡，又面臨門派解散的危機，有點什麼意思？敗家的意思？

玉薇若有所思地看了眼沈雲商。

這麼想的話，倒是和她家小姐挺像的。

「走，我們去會會他。」沈雲商興致盎然地道。

據那告示上所述，他們的門主此時正在客棧中等著有緣人出現。

玉薇雖然不願意打擊她，但還是忍不住輕聲道：「小姐，二百萬兩起，咱們從哪裡弄來這麼多錢？」

沈雲商挑眉。「保命要緊，至於錢嘛，車到山前自有路。」

玉薇聽她這麼說，也就不吭聲了，跟著她往客棧走去。

然而她們沒想到，才進客棧，便迎面撞上一個人。

此人正是答應沈雲商好好在家養傷的裴行昭。

兩人相對，愣怔幾息後，幾乎同時開口——

「妳怎麼在這兒？」

「你怎麼在這兒？」

這間松竹客棧離東市不遠，但與裴、沈兩家卻隔了好幾條街，乘馬車要近一個時辰，且平日裡二人都是出入南北邊的街市，眼下卻在這條街的客棧中相遇，很難稱得上「巧合」二字。

是以，二人看對方的眼神都是驚詫中帶著疑惑。

相對半晌無言後，沈雲商垂目瞥了眼他的手。「你不好好養傷，來這裡做甚？」

裴行昭面不改色地回道：「我來這裡談一樁生意。」

沈雲商一愣，裴少東家在這裡的小客棧談生意？且裴行昭何時開始對家中的生意上心了？

「妳又來做甚？」裴行昭似乎也覺得這個理由有些不妥當，遂趕緊出聲反問。

沈雲商剛要出口的質問頓時就嚥了回去，眼神微閃地道：「我也來這裡談生意。」

裴行昭靜靜地看著她，似乎在說：妳看我信不信？

「你和哪家談什麼生意？」沈雲商趕在他開口之前，快速問道：「對方人呢？」

裴行昭默默地移開了目光。「剛談完，已經走了。」

沈雲商點頭。「哦。」

他們都太了解對方，此時都知道對方沒說實話，但因自己也無法坦白，這個話題顯然不能再進行下去。

二人再次陷入短暫的沈默。

沈雲商試圖打破平靜，緩解這古怪的氣氛，她往裴行昭身後看了眼，問：「綠楊呢？」

「慶城的生意出了點問題，我讓他過去看看。」裴行昭道。

沈雲商點點頭。「哦。」片刻後，她又道：「那我……進去了？」

裴行昭「哦」了聲，往旁邊挪了一步，讓開位置。

沈雲商也沒猶豫，抬腳走向客棧二樓。

裴行昭回頭望了眼她的背影，眼底閃過一絲異光，而後，他緩緩走出客棧，進了對面的茶樓。

沈雲商上了二樓，走出裴行昭的視線後略作停頓，她看著靠街的一排廂房，沈思片刻後朝玉薇道：「去開一間靠街的房間，半開著窗，叫人能看見妳在裡頭就成。」

玉薇明白她的意思，點頭應是。

沈雲商這才走向極風門弟子告知的房間。

她輕輕扣響房門，裡頭傳來一道清朗的聲音——

「進來。」

沈雲商推門而入，很容易便找到坐在靠牆茶案前的人。

對方亦在此時抬頭，一張年輕俊朗的臉撞進眼中。

沈雲商微微一怔，極風門門主如此年輕？這瞧著，還未及冠吧？

而對方見著她也愣住了，眼底閃過明顯的驚訝。

雙方各自沈默片刻後，沈雲商試探地開口問：「我……是不是走錯了？」她有些懷疑眼前這過分年輕的少年，並非是她要找的人。

對方亦有些不確定地道：「姑娘是找極風門門主嗎？」

沈雲商沈默一息，點頭。「是。」看來她沒找錯。

少年聽見她的回答，面上再次閃過驚詫之色。

眼前的姑娘一看就是閨閣中的小姐，不像是會對江湖門派感興趣的。

「你是？」沈雲商見他遲遲不語，便問道。

少年回神，道：「我是極風門門主，我叫江鈺。」

沈雲商不由得再次打量他一眼，他竟真是極風門門主。

江鈺確定她並非是走錯才到的這裡，當即露出一個十分燦爛的笑容，伸手道：「姑娘請坐。」

沈雲商輕輕頷首，上前落坐。

雖然出乎她的意料，但細細一想，卻又好像在情理之中。

起初她聽那弟子說極風門發展得如此好，生意卻從無盈利時還覺得萬分不解，按理說能讓一個門派發展壯大的人，不應該如此沒有生意頭腦。

但此時此刻看著眼前少年那雙太過透澈的眼睛，經營不善、生意虧空，好像也不是那麼難以理解了。

只是她很好奇，他是怎麼培養出那麼多身懷絕技的弟子？

「姑娘貴姓？」江鈺用一雙亮晶晶的眼睛看著她，問道。

沈雲商卻並未回答。事情未有定論前，她沒有打算暴露她的真實身分。

但少年似乎看不懂她的意思，一直盯著她，等著她回答，沈雲商只能直接問：「極風門招副門主，需要調查底細？」

江鈺搖頭。「那倒也不用，不過，我得確定姑娘是好人才成。」

沈雲商聽見這話，不由得莞爾。「那你如何分辨好人與否？」

「在我這裡，不作奸犯科、不違反律法，就是好人。」江鈺認真地道。

沈雲商唇邊的笑意因他認真的神情略有些僵硬。

她經歷了那三年，懂得有些事並不是非黑即白，也習慣了人與人之間的機鋒算計，她好像許久沒聽人說過這樣的話了。

少年那雙眼睛太過誠摯明亮，好像一對上，便會不忍對他說半句謊言。沈雲商輕輕笑了笑，道：「若依如此論斷，我是好人。」

少年聞言咧嘴一笑。「那便好。」

沈雲商等了半晌，都沒見他再開口，便忍不住問道：「你就如此信我？」她在心裡都已經盤算著如何回答了，卻沒想到他竟不多問一句。

「姑娘說的，我就信。」江鈺笑著道。

沈雲商看著少年的笑顏，心中的防備不知何時慢慢地鬆懈下來。

不知是不是她的錯覺，坐在這裡，她的心好像意外的平靜放鬆了。

她似乎已經很久很久沒有見過如此澄澈之人了。

「姑娘也是看告示過來的？」

沈雲商回神，點頭。「是。」而後她似是反應過來什麼，問道：「也是？在我之前還有人來？」她邊說邊打量了眼面前的茶案，很容易就能看出，她這個位子不久前才有人坐過。

「是啊，他剛剛走。」江鈺帶著些歉意道：「很抱歉，他剛走姑娘就來了，我還沒來得及收拾。」

沈雲商眼眸微垂，看了眼放在左手邊的茶杯，若有所思道：「無妨。」

江鈺收走茶杯，換了個乾淨的，給她添好茶，才切入正題。「姑娘可看見告示下所標注的，我們招極風門副門主，須二百萬兩起。」

沈雲商點頭。「看見了。」她抬眸對上少年明顯試探的眼神，勾唇道：「錢不是問題，但我想知道，做了這極風門副門主，是不是真的隨時有權調動門中所有人？又有何期限與限制？」

江鈺聞言眼睛一亮，肉眼可見地熱情了起來。「是啊是啊，只要不作奸犯科、違反律法，都行的。至於期限，只要極風門存在一天，姑娘就都是極風門的副門主。」

大抵是因為高興，他的尾音微微往上抬了抬，聽得沈雲商的唇角忍不住上揚，聲音也下意識放輕了。「若是要救被權貴陷害的無辜之人，在你這裡，算違反律法嗎？」

江鈺愣愣地看著她，剛才那位漂亮的公子也問了這個問題。

「江門主？」

江鈺回過神來。「可以啊！救人一命，勝造七級浮屠，只要真是無辜之人，極風門上下可任副門主差遣。」

少年的神情真摯，語氣誠懇，讓沈雲商不由得起了逗弄之心。「包括江門主？」

江鈺想也沒想地點頭。「那自然啊！」

他回答得如此正經乾脆，倒讓沈雲商一時半刻不知該如何接話了。

「姑娘，妳意下如何？」江鈺見她沈默下來，微微傾身問她。

目前來看，極風門的一切都很符合她的要求。

沈雲商便道：「我想去看看極風門，可以嗎？」雖然面前的少年看起來很單純無害，但畢竟是只有一面之緣的陌生人，防人之心不可無。

「當然可以。」江鈺似乎早就猜到她會提出這個要求，伸手將放在腿邊的布包連提帶推地放到她跟前。「姑娘是不是擔心我是騙子？這裡有我的門主印，還有門派這些年來所有生意往來的帳本和鋪子、地契，包括門派創立以來的開支，姑娘都可以看看。」

沈雲商看著那極大的布包，唇角微抽，倒也不必如此實誠吧？不過，有這些東西確實能讓她放心些。

所以沈雲商也沒拒絕，但在打開之前，她還是不由得問道：「你就不擔心我別有用心？或者我沒這麼多錢？」

江鈺不甚在意地笑道：「極風門現在除了弟子，也沒什麼可圖的，而他們都各懷本事，且自有主見，我不必擔心。至於後者嘛……」江鈺笑彎了一雙眼。「姑娘手上那只鐲子要五百兩以上，簪子上鑲嵌的那顆珠子有市無價，就連姑娘繡花鞋上的明珠都價值不菲，這般行頭，非富即貴，我更無須擔心。」

沈雲商這時才想起，那極風門的弟子說過，他們這位門主本是家財萬貫，用自己的家當養了極風門上下五年，還不包括生意上的虧損。

這可不是一筆小數目。

如此也就說明眼前這名少年出身不凡，否則也不會一眼就分辨出她身上穿戴之物的價值。

「姑娘可以隨便翻看。」江鈺見她一時沒動，便又道。

沈雲商這才彎腰打開布包，隨手拿起一本帳本。

她拿的是三年前的帳本，果真如那弟子所說，每月虧損，沒有任何盈利，而且，虧損的數目並不小。沈雲商粗略地翻了一遍後，心頭萬分訝異。若他不開這些鋪子，或許他的積蓄還能再支撐五年。

「冒昧問一句，江門主為何想做生意？」

江鈺答道：「鋪子空著不是浪費了？總得做點生意賺錢嘛！」

沈雲商欲言又止。還不如空著的好……

「我何時方便去門中看看？」

江鈺很快地回道：「姑娘想何時去都行，不過，我希望能越快越好。」

沈雲商看著對方略顯急切的眸子，心中明瞭，看來極風門是快到了山窮水盡的地步。

江鈺聞言愣了愣，思索片刻後，道：「後日可以嗎？」

「行，那就明日。」

沈雲商點頭。「好。」

江鈺見她答應，面上的喜色藏也藏不住。「那我後日辰時四刻在東城門等候姑娘。」

「嗯。」沈雲商突然想到了什麼，看向江鈺，狀似隨意地問道：「對了，不知方才來的是何人？」

江鈺幾乎沒做思考便答道：「是位漂亮的公子。」

漂亮的公子？沈雲商皺了皺眉，半晌後，道：「那江門主與他談的如何？」

江鈺如實道：「還未定下。」

沈雲商不好問得太多，聞言便沒再繼續追問。之後她又簡單地問了些極風門門中的事後，便告退了。

出了房門，她就看見立在過道中的玉薇。

玉薇見到她，迎上前。「小姐，如何？」

沈雲商邊往外走，邊道：「後日我們去極風門看看。」

玉薇「嗯」了聲，而後道：「如小姐所料，裴公子確實在對面茶樓。」

沈雲商唇角一彎。「狐狸！」他在這裡碰見她，又明知她沒說實話，若就那麼走了，他就不叫裴行昭。

「小姐，我們要過去嗎？」

沈雲商搖頭。「不用了，我們回去。」

二人走出客棧，便目不斜視地上了馬車。

裴行昭見馬車走遠，眉間閃過一抹沈思，端起茶盞，久久未飲。

這日，沈雲商帶著玉薇，一早就出了城。剛出城門就看到停在城門外的一輛馬車，馬車側窗上探出了一個腦袋，望眼欲穿地盯著城門口。

冰天雪地裡，他的鼻頭凍得通紅，眼中卻盛滿了期待，見到人時，他的眼神驟然一亮，抬手朝她揮了揮。

沈雲商頷首回應後放下車簾，吩咐車伕在靠近江鈺時停下馬車。

等沈雲商再掀開車簾看時，江鈺已經下了馬車，巴巴地等候在她的馬車前，沈雲商微微一滯後，也下了馬車。

「姑娘來了！」江鈺的聲音裡帶著濃濃的喜悅。

沈雲商輕笑道：「既然答應了江門主，我自是要來的。」

「嗯！」江鈺愉悅地點頭。「姑娘不如坐我的馬車，路上我和姑娘說說門中諸事。」

沈雲商想了想，點頭。「也好，那便叨擾了。」她轉身吩咐了車伕幾句，便和玉薇上了江鈺的馬車。

此處到極風門乘馬車要半天，這一路上，江鈺便從頭開始給沈雲商講了極風門的事，讓沈雲商對極風門有了大致的了解。

幾乎和那位弟子所說的一樣，極風門中可謂是人才濟濟，十八般武藝樣樣皆有精通者，總之一句話就是——除了缺錢，極風門好像沒有任何缺點。

到了極風門，江鈺帶著沈雲商在門中四處轉了轉，中途見過不少弟子，對於她的到來，弟子們都表現得很客氣。

到了晚飯時間，江鈺和幾個大弟子陪她到山下的縣中用飯，飯間幾個大弟子給她敬了不少酒，沈雲商被灌得有些迷糊。

這時，江鈺拿著一張契約書過來，要跟她簽約。

大約內容就是沈雲商將二百萬兩銀子交給江鈺之後，就是極風門副門主，門中上下任憑差遣等。

這份契約對沈雲商沒有任何損失。

沈雲商不給錢，便與極風門無關，也不需要因這紙契約擔什麼責。

但沈雲商的腦袋有些暈沈，她過了一遍後又拿給玉薇看了，見玉薇點頭才簽下名字，按了指印。

江鈺看了眼契約書上的名字，眼底的歡喜都快要溢出來了。

沈雲商，姑蘇首富獨女，他不用擔心她沒錢給了。

於是，他小心翼翼地將契約書收好，問道：「沈小姐，妳打算何時來取副門主印？」

這意思是一手交錢，一手交印，玉薇不由得看向沈雲商。

卻見沈雲商面不改色地道：「不急——」

江鈺才聽了這兩個字就趕緊打斷她。「沈小姐，我急！」

沈雲商抬手按了按眉心，語氣中盡顯疲乏和慵懶。「明日再說。」

江鈺見她確實是酒醉，便知繼續追問無益，便讓人給她開了一間上房，親自送她去歇息。

沈雲商一路上幾乎是黏在玉薇身上走的，直到進了房間，聽到江鈺的腳步聲遠去，她才站直身子，走向床榻。「玉薇姊姊，我醉了。」

玉薇沒再糾正她的那聲「姊姊」，只淡淡道：「小姐今日喝的不過一壺酒。」以沈雲商的酒量，還不到醉的程度。

沈雲商自然沒真的醉，但累了一天，她趴在床上後就不願意動了，見玉薇拆穿她，也只是翻了翻身。「不裝醉，我現在從哪裡拿給他二百萬兩銀子？」

「那明日呢？」

沈雲商睜開眼。「明日……等我睡醒再說。」她心裡已經有了計算，只是今日確實有些累，江鈺又成心要灌醉她，跟她簽契約書，她便順水推舟裝醉。等她明日養足了精神，再跟他談判。「對了，明日妳去極風門到處轉轉，確定門中沒有其他麻煩。」

玉薇點頭應是。

第八章

次日一早，沈雲商剛漱洗完，就聽玉薇說江鈺在門外等著了。她沒多耽擱，漱洗穿戴整齊後就出了門。

江鈺一見著她，雙眼一彎。「我來請沈小姐去用早飯。」

「有勞江門主。」沈雲商只當看不出他的意圖，頷首應下，隨他前往包廂，玉薇則找了個藉口離開。

一路上，江鈺倒也忍住沒提起銀子的事，一頓飯用得賓主盡歡。

然而，變故突生。

第一枝箭射進來的時候，江鈺正傾身要問沈雲商銀子的事，那枝箭便從他後腦勺掠過，帶起幾縷髮絲，扎在柱上。

那一瞬，兩個人都有些愣神。

第二枝箭射過來時，沈雲商猛地反應過來，急道：「快趴下！」

她最後一個字音剛落，江鈺便一個飛撲撲到地上，剛好躲過直直朝他射來的箭。

沈雲商也在同時起身，剛站起來，一枝箭便朝她後背射去，江鈺面色大變。「沈小姐小心！」

沈雲商抬腳要跑時不慎踩到裙襬，一個踉蹌就摔在地上，幾乎就在同時，那枝箭從她頭頂飛過。

二人趴在地上，面上是同樣的驚恐和茫然。

「怎麼回事？」

江鈺腦中一片空白地搖頭。「我不知道啊！」

沈雲商難以置信。「這是你的地盤，我們遇刺了，你不清楚？」

「我真的不知——」江鈺還要解釋什麼時，忽聽窗戶邊傳來動靜，二人雙雙回頭，卻見幾個蒙面人正越過對面的屋頂，朝這裡而來。

沈雲商忙看向江鈺。「江門主！」

「啊？」江鈺茫然地看著她。

「來刺客了！」

「我知道啊！」

沈雲商對上他那雙清澈到有些呆滯的眸子，心中突然湧起一股不好的預感。「你……你該不會……不會武功吧？」

果然，只見江鈺坦坦蕩蕩地搖頭。「我不會啊！」

沈雲商的神情頓時一言難盡。「不是說極風門每個弟子都身懷絕技？」

「對啊！」江鈺點點頭。「弟子都很厲害，但我不是弟子，我是門主。」

沈雲商的表情也呆滯了。真是好一個「我是門主」！堂堂門主不會武功，說出去誰信？
「我真是要被你害死了！」沈雲商氣得咬牙切齒，邊打量著外頭準備起身往外跑，邊朝江鈺沒好氣地道：「還愣著做甚？跑啊！」
江鈺這才反應過來，趕緊跟著她起身往外跑。
就在二人站起來時，幾枝箭再次射來。
二人幾乎同時伸手拽住對方的手臂，再次趴在地上。
箭盡數扎在前方門上。
跑是死，留在這裡一樣是死。
沈雲商黑沈著臉，咬牙問道：「江門主，你的弟子呢？」
江鈺還沒來得及開口，黑衣人便已翻窗而至，而同時間，門被大力踹開，二人只覺眼前一花，身後就傳來了兵器相接的聲音。
二人慌忙回頭，就見一道身影擋在他們面前，及時攔下黑衣人。
那人身法玄妙，用劍如神，一人對抗數人，也能將身後的兩人護得密不透風。
「這不是我門中弟子啊！」江鈺看不見他的臉，但認得門中的劍法。「不過他好厲害啊，要是能收進門中就好了。」
沈雲商唇角扯了扯，意味不明地冷笑了聲。
這人當然不是極風門人，以她對他的熟悉，即便是一個背影、一個後腦勺她也能認出來，這不是她的未婚夫裴行昭又是誰？

還真是「巧合」，他們又在這裡碰上了。

「先出去。」裴行昭頭也不回地道。

沈雲商毫不猶豫地起身往外走，數枝箭再次接連射來，她卻沒有絲毫閃躲，而那些箭無一例外地都被裴行昭手中的劍攔下了。

江鈺見此也趕緊爬起來跟著她出門，待到了安全些的地方，他才忍不住問道：「這人是誰啊？好生厲害！我感覺我好像見過他，聲音也有點熟悉，沈小姐妳認識嗎？」

沈雲商還沒答，身後就傳來聲音——

「江門主，這麼快就不認識我了？」

江鈺回頭，看清對方那張臉後，他身軀一震，訝異萬分。「裴公子，你昨日不是回姑蘇城了嗎？」

沈雲商默默地看著裴行昭。

裴行昭瞥了她一眼後，快步走到二人中間，一手拽住一個。「現在不是說話的時候，他們的人太多了，先跑。」

江鈺還想說什麼，卻見他陰森地轉頭盯著自己。

「到時候再跟江門主算算，將副門主賣給兩個人的帳！」

江鈺想說什麼，但最終到底是噤口了。

沈雲商安靜地任由裴行昭牽著她，躲進一間空房。

門剛關上一會兒，外頭就傳來腳步聲，幾人屏氣凝神，不敢發出絲毫動靜。

過了大約小半炷香的時間，裴行昭才道：「走遠了。」不待有人開口，他便轉頭看向左邊的江鈺，沈聲道：「江門主讓我簽契約的時候，可沒說惹上了這樣的麻煩。」

江鈺飛快搖頭。「我真的不知道。」末了，他似是想起了什麼，探頭看向裴行昭另一邊的沈雲商。「我記得，第三枝箭是朝沈小姐來的。」

沈雲商立即否認。「我不認識那些人。」

話落，二人下意識看向站在中間的裴行昭。

裴行昭頓時被氣笑了。「我是來救你們的，你們不認識，難道我認識？」

「可是……」江鈺道：「你是江南首富獨子，衝著你來也很有可能啊！」

裴行昭忍無可忍。「你腦袋裡裝的都是什麼？刺客是衝你們那屋去的，我是去救你們的！」

江鈺小聲反駁。「可是，沈小姐在我那屋啊！你不是沈小姐的未婚夫嗎？他們想要綁架沈小姐勒索你還是很有可能的。」

空氣霎時安靜了下來。

半晌後，一直很安靜的沈雲商道：「那枝箭差點穿過江門主的腦袋，也是朝著我後心來的，怎麼，他們要綁一個死人去勒索嗎？」這個人到底是怎麼成為門主的？

屋裡再次安靜下來。

突然，裴行昭一把揪住江鈺的衣襟，從腰間掏出斷刃抵住他的脖頸。「你既知道我們的關係，卻將副門主之位分別賣給我們，是何居心？」

江鈺被利刃抵住脖頸，眼底卻無半分慌亂，反而帶著些迷茫不解。「不是你們自己找來的嗎？在簽契約前我並不知道你們的身分。」

裴行昭微微瞇起眼，一言不發地盯著他。

「我說的是真的，我是在你們簽契約時，看到上面的名字才知道的。」江鈺認真解釋道：「江南首富獨子與姑蘇首富獨女自小就訂了婚約，我一來這裡就無意中聽人說過了。」

「來這裡？」裴行昭追問道：「你從哪裡來？來這裡做什麼？」

「來闖江湖啊！」江鈺答道：「我從哪裡來並不重要，但肯定不是衝著你們來的。我離開家那會兒有很多錢，只是沒想到這麼快就沒有了。」

意思是，他是帶著錢來闖江湖的，並非衝著裴、沈兩家的錢來的。

沈雲商突然道：「你該不會是從家裡偷跑出來的吧？」實在不能怪她多想，眼前這少年長得好，渾身還透著一股矜貴溫和的氣息，一看就是大家養出來的小公子，且江湖腥風血雨的，他又不會武功，一個不慎小命就沒了，他家裡人怎麼可能放心放他出來闖江湖？

然而江鈺卻搖頭。「不是啊，我家裡人同意了的。」

沈雲商不大信，但少年太過真誠，實在不像撒謊。她沈默片刻後，終還是問出她心中一直以來的疑惑。「極風門是五年前創立的，你五年前來的這裡，那時候你才多大？」

他看著不到及冠，五年前頂多也就十二、三歲吧？

一個出身不凡的半大少年帶著這麼多錢到江湖創立門派，這聽起來就很不可信。

「十五歲啊！」

沈雲商皺眉。「所以你五年前才十歲，十歲就得家裡人允許，帶著錢到江湖創立門派，你自己聽聽，這話你自己信嗎？」

江鈺一愣。「妳問的不是我那時候多大嗎？五年前我十五歲，現在二十了。」

他的話一落，沈雲商和裴行昭同時上下掃了他一眼，眼裡都帶著難以置信。他竟及冠了？

最後，沈雲商的視線落在他的髮頂上。「你沒有束髮。」

「我是除夕的生辰。」江鈺解釋道。

除夕之後，才算真正及冠。

屋內安靜了幾息後，裴行昭手上短刃靠他更近，語氣森然。「將副門主之位賣給兩個人，江門主怎麼解釋？」

江鈺眨著眼，無辜地道：「我從未說過，只招一位副門主啊！」

沈雲商和裴行昭再次雙雙陷入沈默。

正如江鈺所說，從頭到尾，不論是告示還是江鈺，都從未說過極風門只招一位副門主。

沈雲商很想罵一句奸商，可看著面前那張無辜澄澈的臉，又覺得這兩個字和他半點也不相符。

裴行昭盯著江鈺半晌後，緩緩收回了短刃。

他確實是主動找的江鈺，且這主動的理由也的確與江鈺無關，至少目前來說，江鈺和趙承北是沒有關係的，所以，這應該真的就只是一個巧合。

「我記得，契約就算不履行，好像也不用擔責。」

裴行昭這話一出，江鈺臉上終於有了急切。

「可是裴公子你已經簽了，不能這麼沒有契約精神。」

裴行昭哼笑道：「契約精神？你在簽契約時可有告知我，還會繼續招副門主？簽了契約後，我便算是半個副門主，難道沒有知情權？」

「要正式加入門中，才能過問門中諸事，裴公子並沒有給錢，還不算是副門主，我自然無法告知門中要事。」

有理有據，無法反駁。

沈雲商與裴行昭對視一眼。「行，既然如此，那契約便不作數了。」

「可是……」

「我們是未婚夫妻，一個人加入就夠了，江門主在我們身上賺兩倍的錢，說不過去吧？」裴行昭說。

江鈺沈默了。

沈雲商看了他一眼，道：「這個副門主之位，我也不是非要不可。」

裴行昭眉頭微挑。「嗯，那我們自己花錢去創立一個門派，做副門主不如做門主？」

沈雲商點頭。「你說的有道理。」她朝江鈺輕輕頷首道：「這兩日叨擾江門主了，告辭。」

說完，二人便要轉身拉門離開。

江鈺急了，伸手輕輕扯住裴行昭的衣袖。「我有個更好的辦法。」

二人回頭，靜靜地看著他。

「既然二位都已經簽了契約，毀約傳出去也不好聽，不如這樣，二位一人一百萬兩，以後都是極風門的副門主，如何？」江鈺小心翼翼地試探道。

沈雲商和裴行昭對視一眼，後者皺起眉頭。「可我現在覺得『副』字不好聽。」

江鈺想了想，提議道：「那就以排行論？裴公子先過來的，以後裴公子就是極風門二門主，沈小姐就是三門主，二位意下如何？」

如此，那自然是很合心意。

但沈雲商仍是面色淡淡地道：「還會有別人嗎？」

江鈺果斷道：「沒有了！」姑蘇界內大概再沒人比眼前這二人更有錢，且願意花錢來買他一個副門主之位。

沈雲商再次看了眼裴行昭，二人視線相撞後，同時開口——

「成交。」

「成交。」

沈雲商想著，她眼下很缺錢，能省下一半又能達成目的，對她而言並無壞處。

裴行昭亦是同樣的想法。

「那……我們重新簽契約書？」江鈺生怕他們反悔似的，趕緊道。

「好。」

江鈺的動作極快，不過小半炷香的時間，他就已經找來筆墨，寫好契約。

沈雲商跟裴行昭互看了一眼，覺得合理後，就簽下名字，按了指印。

先前的契約書自然也就拿出來撕毀作廢了。

等二人收好契約書，江鈺便目光炯炯地看著他們。「那銀子……」

沈雲商跟裴行昭皆動作一滯，一時都沒出聲。

沈雲商看向裴行昭，輕輕歪了歪頭。拿銀子。

裴行昭微微瞪了瞪眼。我沒有，妳拿。

沈雲商搖頭。我也沒有。

二人都用驚訝的眼神看著對方。你（妳）沒有錢就敢簽契約書？

「二位……」

「你為什麼要瞞著我來簽契約書？」沈雲商的臉色驟然冷下來，質問裴行昭。

裴行昭的臉色立變。「妳不也一樣？那日我撞見妳，妳不是說去談生意？買江湖門派的副門主就是妳要談的生意？」

沈雲商分毫不讓。「你當時不也說你是去談生意的？你上次還說從此以後再也不會瞞著我，現在算什麼？」

江鈺看看沈雲商，又看看裴行昭，試圖出聲勸阻，但才張嘴就被打斷。

「妳一個大家閨秀，跟武林中人混在一起像什麼話！」

「你有什麼臉說我？放著家裡的生意不管，跑到這裡來鬼混什麼！」

裴行昭一掌拍在桌子上站起來。「妳說誰鬼混？」

沈雲商也一掌拍在桌上，吼回去。「說的就是你！怎麼了？」

「不是，二位先別吵——」

「你閉嘴！」

「你閉嘴！」

兩人同時瞪向江鈺。

江鈺看看這個，又看看那個，最終乖巧地垂下腦袋。「好吧，你們繼續。」

「沈商商，妳現在是越來越過分了，妳做什麼事都不跟我商量了是嗎？怎麼，妳想悔婚嗎？」裴行昭怒氣沖沖地道。

沈雲商的眼眶驀地就紅了。「裴昭昭，原來你說這麼多竟是想悔婚？我這就去找裴伯伯告狀！」說完，她就邊抹淚邊往外走。

裴行昭氣急敗壞地追出去。「妳站住！到底是誰想悔婚？妳給我說清楚！」

江鈺看著門被大力打開，又被重重合上。

他眨眨眼，探了探頭，眼裡滿是迷惑。

他們……是不想給錢，還是真的在吵架？

江鈺起身欲追，但想了想又坐了回去。

算了，要是真的不想給錢，他就算追出去也沒用。

他還是在這裡等吧，萬一他們是真的吵架，等他們吵完想起他，說不定就回來了呢！

剛剛的打鬥聲自然驚動了客棧，但掌櫃的不敢去找那夥持刀離開的蒙面人，此時正帶著人認命地收拾殘局。

沈雲商一出來就碰見了他。

掌櫃的忙迎上前道：「這位姑娘沒事吧？方才你們那屋進了一幫蒙面的刺客。」

沈雲商腳步一頓，答道：「無礙。」想了想，又問道：「不知那些人是衝著什麼來的？」

掌櫃的本來以為刺客跟姑娘有關，特意過來詢問一二，聽沈雲商這麼一問，他搖了搖頭。「我不知道。不過……近日這縣中確實不太平，這半個月來，有好幾家都遭了劫。」

正因如此，他才下意識地把方才那幫人與那些劫匪聯繫到一處，沒有第一時間去找那屋的客人索賠。

沈雲商也猜到了掌櫃的想法，愣了愣後問：「可丟什麼東西了？」

掌櫃的道：「還在清點，暫時沒有發現丟失何物。」

他邊說邊打量姑娘。若是什麼都沒丟，那就說明方才那幫蒙面人不是劫匪，而那屋只有這位姑娘和那位江公子，若那些人不是衝著這位姑娘來的，就是衝著江公子去的，那他便可去找江公子索賠了。

隨後追出來的裴行昭聽見了二人的對話，待掌櫃的離開，他便追上了沈雲商。

此時，二人臉上早已沒了怒氣。

很顯然，方才那架只是為了脫身，吵給江鈺看的。

「妳來買副門主位為什麼不帶錢？」裴行昭問道。

沈雲商瞥他一眼。「你不也沒帶？」

裴行昭沈默了，好半晌才道：「我沒錢。」

沈雲商腳步一滯，難以置信地看著他。「裴行昭會沒錢？」

裴行昭唇角一扯。「那妳呢？」

沈雲商氣焰頓消。「……我也沒錢。」

「沈雲商會沒錢？」裴行昭原話回給她。

在這事上半斤八兩，誰也無法說誰，於是便另起話題。

「妳怎麼也來這裡了？」

沈雲商道：「我正想問你呢！」

「所以妳那日去松竹客棧見的就是江門主？還故意讓玉薇另開一間房來矇騙我？」

「你不也騙了我？」

裴行昭看著她半晌，突然道：「妳見到我一點也不驚訝，妳早知道我在這裡？」

沈雲商如實道：「也是從松竹客棧開始懷疑的。那時江門主說來見他的人剛走，且還是位長得很漂亮的公子，我又在門口碰見你，很難不想到一處去；再者，那杯茶是放在左手邊的。」

裴行昭看了眼自己受傷的右手，挑眉道：「既然猜到我也見了江鈺，妳還來？」

「我能猜到你見過他，你也能猜到我見過他。江鈺昨日沒有空，我想或許昨日他是帶你來了極風門，若你對我有所懷疑，那麼自然不會走。」

裴行昭聳聳肩，「嘖」了聲。「知我者莫若沈商商。」

「所以，你為什麼來？」沈雲商定定地看著他。

到了這個地步，也沒有隱瞞的必要了，裴行昭便如實道：「我猜測二皇子不會放過我們，所以想著留一條後路，但現在培養勢力、人手恐怕來不及，所以就想著收攏一些江湖高手，若將來出了事，也能保命。」

沈雲商唇角一扯。「那我們還真是有默契。」

裴行昭便明白了，他們這是想到一處去了。

「那妳為什麼不跟我商議？」

「你為何不和我商議？」

二人同時開口，又同時閉嘴。

僵持幾息，沈雲商輕輕一嘆。

這一刻，她突然覺得青梅竹馬太過有默契，有時候似乎並不是一件很好的事。

「所以現在怎麼辦？總不能把江門主就這麼撂在那兒。」裴行昭問。

沈雲商也懶得去計較裴行昭為什麼會沒有錢了，只道：「他現在應該急需用錢，但並不是一次就需要兩百萬，我們可以慢慢給。」

裴行昭頓了頓，輕笑出聲。「沈商商，有時候我都懷疑妳是我肚子裡的蟲。」這簡直與他想的一模一樣。

沈雲商挑眉。「……為什麼不是你是我肚子裡的蟲？」

裴行昭擺擺手，不打算在這裡掰扯誰是誰肚子裡的蟲，問道：「妳現在身上有多少錢？」

「現銀不到七萬兩。」

「那我比妳多兩萬。」

「你覺得，夠解他的燃眉之急嗎？」二人沈默片刻後，沈雲商問。

裴行昭挑眉道：「回去問問？」

沈雲商腳步一轉，往回走去。

二人才走到門口，就聽見裡頭傳來江鈺溫吞吞的辯解——

「我真的不認識那些刺客，也不知道他們是從哪裡來的。」

「我們已經清點過了，客棧裡沒有丟失財物，當時只有江公子您與您的朋友在那屋用飯，所以這個損失我們只能來找您。我們也是小本經營，還請公子您諒解。」掌櫃的道。

江鈺沈默下來，半晌後，他從懷裡取出一個荷包，抖出唯一的一顆碎銀子，大約二兩左右。「我只有這麼多錢，夠嗎？」

門口的二人不由得對視一眼。看來，他們加起來的十六萬兩，足夠解他的燃眉之急了。

「損失了多少？我們賠。」

掌櫃的看著那二兩銀子正為難時，便聽見身後傳來一道聲音，他忙回頭，見是裴行昭後，愣了愣，忙道：「公子與他們認識？」裴行昭在這裡住了兩晚，出手闊綽，掌櫃的對他印象極好。

沈雲商從裴行昭身後走出來，替他答了。「這是我未婚夫。」

「啊？」掌櫃的驚愕地看看她，又回頭看看裴行昭，眼底的疑惑與震驚都快要溢出來了。他昨日還以為……以為這位姑娘與江公子是……

「一共多少損失？」

掌櫃的忙收回思緒，道：「約莫五兩銀子。」

賠了損失，掌櫃的便客客氣氣的離開了。

關門前，眼神還在兩位公子身上打了個轉，在心底暗暗猜測今日這場架會不會是什麼情殺？

掌櫃的離開後，裴行昭就將懷裡的銀票盡數掏出來放在桌上，沈雲商隨後也將她的七萬兩放在沈鈺面前。

「夠你解燃眉之急了嗎？」

二人清晰地看見，江鈺的眼裡迅速蓄起了光。

不用他回答，答案就已經很明顯了。

江鈺去拿錢的動作很快，但還是被裴行昭按住了。「別急。」

江鈺抬頭看著他。「我急！」

裴行昭安撫道：「但你先別急。」

江鈺在兩道目光的注視下，終究還是戀戀不捨地收回手，然後用他那雙清澈無害的眸子看向裴行昭，整個人又乖又軟，任誰見了都不忍心欺負他。

裴行昭在鄴京識人無數，卻也是第一次見這樣性子的少年，他不由得先在心裡過了一遍，確認自己接下來要說的話不算欺負人，這才開口。「我們今日不能將所有的銀子都給你。」

江鈺眨眨眼，問：「為什麼？」

裴行昭自然不能說因為他拿不出這麼多的現銀，這話很對不起他的身分。「我們加起來也就見過三面，我們不能完全信任你，說不定今兒我們將銀子都給齊了，極風門明日就消失不見了，屆時我去哪裡找你？」

江鈺想了想，覺得他說的話好像挺有道理的，於是伸出四根手指。「我跟你保證，極風門肯定不會消失不見，你也不會找不到我，我可以發誓。」

裴行昭按下他的手，道：「我不相信誓言。再說，發誓是三根手指。」

江鈺立刻便要伸出另一隻手，卻又被沈雲商按下。

「在我看來，誓言是虛無縹緲的，做不得真。或者，你將你的真實身分告知於我們，待我們核查屬實之後，便將二百萬兩銀子給你。」

裴行昭不動聲色地看向沈雲商，見她幾不可見的點點頭，便順著她的話道：「是啊，若是你能告訴我們，你家在何處，我們就將銀子全部給你。」

江鈺沈默下來。

也不知是忘了還是怎地，他沈思時也沒有收回兩隻分別被按住的手，這個畫面若叫旁人看見，定要認為是沈雲商二人欺負了他。

很快地，江鈺便搖了搖頭。「不行，我不能告訴你們。」

沈雲商微微鬆了口氣，唇角輕輕揚起。「所以，我們也不能十分的信任你。」

她記得裴行昭方才問過他的身分，但他卻避而不談，所以她猜測他此時也不會如實告知他們，當然，她也不是真的想知道。每個人都有秘密，與己無關的不必深究。

「那……」江鈺再次看向桌上的銀票。「你們有什麼好的主意？」

裴行昭讚賞地看了眼沈雲商後，問道：「這些銀票夠極風門撐多久？」

江鈺幾乎沒怎麼思索便道：「半年。」

沈雲商微訝。「才半年？」

「門中弟子學習的東西很多，花銷也很大。」江鈺解釋道：「光藥材花費就是很大一筆數目。」

裴行昭頓了頓，道：「那我們便以半年為期吧，每半年給你十五萬兩，直到結清；但在此期間，我們可以調用極風門的人手，如何？」

江鈺又沈默了。

沈雲商見此，便追加了句。「在結清期間，我們調用人手的次數，一個月分別不超過三次。」

江鈺抬眸看向她，二人對視半晌後，他終是點頭。「好。那，可以放開我了嗎？」

沈雲商和裴行昭皆是一愣，這才發現各自還按著江鈺的手腕，忙齊齊鬆了手。

江鈺卻沒有收回手，而是看向桌上的銀票，眼睛亮晶晶的。「我可以拿了嗎？」

「可以。」

沈雲商的話音才落，他就已經將銀票飛快捲走揣進懷裡，生怕二人再搶回去似的。

沈雲商莫名覺得他這個動作像極了護食的小動物崽子。

「需要再簽一份契約嗎？」江鈺確認銀票裝好了，這才抬頭問。

裴行昭點頭。「簽吧。」

於是，三人再次追加了一份協議書。

等一切處理妥當，江鈺便放出信號，說是揣了太多錢，行路不安全，要通知門中弟子來接。

沈雲商和裴行昭聽掌櫃的說近日此處不太平，也有些不放心將江鈺一個人留在這裡，且還要等玉薇回來，他們就乾脆陪著江鈺一起等他的弟子。

三人也不是乾等，而是並肩在縣城中閒逛。

此處乃姑蘇轄地，離姑蘇不遠，人文風俗都沒什麼差別，只是多了些民間手藝人編製的小玩意兒，和一些本地的特色小食。

沈雲商對此頗感興趣，走幾步就得要買點什麼。

「這支竹蜻蜓做得好精美！」沈雲商又停在一處小攤位上，捏起一支竹蜻蜓，朝裴行昭道。

裴行昭動作索利地掏出碎銀子。「買。」

「裴昭昭，你看這個面具，像不像你？」

裴行昭才付完錢，沈雲商的聲音就從隔壁的攤位傳來，他一邊接過竹蜻蜓，一邊朝她看去，然後臉色一黑。

沈雲商手上拿的是一張黃色小狗狗的面具。

他正要出言懟她時，餘光瞥見一抹銀光。

他在鄴京三年，遇刺的次數數都數不過來，所以他幾乎是立刻就意識到了什麼，面色一沈，提氣朝沈雲商掠去。

沈雲商渾然不知危險將至，手中還舉著面具。

「小心！」

她聽見聲音挪開面具，臉上燦爛的笑容還沒有來得及收回去，裴行昭就已掠至她身側，一把攬住她的腰身往旁邊閃躲。

許是因為驚嚇，她手中的狗狗面具掉落在地。

叮！啪！脆響和面具落地的聲音幾乎同時響起。

沈雲商驚疑之下回頭瞥了眼，見是裴行昭用短刃打掉了那枚原本朝她襲來的暗器，否則那枚暗器便會刺進她身後的小販身上。

小販嚇得瞪大眼，驚覺撿回一條命後慌忙蹲下。

與此同時，四處湧現了不少手持大刀的刺客，周遭也因此發生了混亂，驚叫聲連連。

裴行昭出門只帶了一把短刃，先前在客棧是搶了刺客的劍，如今短刃被他扔出去救人，便成了赤手空拳。

他將沈雲商護在身後，目光凌厲地看著將他們包圍住的刺客。

「拿好，站著別動。」裴行昭將竹蜻蜓和剛才買的小玩意兒一併交給沈雲商，輕聲道。

沈雲商看了眼他用細布纏繞著的右手，沈默著接了過來。

見她未語，裴行昭以為她是嚇著了，溫聲安撫道：「別怕，我在。」

沈雲商抿著唇，輕輕點頭。「嗯。」

她望著擋在她身前的挺拔身影，眼底沒有半分慌懼，她知道他的身手，也信任他。

有他在的地方，她從不感到害怕。

那三年，她雖然和他並不在一處，但她知道他在鄴京，也在那片天空下，她便從沒有怕過。信任裴行昭，好像是她與生俱來刻在骨子裡的本能選擇。

刺客一擁而上，裴行昭將沈雲商穩穩地護在身後，未讓人傷她分毫。

沈雲商看了片刻，知道這些人並非裴行昭的對手，才挪開視線尋找江鈺。

很快地，她便看到一個小攤後露出的一片紫色衣角。

她唇角一彎，心道這人躲得倒是挺快的。

戰鬥大約持續了半炷香的時間，刺客不敵裴行昭，盡數撤退。

確定已經安全後，江鈺才出來走到二人跟前，路上順便將裴行昭方才那把短刃撿起來，遞給他。「這次我看清了，都是衝著沈小姐來的。」

不必江鈺說，二人心裡也有數。

那些刺客的目標只有沈雲商。

他們拚盡全力的想要靠近沈雲商，都被裴行昭擋了回去。

「跟客棧的不是同一批。」裴行昭擰著眉道：「兵器和武功路數都不同。」

沈雲商還沒來得及開口，一道勁風就穿過空中，力道狠戾，直襲江鈺的面門。

裴行昭手中的短刃又扔了出去，江鈺還在愣神時，他便一把將人拽到身後，冷聲道：「這一次我也看清了，是衝著江門主來的。」

江鈺雖然還是感到困惑，但在事實面前，他無從反駁。

一批蒙面人淩空而來，新的一輪打鬥又開始了。

沈雲商看了眼裴行昭手上已滲著血的細布，眉頭微微蹙起。「江門主，你的弟子還沒到嗎？」話剛落，街頭便出現幾個穿著藍白相間衣袍的極風門弟子。

他們看見這邊的動靜後，先是一愣，而後飛快拔劍騰空躍來，加入了戰鬥。

「門主！」

「門主，您沒事吧？」

江鈺搖頭。「我沒事。」他答完又轉頭朝沈雲商道：「弟子來了。」

沈雲商點頭。「……我看見了。」

有了極風門弟子的加入，裴行昭便退了回來，怕刺客傷著二人，先將沈雲商和江鈺帶離戰場。

幾人行至一條巷中，確認安全後才停了下來。

裴行昭的目光在江鈺和沈雲商身上來回掃視。「你們做了什麼？惹的什麼人？」

江鈺先回答，他還是一臉茫然。「我真的不知道。」

沈雲商也是同樣的回答。「我也不知道。」

「人家都打上門來了，你們還不知道仇家是誰？」

二臉迷惑，同時搖頭。

裴行昭伸手扶額，長長一嘆。「我真是……罷了！」他看向沈雲商。「妳最近沒惹什麼人？」

沈雲商抬眸看他。除了趙承北，她想不出來惹過誰。

裴行昭看懂她的意思，眼底一片暗沈。

其實，他亦是從一開始就懷疑是趙承北。

沈商商長這麼大還是頭一遭遇刺，除了趙承北，他實在想不出別人。

可裴行昭不太懂，若真是趙承北，他為什麼要這麼做？

殺了沈商商，對他有什麼好處？

「江門主，我不管你是惹上了什麼仇家，希望不要牽連我們。現在你的弟子到了，我們就此別過。」裴行昭按下心中思緒，朝江鈺道。

江鈺忙道：「你不能不管我！」

「我只管我未婚妻，我管你做甚？」

「我是你們的門主。」江鈺給了個非常合理的理由。

裴行昭無語。

「我死了，契約就不作數了。」

裴行昭咬了咬舌尖。

「極風門門規，門中所有人必須無條件的保護門主，也就是我。」

裴行昭氣哼了聲。「你信不信我殺了你，取而代之？」

「你不會殺我。」

江鈺肯定地道：「你剛剛對那些刺客都沒有下殺手，我推測你應該沒有殺過人。」

推測得真好。裴行昭皮笑肉不笑地道：「我不介意為你破例。」

江鈺搖頭。「那不值得，也不至於。你們就再等等，就等一小會兒，等我們的弟子來了再走也不遲。」

一句「我們」，就將沈雲商和裴行昭融入了極風門。

裴行昭看著他半晌後，意味不明地笑了笑。「我現在有點好奇，江門主到底是哪裡人了。」說他單純，卻又有點小心思；說他笨，人家有兩百個身懷絕技的弟子；說他聰明，有時候又像個小傻子。

「如果我們一直不分開，大概、可能我會告訴你們。」江鈺承諾道。

大概、可能……那就是不確定。什麼身分值得這般謹慎？

「行啊，那我們就在這裡保護我們的門主，直到我們的弟子找過來。」裴行昭擠進二人中間，抱臂道。

三人就這麼靠著牆，無言的等待著。

大約小半個時辰後，極風門的弟子尋了過來。

裴行昭飛快地將江鈺推到他們跟前。「門主毫髮無傷地交給你們了，再會。」說完，他也不等他們回話，就拉著沈雲商離開了。

二人剛回到客棧，玉薇恰好也回來了。

她看了眼二人牽著的手，便大約猜到了什麼，沒問裴行昭為什麼也在這裡。

得到沈雲商的示意後，她便稟報了打探到的極風門的事。

除了大多弟子都有些特立獨行外，沒什麼異常。

沈雲商聽完，沈默幾息後道：「這裡不太平，我們先回城。」

沈雲商跟裴行昭都是坐江鈺的馬車過來的，回去便租了一輛馬車。

啟程之後，二人雙雙閉目養神，實則都在思考。

沈雲商聽出來了，江鈺帶著些鄴京口音。

她也算是見過不少達官貴人，江鈺周身的矜貴溫潤騙不了人，所以她可以肯定，他非富即貴。

鄴京幾大富商中沒有江姓，她跟著崔夫人時與許多世家公子都打過照面，但她思來想去，也沒有人能和江鈺對得上號的。

且鄴京幾大世家權貴中，亦沒有江姓。

朝臣中倒是有一位姓江，但家世不大顯，家中確實有幾位公子，也有年紀跟江鈺差不多的，可她隱約記得，有一次宮中宴會，她路過江家的席位時看了眼幾位公子，並不記得見過江鈺。要麼是她當時沒太在意忘了模樣，要麼江鈺並非朝臣之子，要麼……江鈺的名字是假的。

若是假的，他會是誰？

另一邊，裴行昭亦在思考著同樣的問題。

他曾因趙承北給他安排的差事，與江家幾位公子都有過幾面之緣，他可以肯定那裡面絕對沒有江鈺，江家也沒有兒子養在外頭。

且，江家養不出這樣的江鈺。

那麼，最大的可能就是，江鈺這個名字是假的。

若是假的，那就不好查了。

不過趙承北在朝中的勢力他大多都清楚，並沒有江鈺這樣的人。

所以，只要與趙承北無關，江鈺是誰對他而言便無關緊要。

江鈺在弟子的護送下平安順利地回了極風門，剛走進去，一名管家打扮的中年人就給他送來一封信。

「公子，鄴京來信了。」

江鈺接過來，將懷裡的銀票交給他。「這些夠門中撐半年了，先拿著應急。」

中年男子接過銀票，幾番躊躇後還是問道：「公子，您打算何時回鄴京？」他已經按照夫人的吩咐，將所有的生意都做虧損了，卻不知道公子又是從哪裡弄來的銀票？

江鈺想了想，道：「不急，我才交了兩個新朋友。」

中年男子面色複雜，欲言又止。「可是……您已經離家出走五年了，再不回去，夫人會很擔心。」

江鈺皺眉反駁道：「父親、母親同意了的，怎麼能算離家出走？」

中年男子無語。您管離開時留了封信，就叫「父親、母親同意」了？

第九章

臨近年關，積雪漸深。

院牆之內，茶爐之上冒著熱氣，趙承北慢條斯理地煮著茶，一舉一動盡顯貴氣雅致。

趙承北的貼身侍衛烏軒推門而入，恭敬道：「殿下。」

「如何？」

烏軒聲音低沈地回稟。「裴公子在沈小姐身邊，他的武功比屬下預想的更高，我們的人不是他的對手，沒有試探出沈小姐身邊是否有人隨行保護。」

趙承北動作微微頓了頓，又繼續煮茶。「你也不是他的對手？」

「遠不如。」烏軒低聲道。

趙承北眼底掠過一絲暗沈與興味。「本殿下對這個人倒是越來越有興趣了。」家財萬貫、武功非凡、頭腦靈活，這樣的人若是能收為己用，對他可是極大的助力。

「不過……」烏軒似是想到了什麼，又道：「與他們同行的還有一人。」

「誰？」

烏軒回道：「像是江湖人，但並沒有武功。屬下追蹤到沈小姐行蹤時，他們便在一處，看起來並不相熟。屬下後來問過沈小姐下榻的那間客棧的掌櫃，據掌櫃所說，似乎……」

趙承北抬眸。「什麼？」
「似乎是那位公子對沈小姐有意，卻不知道沈小姐有未婚夫陪同，二人好似還因此動了手。」
趙承北皺了皺眉。
「殿下，可要再去細查那人？」
這時，窗外傳來輕緩的腳步聲，趙承北眸光微變，看向烏軒。「不必了，退下吧。」
「是。」烏軒也察覺到動靜，恭敬告退。
不多時，珠簾輕晃，一道帶著墨氣的冷香飄來，趙承北抬眸，眉眼輕彎。「九珩來得正好，茶剛煮好。」
崔九珩輕輕頷首落坐，便要去接趙承北手中的茶勺。「殿下，我來。」
趙承北避開他的手。「今日嚐嚐我的手藝。」
二人自小相伴長大，是君臣，更是摯友，崔九珩也就沒再堅持。
趙承北邊舀茶湯，邊道：「承歡又出去了？」
「嗯。」
趙承北看了他一眼，笑了笑。「你又沒攔住。」語氣平靜，並非責怪。
崔九珩捧起茶盞，淡然道：「我如何攔得住公主殿下？」
趙承北似無意般看了眼他的腰間，不經意道：「又換玉珮了？」

崔九珩的動作輕微一滯，但很快就恢復如常。「殿下知道的，我就這點愛好。」

崔九珩愛玉，在趙承北這裡不是什麼秘密。

他換玉珮，再尋常不過。

趙承北輕笑道：「我已吩咐烏軒，去給你尋些上好的玉，待回了鄴京，再按照你的喜好多打些玉珮給你送去。」

這些年，趙承北送崔九珩的東西怕是一間屋子都放不下了，對此，崔九珩習慣的接受。「多謝殿下。」

一盞茶盡，趙承北拿起茶勺續上，道：「我聽聞裴家在城外有一處天然溫泉，可以消除寒氣，你素來怕冷，趁回京前，我們去泡一泡？」

「聽殿下的。」崔九珩應完，又問：「我們何時回京？」

「年前吧。」趙承北道：「承歡也喜歡泡溫泉，將她也叫上。」

崔九珩抬眸看著趙承北。

趙承北領會到他的意思，輕笑道：「烏軒去尋玉了，我這次出來帶的人少，且承歡的去處也不好叫更多的人知道，只能煩勞九珩去一趟了。」

公主去尋歡作樂，自然知道的人越少越好。

崔九珩聞言只能應下。「好。何時去？」

趙承北看了眼將將暗下的天色，道：「就明日吧。對了，你叫承歡約上沈小姐。」

崔九珩眸光微閃。若不出所料，公主今夜不會回來，若是明日就要去，那他今夜便又要去那地方請人了。

崔九珩從趙承北屋裡離開後，便讓西燭去拿厚些的大氅。「公主今日去的何處？」西燭聞言便知，這是又要去請公主了，臉色頓時就暗了下來。「還是上次那裡。」那是離他們宅子最近的尋歡之地，步行也就半炷香的時間。

崔九珩依舊沒讓人套馬車，換了大氅，捧了個手爐便出了門。

再次來到閣樓之下，立了一會兒後，崔九珩看向西燭。「還記得我上次跟你說的嗎？」西燭沉默了一會兒後，熟練地伸手取下崔九珩腰間的玉珮。「記得。」他將玉珮緊緊握在掌中，黑著臉，氣場全開，看起來很有幾分嚇人。

崔九珩眼底帶了幾分笑意，道：「請公主明日一早隨我與殿下去城外泡溫泉，再約沈小姐同行。」

「是。」

一旁的小攤販從二人停在這裡時就注意到了他們，還抬頭看了看天，頗有幾分遺憾地想著，今日怎麼沒下雪？不然他還能去賺個外快呢！

西燭風風火火地進去，怒氣沖沖地出來，瞧著，比上次更生氣了。

崔九珩好奇地問：「這個辦法不管用？」

西燭咬牙切齒地道：「倒是對女客人管用了！」

崔九珩一愣，對女客人管用，那對誰不管……崔九珩眼底掠過一絲震驚，而後是愕然，最後唇角忍俊不禁地往上揚了揚。

這種地方，除了女客人，還有男客人和小倌。

好男風在南鄴不是什麼稀奇事，但發生在自己身邊的人身上，哭笑不得的同時也有幾分趣味。

「公子您笑話我！」西燭眼尖地看見崔九珩上揚的唇角，控訴道。

崔九珩忙收斂笑意，正色道：「下一次，不讓你進去了。」

西燭黑著臉盯著他，顯然是不信的。

「我這回說的是真的。」在鄴京，許多人都認得西燭是崔九珩身邊的護衛，那幾處尋歡之地更是熟悉西燭，自然不敢冒犯，但在這姑蘇城沒什麼人識得崔九珩，自然也就不知西燭是誰了。西燭不好男風，這種事情對他來說便難以接受，崔九珩自然不願再讓他去遭受一次。「公主可應了？」

西燭聞言，沈默了片刻才回答道：「公主殿下將玉珮要過去後，就讓屬下退下了。」他也不知道應沒應。

崔九珩輕輕「嗯」了聲。他來請了就成，應不應便與他無關了。「回吧。」

二人轉身離開，仍舊沒察覺到閣樓之上倚窗望著他們背影的公主。

那枚玉珮在公主手中摩挲著，但這一回她眼底沒有玩味興致，而是平靜中帶著幾絲無力和悲傷。

只是除了她自己，沒人看得懂罷了。

「紅棉。」

紅棉是趙承歡的貼身侍女，聞聲朝她走去。「殿下。」

趙承歡將手中玉珮交給她。

紅棉微微一怔。「殿下？」這些玉珮，公主不是向來都要親手收好的嗎？

「一共三十枚，將它們收好。」該是時候都還回去了。

有些東西再好，卻不該屬於她。

沈雲商是在睡前接到公主的帖子的。

「公主怎麼這個時辰送帖子來？」玉薇點了剛熄滅的燈，皺眉道。

沈雲商就著燭光看了眼，眉頭微微蹙起。

上面的墨跡還沒有乾透，帶著一種別樣的清香，這味道是……

沈雲商的神色越發古怪，有些不確定地看向玉薇。「這似乎是秦樓楚館用的墨？」這些地方的墨中都添了香料，與尋常墨有所不同。

玉薇跟著嬤嬤打理生意，對這些事也有些了解，她聞言上前聞了聞，道：「確實是。」

二人對視，陷入一陣難言的沈默。
公主怎會去那種地方？
突然間，沈雲商似是想起了什麼，面色微微一變，語氣平靜地朝玉薇道：「先去睡吧。」
燭火昏暗，玉薇沒看見她面上一閃而逝的怪異，應聲後接過她手中的帖子退了出去。
待燭火再次熄滅，紗帳落下，沈雲商卻久久都睜著眼。
那三年中，她聽過很多公主對裴駙馬一往情深之事。
比如，公主為表示自己的愛意，將手中所有勢力盡數交給裴駙馬，無條件地信任他；比如，為了裴駙馬，公主不辭辛勞地親自去了趟姑蘇，請了一位姑蘇的廚子到公主府；再比如，為了裴駙馬不再涉足秦樓楚館……
不再。
她當時竟然忽略了這兩個字。
那時的她知道此生再也不會和裴行昭有半點關係，所以對於他的事，她是既想知道，又想逃避，想知道他過得好不好？是否安全？而逃避的，都是他與公主的風月。
所以，但凡對於他與公主之間的事，她都本能的不過心。
若非今日這墨香，她怕是還不知道，原來公主常常流連於秦樓楚館。
可是公主明明不是真的喜歡裴行昭，起碼現在沒有，又怎會為他改變如此多？

難道是成婚之後，公主對裴行昭日久生情？

一瞬間，她的腦中突然掠過了什麼，可等她再想去細究，卻又消失無蹤了。

半晌後，沈雲商側過身，閉上眼。罷了，這已成了前塵往事，於現在的他們好像並不重要了。

次日醒來，沈雲商草草用過早飯，便準備出門。

公主的請帖無法拒絕，今日之約，她必須得去，哪怕她知道這有可能是場鴻門宴。

清梔見她穿了狐裘，便上前問道：「小姐要出門？」

沈雲商點頭。「嗯，今日去城外泡溫泉。」突然，她似是想起了什麼，道：「對了，妳娘的案子還有諸多疑點，衙門將人扣著了。另二人拐賣人口屬實，衙門的判決書今日就會下來，如何判的衙門會讓人過來知會一聲，天寒地凍的，妳便不用過去了。」

清梔忙回道：「多謝小姐掛心，奴婢知道了。」

沈雲商囑咐完，這才帶著玉薇出門。

她到城門時公主還沒到，她便在馬車裡等著，沒過多久就聽到有動靜傳來，她掀開車簾望去，卻見到一輛萬分熟悉而耀眼的馬車。

沈雲商微微皺眉，這麼早，裴行昭怎麼會捨得出城？

恰在這時，城門口又出現了一輛馬車，沈雲商看見了趕車的西燭，頓時明白了什麼。

所以今日去泡溫泉的不只公主和她，還有趙承北、崔九珩，且他們還叫上了裴行昭。

沈雲商的心逐漸沈了下去。趙承北又要搞什麼么蛾子？

「雲商？」

在沈雲商思忖間，一陣馬蹄聲由遠及近，緊接著，一道聲音自後頭傳來。

沈雲商回頭望去，看清馬上的人後，眼睛一亮。「表哥！」

馬背上彩衣俊美的青年瞥了眼那輛駛過來、萬分矚目的馬車，拉著韁繩微微傾身，打趣道：「喲，裴行昭又要將我的妹妹拐去哪裡呢？」

沈雲商才上心頭的喜悅頓時沈了下去。

烏軒也在西燭那輛馬車上，說明趙承北與崔九珩共乘，她不想讓趙承北見到她的家人。

「表哥可算是回來了，我上次去見外祖母，外祖母說表哥出門已有兩個月，記掛得很呢！」沈雲商壓下心緒，揚起一抹乖巧的笑容，道：「表哥今日回來，外祖母肯定很高興，表哥趕緊回去吧！」

然而，終究還是晚了一步。

不待馬背上的人回答，就聽烏軒揚聲道——

「這位想必就是白家公子吧？我家公子和小姐今日約了裴公子、沈小姐去泡溫泉，不知白公子可有空一起前往？」

烏軒的話一落，裴行昭的馬車剛好停下。

裴行昭掀開簾櫳，探頭望過去，與沈雲商視線相會，皆從對方眼底看到了擔憂。

很快地，裴行昭便轉頭朝後頭趙承北所乘的馬車道：「白家表哥剛回來，府中老太太還等著見人呢，不如改日再約白家表哥一起？」他與沈雲商自幼便有婚約在身，一直隨沈雲商喚的白家幾位公子和小姐。

沈雲商也接著道：「表哥瞧著很疲乏，定是一路舟車勞頓，還是早些回去吧！」

烏軒側首等著馬車裡的人回應。

然而，還不待趙承北開口，便見馬背上彩衣青年饒有興味地看了眼明顯是在護他的裴行昭和沈雲商，而後勾唇一笑。

「無妨，既然是我妹妹的友人，我理該陪同。正好，我這一路實在累狠了，去泡泡溫泉放鬆放鬆。」青年沒有裴行昭那樣的桃花眼，但笑起來卻別有一番風味。

可此時他的張揚落在沈雲商眼裡，只恨不得一巴掌把他拍下馬去。

笑笑笑，不知道那是什麼人就敢招惹！

青年似乎看出了沈雲商的意思，朝她擠了擠眼。

他倒要看看那輛馬車裡坐著什麼牛鬼蛇神，叫他的妹妹如此忌憚。

既然他開了口，事情便無迴旋的餘地了。

幾輛馬車各懷心思地停下，等著趙承歡。

很快地，趙承歡的馬車出現，她才拉開車簾就對上不遠處一位青年似笑非笑的目光，她微微一怔，這是誰？

「這是你們要等的人？」

沈雲商沒好氣地瞪向青年。「嗯！」

話才落，青年就已揚起馬鞭朝公主的馬車奔去。

「這位美麗的小姐看著好生面熟，我叫白燕堂，是沈雲商的親表哥。天寒地凍的，我沒有馬車，不知可否與小姐共乘？」

這一瞬，沈雲商感覺自己渾身的血液都湧了上來。

白燕堂他瘋了？竟調戲到公主頭上去了！

裴行昭倒抽了一口氣後，飛快跳下馬車，動作行雲流水地將人從馬上拽下來，不由分說地拉走。「崔小姐恕罪，表哥出門一趟腦子壞了，您勿怪！」

趙承歡上下打量了眼青年，然後叫住他。「等等。我馬車上有暖爐，白公子上來暖暖手？」

白燕堂眉眼一揚，立即甩開裴行昭的手。「好啊好啊！小姐人美心善，必有大福！」

裴行昭眼睜睜地看著他上了公主的馬車。真是不知死活！

前世趙承歡遣散府中面首時他就在場，她最喜歡的面首就是白燕堂這樣的。

裴行昭一口氣憋在胸口，上不去也下不來。

「外面冷，小表弟快回去吧！」白燕堂掀開車簾，朝他笑得萬分燦爛。

裴行昭唇角一抽，氣得甩袖離開。管他死活幹什麼！

裴家這處天然溫泉位於裴家莊，共有三十餘座溫泉池，除此之外還有小亭、花海、溪水、瀑布、竹林、楓葉等美景可賞，平日客人幾乎沒有斷過。

昨日趙承北給裴行昭遞了話後，裴行昭連夜就派人告知管事今日歇業。倒不是他多看重趙承北，而是覺得趙承北是個惹事精，這次相約多半是憋著什麼壞心，自然是沒有外人在場更好些。

一行人是午後到的裴家莊，管事早得到消息備好了午飯，一行人稍作歇息用了飯後，這才閒逛著去溫泉池。

白燕堂還黏在公主身側，話語不斷，時而逗得公主輕笑一聲。

趙承北與崔九珩走在最前頭，每每聽見身後的動靜，二人都會若有若無地回頭看一眼。

沈雲商和裴行昭並肩走在最後頭，將前頭的舉動盡收眼底。

「這次我去邊塞，得了不少異域好物，等回去後我就給崔小姐送來，若是崔小姐喜歡，待以後再去了，我定多買些。」白燕堂萬分殷勤地道。

趙承歡瞥了眼前方那道身影，眼底笑意盈盈。「好啊，那就多謝白公子了。」

「不客氣，寶物配佳人嘛！」白燕堂笑得眉眼彎彎。「不知崔小姐要在姑蘇停留多久？若是有幸，可否容我陪崔小姐逛逛這姑蘇城？」

趙承歡也不拒絕。「年前回鄴京，若是白公子有空，那就有勞了。」

「有空、有空！」

沈雲商聽到這裡，只恨不得上前將白燕堂的嘴堵住。

好不容易叫趙承北打消了讓裴行昭尚公主的念頭，如今白燕堂倒是自己送上門來了。

白家雖不如裴家的財力，但底蘊更為深厚，且是金陵首富，難保趙承北不會打他的主意；再者，她已大致確認趙承北想在她身上得到的東西多半就是那枚半月玉珮，母親是白家長女，趙承北想要的說不定就跟白家有關。

這種時候，白家自然離趙承北越遠越好。

不過趙承北找上的是她，而非白家幾位表姊，這就說明對趙承北來說，她比白家更為重要。

一行人各懷心思，很快到了溫泉池。

男女分池，沈雲商快走幾步，與公主去了旁邊的池子。

公主選的溫泉池不大，勝在精美，周圍假山環繞，隱私性也極好。

沈雲商並不是第一次來這裡，每年冬日她都會來上幾回，有時候跟裴行昭，有時候跟白家幾位表姊或是慕家小姐來，年紀再小些時也跟母親、裴伯母、白家小姨和舅母來過。

不過她每次來大多都是泡泡溫泉就走了，很少在莊子裡閒逛。

公主和沈雲商先後下了池子，各靠一邊，久久無言。

二人中間隔著一個裴行昭，便沒有什麼話可說。

不知過了多久，公主突然開口道：「你們竟真的讓皇兄改變了主意。」

沈雲商知道她指的是讓裴行昭尚公主這事，遂答道：「裴行昭的功勞。」她竟又忘記問了，裴行昭到底因此答應給趙承北多少錢財？

水霧蒸騰間，沈雲商那張精緻絕美的臉頰因熱氣而微微泛紅，本來的清美婉約略減，添了幾分嬌豔，便是女子看了，也忍不住要神魂蕩漾。

趙承歡看著看著，突然就笑了。

沈雲商抬眸看向她，聲音細柔。「公主笑什麼？」

透過熱氣，公主美豔的臉更添風情，她彎眸笑起來，讓沈雲商有一瞬的錯覺，似乎對面女子是這山上的狐狸變的，專門來勾人心魄。

趙承歡抬手拿起池子邊上備好的茶飲，輕輕抿了口，喃喃道：「妳生得很好。」倒不算辱沒了他。

這突如其來的讚美讓沈雲商一怔，半晌後，她道：「不敢與公主殿下爭輝。」

趙承歡勾了勾唇，未語。

那人本就因為身分而一直避嫌，待她從來都是疏遠客氣，不肯靠近她半分，一旦成了婚，依著他的性子，更是不會再與她有任何糾葛；以後，大約再沒人會站在閣樓下，差心腹拿著玉珮來請她了。

春夏秋冬，三十枚玉珮，三十次等待。

最終，還是一切成空。

不，應當說，從一開始她就知道她注定不會得償所願。

青梅竹馬、兩小無猜，這是多麼美好的詞，只可惜她沒有沈雲商幸運，得不到竹馬全心全意的愛。

哦，不對，沈雲商並沒有比她幸運太多，因為沈雲商同樣不能和裴行昭修成正果。但若認真比較，還是她的運氣差些，至少沈雲商他們有過十幾年的婚約。

而她，什麼都沒有。

不知是不是沈雲商的錯覺，有一瞬間，她竟從公主眼裡看到了落寞與孤獨。她微微一怔，怎麼可能呢？公主高高在上，金枝玉葉，驕傲明豔，萬千寵愛加身，怎麼可能會孤獨落寞？

沈雲商突然想到了公主的婚事。若是公主這時候對裴行昭並未生情，那麼在前世，公主和裴行昭成婚，就並非是自己所願……

「沈雲商，陪本公主走走吧。」

公主突然出聲，打斷了沈雲商的思緒。

沈雲商抬眸看了眼公主，心中添了幾絲防備，但她知道自己沒有拒絕的餘地。「好。」

二人出了溫泉池，穿好衣裳，便一前一後的離開了。

公主一路無話，到了一座小橋前，她停了下來，問：「對面是何處？」

沈雲商順著她的視線望去，回道：「是後山楓林。」

趙承歡望著那處久久不語。

沈雲商隱隱有了不好的預感，她偷偷取下頭上的簪子，摳掉上頭的幾顆夜明珠，捏在手心。

「我們去那裡看看吧。」

沈雲商環顧了眼四周，只看見她們身後有管事跟著，便道：「公主稍候，我去喚人來帶路。」她猜測大約是因為今日趙承北兄妹來這裡，為了避免衝撞引來不必要的麻煩，裴行昭讓管事將下人遣退了，但也擔心會出什麼岔子，所以讓管事不遠不近地跟著她。

趙承歡轉頭看著她，微微瞇起眼。「這是妳的地盤，怎麼，還怕本公主吃了妳不成？走吧，本公主不喜人跟著。」趙承歡說罷，沒給沈雲商拒絕的時間，便已抬腳上了橋。

沈雲商抿了抿唇，轉頭深深地看了眼管事，才跟上去。

上橋時，她偷偷將一顆夜明珠放在小橋第一根欄柱上。

這是裴行昭送她的夜明珠，上頭有刻字，他一見便能認出來。

公主不會武，莊子外有守衛，旁人進不來，她思來想去都推不出這會是什麼陷阱，但謹慎起見，她還是留了個心眼。

只不過，她此時很有些後悔。

這片楓林她只在年幼時進過一次，路已經記不大清了，後來每次來，她都走到橋上便不再往前了，所以現在，她對前方的路並不熟悉。

踏進楓林，小道上有零散的紅楓葉，踩上去時咯吱作響。

道路兩旁打掃得很乾淨，紅葉也是剛落不久，看得出來，這裡常有人來。

沈雲商的心不由得微安。

客人常來此處，便說明這裡沒有什麼危險。

而每路過一條岔路，沈雲商就將夜明珠扔掉一顆，就這樣到了第三條岔路時，她手中的夜明珠已經沒有了，於是她便停下腳步，道：「公主，此處林深，晚些時候較冷，不如我們先回去，改日早點來。」

趙承歡回頭看她一眼，又轉過了頭，指向前方。「那裡似乎有一處亭子，走到那裡歇歇腳再折回吧。」

沈雲商朝前看了眼，果然見有一座亭子，離此處也不遠，她只得再次應下。「是。」然而就在抬腳走出幾步後，前方突有迷霧繚繞，公主的背影在霧中若隱若現，沈雲商心中一跳，忙喊了聲。「公主！」

趙承歡聽見她的聲音，駐足回頭，面帶疑惑。「怎麼了？」

沈雲商四下望了眼，沈聲道：「公主，前方霧深，我們回去吧。」話才落，眼前就沒了公主的身影。沈雲商心中一緊，趕緊追上去。「公主！」迷霧中，她聽到了趙承歡的回應。

「沈雲商，妳在哪裡？」

之後沈雲商再怎麼喚，都沒人再應她了。

沈雲商確認公主已經消失在迷霧中，才一改先前焦急的神色，目光凌厲地掃過周圍。

在趙承歡最後一次喚她時，她就發現了這不是尋常迷霧，而是陣。

殉方陣！

可裴家莊裡怎麼會有殉方陣？

透過迷霧，沈雲商隱約能看見楓林，還有……陣眼。

不對！沈雲商眸色微深。

這不是殉方陣，準確地來說，這只是殉方陣殘陣，並不完整。

沈雲商手中摸出銀針，本能地抬腳想往陣眼處走。

「此陣到妳這裡，或許是最後一代傳人了，若他日在別處見著，必要萬分謹慎。

「商商切記，母親教妳的所有東西，不到萬不得已，不得暴露，否則，將會引來滅門之災！」

沈雲商緩緩地收回了腳。

溫泉池旁有特製的茶點和靠椅，以供客人起身時享用，冬日裡還備了茶爐。

此時，趙承北幾人已起身。

白燕堂在茶爐上烤的幾個橘子已飄出香氣，他傾身拿起一個，邊剝邊道：「也不知道崔小姐喜不喜歡吃烤橘子？我給她拿一個過去。」說著，他就要起身。

趙承北正欲開口，便聽崔九珩淡淡道——

「白公子，此時過去不妥。」

趙承北似是別有深意地看了眼崔九珩，但很快就掩去眼底的複雜。

裴行昭眉頭微微蹙了蹙，目光在崔九珩平靜的臉上一掃而過，道：「表哥，我喜歡吃你烤的橘子，賞我一個吧？」

白燕堂愣了愣，而後道：「確實，這是溫泉池，此時過去不妥，是我考慮不周，崔家哥哥勿怪。」

二皇子和公主是微服出宮，一直用的是崔姓，對外與崔九珩都是以兄妹相稱，白燕堂似乎自然而然地將崔九珩當作了公主的兄長，討好之意明顯至極。

裴行昭看他那副殷勤樣，恨不得上前一腳將人踢回金陵白家。

似乎是注意到裴行昭的咬牙切齒，白燕堂將手中的橘子扔過去。「昭昭，賞你了。」

裴行昭磨了磨牙。「不許這麼叫！」

「好的昭昭！」

長幼有序，裴行昭努力地克制住了將橘子砸向白燕堂的衝動。

趙承北將這一幕看在眼裡，似笑非笑。「二位感情極好。」

白燕堂立刻接話。「那當然，我可是他大舅子。」

沈家只有沈雲商一個獨女，白家幾位公子、小姐便一直將沈雲商當作親姊妹看待。

裴行昭糾正他。「表的。」

「表的也是大舅子。」白燕堂挑了挑眉。「將來娶我妹妹時，你還得過我這關。」

裴行昭便不吭聲了。白家幾位兄長中，就數眼前這個人最難搞，為了以後少受些罪，成婚前絕不能得罪他。

趙承北淡淡地笑了笑，低頭飲茶。

「對了，不知崔小姐可否婚配？」白燕堂威脅完裴行昭後，便繼續打探公主的消息。

「崔家大哥，我還沒有婚配，你們看我如何？」

裴行昭的腦袋轟鳴一聲，剝橘子的手也隨之一抖，僵硬地轉頭看向白燕堂，他真是瘋了！

姑蘇城都道裴行昭風流浪蕩，那是因為他有一雙桃花眼。

而白燕堂多情的名聲，純粹是因為他不著調的行為。見著個好看的姑娘，他不去搭訕個兩句，好像就活不成似的。但好在他頂多就是嘴賤，從來不會動真格，又因為那張惹眼的臉和風趣，往往能將姑娘逗得開懷，還沒被人罵過登徒子。

但眼下這是公主，金枝玉葉可容不得他再三出言不遜！

把趙承北惹怒了，裴行昭現在可救不了他。

崔九珩比趙承北年長一歲，這次私訪出來對外便稱崔九珩長兄，白燕堂喚的崔家大哥自然也是他。

崔九珩對上白燕堂期待雀躍的眸子，緊了緊手中茶盞，半晌才回。「父母疼愛妹妹，不願她嫁出鄴京。」

裴行昭神情一滯。

白燕堂不知道崔九珩的身分，但裴行昭清楚。按照崔九珩的性子，他不可能真的以公主長兄的身分自居，多半是順水推舟去問趙承北的意思，而不是越過趙承北，直截了當地拒絕。

裴行昭不由得皺了皺眉，他突然感覺似乎還有什麼他不知道的隱情。

白燕堂聞言，滿臉落寞，長長一嘆。「好吧，看來是我與崔小姐有緣無分。」他說這話時，快速掃了眼裴行昭。

裴行昭陷入沈思，並沒有發現。

「我也有妹妹，所以我很理解崔大哥的心情。」白燕堂又道：「崔大哥如此愛重妹妹，將來一定會給崔小姐選一個百裡挑一的如意郎君。方才是我失禮了，給兩位哥哥賠個不是。」白燕堂邊說邊抬手作了個揖。

趙承北笑著擺擺手。「白公子乃性情中人，無傷大雅。」

白燕堂便又看向未開口的崔九珩。

崔九珩淡淡地開口。「無妨。」

這時裴行昭正送了瓣橘子入口，聞言飛快抬眸看了眼崔九珩。

裴行昭在鄴京三年，還算了解崔九珩，他這人脾氣、教養極好，待人從來都是溫和有禮，可現在……雖然他看起來還是溫和的，但裴行昭看得出來，他不喜歡白燕堂。

這是為何？崔九珩不過才見了白燕堂這一次……

「公子！」

突然，一道呼喚打斷了裴行昭的思緒，他轉頭看向出現在溫泉池入口的管事，道：「何事？」

「公子，沈小姐與崔小姐一個時辰前去了後山楓林，到現在還未出來。」管事略帶憂色地道。

裴行昭面色一變，倏地站起身。「怎麼沒跟著！」

白燕堂在管家回話之前道：「你吼這麼大聲做甚？嚇我一跳。楓林那麼大，一個時辰哪裡逛得完，你急什麼？」

若沈雲商是和旁人去的，裴行昭自然不急，但那人是趙承歡，就不得不防範。

「回公子，兩位小姐不願讓人跟著。」他早早得了公子的命令，今日要注意著沈小姐的行蹤，他看著沈小姐與崔小姐進了楓林後，就一直在外頭等著，可誰知足足過了大半個時辰，都不見人出來。「小的已經讓人去楓林中尋了，但一直沒有消息出來。」

管事這話一落，趙承北和崔九珩似乎意識到事情的嚴重性，先後站了起來。

趙承北神色略顯焦急。「後山楓林可有什麼危險的地方？」

裴行昭帶著幾分戾氣，眸光暗沈地看著趙承北。

「回崔公子，楓林中常有客人前往，並沒有危險之地，只是……」管事似乎想到了什麼，看向裴行昭。

崔九珩皺眉。「只是什麼？」

「後山極大，所以楓林之外設有禁地。」

裴行昭緊緊捏著橘子，盯著趙承北，沈聲道：「小道也只鋪至此處，且立有木牌標明了前方是未開荒的叢林，加上前方無路，客人到此都會折返。」

「未開荒的叢林……」崔九珩眼底閃過一絲驚慌，聲音也微變。「那不是很危險?!」

趙承北對上裴行昭的目光，似乎看不出他眼底的懷疑，也絲毫不見閃躲心虛，反而帶著幾分怒氣。「如此危險，怎不提前告知？承……妹妹若出了任何差池，我絕不饒你！」

裴行昭又盯著他半晌後，猛地轉頭瞪向管事，怒道：「那麼大的木牌，但凡長了眼睛的都看得見，沒人會蠢到明知前方無路，還要往裡闖！崔小姐金枝玉葉，更不可能主動涉險，還不快召集所有人去找！」

管事忙應聲退下。

趙承北負在身後的手輕輕動了動，唇邊掠過一絲冷笑。膽子倒是大，敢當著他的面指桑罵槐。「九珩，你懼寒，便留在此處吧，我們去尋人。」
崔九珩搖頭拒絕。「不成，我也去。」
「九珩……」
「我在此等著心中更不安。」崔九珩沈著臉道。
趙承北見他堅持，只能應下。「好，那你跟著我，楓林大，別走散了。」
崔九珩點了點頭。
裴行昭腦中突然閃過了什麼，但還來不及細究，就已消散無蹤。
白燕堂的視線在崔九珩身上短暫的停留後，拽著裴行昭追上去，輕聲道：「別急，雲商妹妹不會有事的。」
裴行昭此時滿心憂慮，並沒有聽出他此話另有深意。
一行人一同前往楓林，裴行昭發現了沈雲商放置的夜明珠，一路尋到靠近亭子的岔路。
所有人的呼喊都未得到回應，正著急時，突有迷霧蔓延。
裴行昭第一個發現不對，立即揚聲道：「撤回去！」
然而，已經晚了。
「九珩？九珩你在哪裡？」
耳畔傳來趙承北著急的喚聲，裴行昭心中的不安越來越濃。他趕緊去尋旁邊的白燕堂，可卻發現身邊早已無人。「表哥？表哥？白長羽！」

很快地，周遭便一片寂靜，就連趙承北的聲音都漸漸遠去，直到消失。

裴行昭自幼習武，雖不會解陣，但對陣法也略有耳聞。

此時此刻，他也察覺到他們應該是入了陣法。

怕霧中有異，他提氣護住心脈，緩緩向前搜尋。

崔九珩還沒有反應過來，就已經與趙承北走散了。

他呼喊了幾聲都沒有得到回應，聽到了裴行昭喚白燕堂的聲音，正想循著聲音找去時，卻又突然沒了聲音。

周遭很快只剩他一人，他只能尋一個方向繼續往前走。

他也不知道走了多久，只覺得越走路越難行，這裡似乎不再是楓林，而是裴行昭口中未開荒的叢林。

叢林深處有一處山洞，山洞裡點了一堆火，沈雲商靠著石牆坐著，將頭埋在膝蓋中不知在想什麼。

她順著陣法走進來就到了這裡，到現在已經兩個時辰有餘了。

她看見了那塊木牌，但陣法指引她到這裡，她便只能選擇視而不見。她只到過這後山一次，並不知曉楓林盡頭還有野叢林。

而她此時也不知，接下來等著她的會是什麼。

母親說過，此陣法到她這裡或許是最後一代傳人，那麼也就說明裴家不可能會殉方陣。聯想到那三年中崔九珩三番兩次試探的話語，她不難猜到這個陣法是拿來試探她的。

「不到萬不得已，不得暴露，否則，將會引來滅門之災！」

差一點，她就暴露了。

她不敢想像，如果她當時沒有反應過來，而是直接解陣走出去，會發生什麼事？

只是不知，趙承北將她引到這裡來，又是何意？

突然，沈雲商微微抬眸看向洞口。

有人來了。

她摸向袖中銀針，屏氣凝神地盯著洞口。

不多時，在沈雲商凌厲的目光中，洞口緩緩出現一雙煙青色華靴，緊隨著是同色狐毛邊大氅，這讓沈雲商微微一怔。

今日一行人中，只有一個人穿的煙青色大氅。

她慢慢地抬頭，果然，對上了那張熟悉的容顏。

來人溫潤矜貴，眉眼如畫，正是崔九珩。

崔九珩看見沈雲商，先是難掩驚愕，而後眼底添了幾分喜悅。「沈小姐。」

沈雲商看得出來，他是因為見她無礙在慶幸。

她不動聲色地收起銀針，收斂氣場，露出恰到好處的害怕和驚喜。「崔公子！」

在崔九珩出現在這裡的那一瞬，她想，她大概猜到趙承北的用意了。

如她所料，趙承北不會放過她。

他可以不讓裴行昭尚公主，但還是要讓她嫁崔九珩。

孤男寡女在天寒地凍下，在後山叢林裡待上一整夜，她的名聲就沒了。

崔九珩走近沈雲商，朝洞內打量著，似乎在尋找什麼，沒見到想見的人，他皺眉問：

「沈小姐，公主殿下呢？」

沈雲商心中冷笑，趙承歡？此時此刻，趙承歡自然也是在哪處等著人去救她。

「我不知道，我進來後就與公主走散了。」

崔九珩眸中閃過一絲憂色。

沈雲商將那抹憂色收入眼底，心中便明白了，今日這個局，趙承北是瞞著崔九珩的。

抑或者說，崔九珩亦是趙承北計劃中的一環。

崔九珩雖然在極力掩飾，但沈雲商跟他做了三年夫妻，不難看出他此時此刻非常不安，

至於原因不難猜測，不過是擔心公主的下落罷了。

若是他知曉這本就是趙承北兄妹做的局，不知道他會是何感想？

有那麼一瞬，沈雲商很想說出真相，可最後她還是克制住了。

她現在還沒有惹怒趙承北的條件，也承受不起因此帶來的後果。

「沈小姐可無礙？」崔九珩立在原地沈思了許久，才在沈雲商對面坐下，關切道。

外面的霧太大，他一路找過來都沒有見到公主，再出去也是無濟於事。二皇子殿下和裴公子、白公子都在外頭找，或許他們此時已經找到公主了，若他出去再走散，又要給他們添麻煩。況且野叢林危險，他也不能將沈小姐一人扔在此處。

沈雲商輕輕搖頭。「無礙。」驀地，她目光一凝，落在崔九珩腰間的玉珮上。

綠竹水露青玉珮，若她沒記錯，她曾經在公主的手上瞧見過。

那是一次宮宴，她多飲了酒出去散酒氣，無意間瞥見公主立在池邊，盯著手中的玉珮發愣。

那是他們成婚的半月後。

她與崔九珩，公主與裴行昭，是同日成的婚。

可這枚玉珮為何會在崔九珩手中？

「崔公子這枚玉珮好生別致。」沈雲商狀似隨口問道。

崔九珩低眸瞧了眼，淡笑道：「這是前幾日請人打的，今晨剛送來。」

剛打的，那就說明這枚玉珮是崔九珩的。

她記得那段時間崔九珩有一次下朝回來的途中丟了一枚玉珮，他還讓西燭回去找過，只是並沒有找到，那時候她沒將這兩枚玉珮聯繫到一處。

沈雲商腦海中的那片混沌隱約現出光明，一些記憶也在此刻湧現……

「這是姑蘇的菜？」成婚兩月後，沈雲商在午飯時吃到了姑蘇口味的菜，隨口問了句。

崔九珩似乎愣了會兒，才答道：「嗯。」

若是沒記錯，正是那段時間，她聽到了「公主親自到姑蘇為裴駙馬請來姑蘇廚子」的傳聞。

「沈小姐如何能請得動姑蘇酒樓的廚子？」

這是那日崔九珩幾人上沈家探病時，聽她說去請姑蘇酒樓的廚子過來，問她的話。

「崔公子喜歡姑蘇菜？」沈雲商幾乎是本能地問了出口。

崔九珩怔了怔，有些不明白她為何突然問出這樣一句話，但他還是答了。「是。沈小姐如何得知？」

沈雲商一顆心飛快地跳動著。

果然如此！公主哪是為裴行昭請的廚子，而是為崔九珩請的。

可是，那一頓後，她便再沒有吃過那道菜了。她讓玉薇去廚房問過，說是那位廚子只做了那一頓便離開了，至於原因無人得知。

所以……他知曉是公主送來的廚子後，將人送走了。

沈雲商驚疑地看著崔九珩，他和公主之間……

「沈小姐無須害怕，想來不用多久裴公子就會找來這裡。」

她驚愕的神情落在崔九珩眼裡便是驚慌失措，他極有分寸地往後面挪了挪，擺明自己的立場，試圖讓沈雲商安心。

沈雲商微微一滯。這個人還是那般恪守規矩，進退有度。

「是上次見崔公子很喜歡吃姑蘇酒樓廚子做的菜，才有此猜測。驚嚇之餘有些唐突，請崔公子見諒。」

崔九珩溫和道：「無妨。」他說罷看了眼沈雲商微微浸濕的裙角，掙扎片刻後，脫下了自己的大氅遞過去。「洞裡潮濕寒涼，沈小姐莫要著涼了。」

沈雲商習慣性地伸手去接，但才抬起手她便放下了。

那三年中，但凡她和崔九珩在一處，他便對她無微不至的照顧，雖然她知道那是因為愧疚，但她還是領情。

「崔公子懼寒，還是自己穿上，免得受了風寒。」

崔九珩一愣，詫異地望著沈雲商。「沈小姐如何知道的？」

沈雲商的身子微僵，是了，這時候的她並不知道這些。

那是一場突如其來的大雪，崔九珩將他的大氅給她披上，回去後就受了風寒，她問過西燭後才得知的。

「哦，我幾次見崔公子都穿得極厚，猜測的。」

「原來如此。」崔九珩不疑有他。「不過沈小姐——」

「我離火堆近，不冷。」沈雲商打斷他道。

「那好。」崔九珩遲疑片刻，收回大氅穿上。

之後很長一段時間，二人都無話。

沈雲商不由得想到了那三年。

他籌集賑災銀時，她會去幫他磨墨，他百忙之中還不忘叮囑她小心身子，莫要受寒，讓玉薇及時給她換手爐。

她獨自出門赴宴時，他為了給她撐場面，每次都會親自將她送去，然後再去接她回家。

他去外地回來時，總會給她帶些當地的特色物品。

她高燒不退時，他會一整日都守在她身邊。

她曾以為他對誰都這樣，直到崔家族中有夫人見她久無所出，提議給他納妾時，他冷臉拒絕了；有姑娘示好時，他亦保持距離，不給人半點希冀，說此生只她一人。

她有一次生病時問過他，為何要待她這般好？

她於他而言，不過是一顆棋子，為何要待一顆棋子這般用心？

她至今記得，他舀了一勺藥餵到她嘴邊，溫聲道「因為妳是我的妻子」。

棋子，妻子。

沈雲商那時候就覺得她有些看不懂他，他真的能把棋子當作妻子嗎？

火光閃爍，眼前的人不論從哪一處看，都是芝蘭玉樹、光風霽月……

突然，沈雲商似乎想到什麼，心尖一顫。

「夫人可有什麼自幼佩戴之物？

「夫人身邊可曾有什麼身分來歷不明之人？

「我聽聞岳母大人曾身子虛弱，不知後來是如何養好的？」

以往不覺，可此時想來，崔九珩那一切所謂的試探是否太過直接了？直接到，似乎像是在提點她什麼……

沈雲商的眸光逐漸複雜。

成婚三載，她不曾與他真正的同床共枕，亦沒有夫妻之實。他一人扛下崔家壓力，將她護在羽翼之下，從不曾因此為難過她。

那是他們成婚的第三年，崔夫人實在著急，將他們二人強行鎖在一間屋子內，還在晚飯裡加了東西，他忍得渾身發顫，也不曾動她分毫。

他說，是他對不起她在先，他願意用一生來還，只要她不願，他絕不碰她。

不可否認，他確是真心待她。

所以，難道那些她以為的試探，其實都是他在提醒她？

「沈小姐，怎麼了？」沈雲商盯著他太久，崔九珩實在無法忽略了，便抬頭問她。

沈雲商回神，忙搖頭。「無事。」

罷了，那一切已經是過往雲煙，不管事實如何，對現在而言都不重要了。

她心中有人，有個陪伴了她十幾年的人，不管崔九珩待她如何，也無法動搖他在她心中的位置。而她與崔九珩成婚的起因又是源於對她的利用，他們中間還隔著趙承北、趙承歡，她最後也是吃了他親手下的毒藥而死的，所以對他這個人，她頂多只是不怨恨。

多的，卻是半點都沒有了。

江南諸事他在成婚前並不知情，後來知曉，他也有自己的立場，所以，道不同，不相為謀。她和崔九珩，注定只是陌路人。

他有他要維護的東西，她也有她想要的活法，勝者為王，敗者為寇，輸過的她認，但這一次她要拚盡全力去贏。

不過現在，她好似又窺見了些什麼。

一片寂靜下，她終於還是忍不住出聲問：「崔公子可有心上人？」她說這話時，目光緊緊地盯著他。

她清晰地看見他眼中閃過一絲柔光，雖然轉瞬即逝，卻是真的存在過。

無須崔九珩答，沈雲商心裡便有了答案。

「我的婚事不由我作主，所以我沒有心上人。」崔九珩沈默了很久後，淡笑答道。

雖然他沒有明說，但沈雲商卻聽出了他的言外之意——他的婚事不由他，所以他不能喜歡別人。

沈雲商一時心中竟不知是何滋味，許久後才又道：「可心之所向，如何能左右？」

就如裴行昭於她，恍若是刻在骨子裡的，便是利刃來剜，也剜不掉。

崔九珩抬眸看著她，聲音溫潤平靜。「那就不去想、不去看。遠離、淡漠、不回應。」

沈雲商又問：「那若是你有了心上人，卻不得不另娶他人，你該如何？」

崔九珩這回沈默了很久才道：「該尊重婚姻。既然婚已成，便應該忘卻前塵，否則是對她的褻瀆，也是對妻子的不公。」

「若忘不掉呢？」

「一心一意待身邊人，不論何時何地，妻子都是自己的第一選擇，如此，便可。」崔九珩說罷又道：「久而久之，日久生情，也是一樁良緣。」

沈雲商內心一顫。

原來那三年，他是抱著這樣的心情與她相處。

的確，婚後她在他那裡永遠都是第一選擇，他從沒讓她受任何委屈；至於他是否如他現在所說地對她日久生情，就不會再有答案了。

因為他們回到了起點，沒有發生過的事不會有答案。

此時此刻的崔九珩，心上人是趙承歡。

「那你可會覺得不公？」

「成婚是自己行的禮，自己的選擇何談不公？」崔九珩淡淡地道。

沈雲商沒再開口了。

原本，她對崔九珩就恨不起來，如今，又多出了幾分同情。

若他知道，今日是他的心上人和摯友做的局……

罷了，各人有各命，她尚且自顧不暇呢！

這一次，她不想再與崔九珩有任何牽扯，她想嫁的人，從始至終，都只有一個裴昭昭。

第十章

裴行昭走到迷霧盡頭時，看見了一座亭子。

亭中坐著一人，石榴紅耀眼奪目。

裴行昭眸色一暗，轉身欲走。

「來都來了，急著走做甚？」

裴行昭深吸一口氣，折身走了回去。他冷眼看著趙承歡，問：「沈雲商呢？」

趙承歡的眼眸微微泛紅，抬眸看他時，卻帶著高傲和不屑。「你的未婚妻，我怎麼知道。」

裴行昭還是因她眼底的紅而微微一滯。

在他的記憶中，趙承歡永遠都是高高在上、頤指氣使的。對他不算壞，但也好不到哪裡去，所以，他從不曾見她哭過。

不……他見過一次，是他臨死前的那一天。

隨著時間流轉，趙承歡對他一日比一日有耐心，甚至有時候還會到他院裡問他的傷勢。可那一天她突然一反常態，帶著原本交到他手中的暗衛，氣勢洶洶地衝進來讓他滾。

他看得出來，她好像很著急，似乎在害怕什麼。

暗衛跟了他很長一段時間了，幾經猶豫後才上前制住他。

「裴行昭，我從不曾喜歡過你，如今皇兄登上皇位，你對皇兄已經沒有用了，所以從現在起，你不再是我的駙馬，你現在立刻、馬上給我滾出鄴京，再也不要回來！再讓我看見你，我就弄死沈雲商！還愣著做什麼？還不趕緊給本公主把他趕出鄴京，趕得越遠越好！」

可他沒有被趕出鄴京，因為還沒有踏出公主府，趙承北的人就來了。

他記得那時趙承歡飛快地抽出暗衛手中的刀，指著烏軒。

趙承歡厲聲道：「他的命只能是我的，我要他活他就得活，我要他死他才能死！」

烏軒面露為難。「公主，卑職是奉陛下之命來的，還請公主不要為難卑職。」

趙承歡幾乎沒有猶豫，將刀橫在自己的脖子上，眼眶隱隱泛紅地朝暗衛吼道：「帶著他滾！永遠不要回來！」

到了這個地步，裴行昭哪裡還能不明白發生了什麼事？

趙承北派人取他的命來了。

烏軒不敢讓公主傷著自己，邊退後邊道：「陛下有令，不動沈、白兩家。」

言下之意是，他若反抗，裴、沈、白三家都活不了。

他已墜入絕境，能不再牽連人便不牽連了。

裴行昭上前握住趙承歡手中的刀鋒，將刀從她的脖頸間取下來。

「公主不必如此，這是我的命。」

人。

最後，他被以刺傷公主為由的罪名押走，走時聽到了身後趙承歡喊著要見皇兄。

他的悲劇不是因趙承歡而起，但趙承北是她的嫡兄，她也插手其中，他們注定不是同路人。

他大約能猜到趙承歡為何要在最後關頭拚命救他，因為趙承歡從沒有想過讓他死，也從沒有想過讓裴家死。

她並非殺人如麻的惡人，她只是竭盡所能地在幫助她的皇兄登上皇位，同時也是為了活命。若趙承北不贏，她、她的母后、皇兄和崔家都活不下來。

但她在這條路上，並不想手染鮮血，所以當她知道趙承北要殺他時，才會那般歇斯底里。

可道不同，不相為謀，她想讓她在乎的人活，他也想。勝者為王，敗者為寇，這一世他必要竭盡全力去贏，也不會再與趙承歡有任何瓜葛。

他想娶的人，從來都只是他的沈商商。

「我不管你們在耍什麼詭計，若她出了事，我與你們不死不休。」裴行昭壓下了戾氣，沈聲道。

趙承歡冷笑了聲，道：「你對她的感情真令人羡慕，不過本公主勸你，皇權至上，有時候該低頭還是得低頭，免得牽連無辜，死傷無數。」她承認她從不是什麼好人，今日行事也卑鄙，但她別無選擇，誰叫沈雲商有可能是那個人的血脈。

她想活，想讓母后活，讓皇兄活，也想讓崔九珩活。

為此，她卑鄙無恥又如何？她不在乎。

「我再問一遍，她在哪裡？」

趙承歡看向他，眉眼一彎。「你既然到了這裡，那就說明有人比你先找到她了。別急，今夜過後，你們……就再無可能了。」

裴行昭神色一冷。「何意？」

趙承歡卻不再答了。

知道問不出來什麼，裴行昭裹挾著怒氣大步離開。「這一次，我們死也會死在一處！」

他們之間沒有「再無可能」，他絕對不會讓她再嫁給別人！

趙承歡唇邊的笑意緩緩凝固，怎麼會有這麼固執的人啊？

就在這時，裴行昭突然停下腳步，轉身看向她。「你們做的這一切，崔九珩都不知道吧？」

趙承歡面色一變。

「妳喜歡他？」裴行昭話鋒一轉，又問。

趙承歡倏地站起身。「你胡說什麼！」

裴行昭得到了想要的答案，冷笑道：「方才我見崔公子對公主多有維護在意，不願讓公主嫁與旁人，便有此猜測，看來竟是真的。崔九珩作為二皇子的伴讀，與公主也算是青梅竹馬吧？」裴行昭看著趙承歡逐漸驚詫慌亂的面色，繼續道：「公主當真捨得看著他另娶他人？那公主殿下還真是大方呢！」

趙承歡眼睜睜看著裴行昭遠去，心亂如麻。

不，不可能！崔九珩怎麼可能喜歡她？他從來都是遠離她、不待見她，連她逼他見她，流連於秦樓楚館，他都不肯親自去見她一面。

他怎麼可能喜歡她呢？不可能的啊！

對，一定是裴行昭故意說這些話想擾亂她的心神，好利用她找到沈雲商。

趙承歡強行壓下心中的慌亂，但最終仍舊是淚流滿面。

她一想到那人心裡可能有她，而她卻算計他與旁的女子……她就心痛如絞。

以往她總希望他能多看她一眼，可現在，她竟開始祈禱他從未喜歡過她，如此，她才能好受一些……

火光跳動，趕走了洞中的潮濕寒涼，逐漸讓人感到發熱。

沈雲商本能地往後靠去，離火堆遠些，卻無意間瞥見對面崔九珩微皺的眉頭。透過火苗，隱約能瞧見他額上似滲著一層薄汗。

沈雲商一怔，崔九珩極其懼寒，這樣的天氣他不該冒汗才對。

不容她多想，體內便不由分說地湧起一股躁熱，就連靠著冰涼的石壁也不能緩解。

沈雲商心中猛地一沈，不對勁！

這感覺，與那一次崔夫人將她和崔九珩關在房中時極像。

這是……那種藥！

沈雲商眼底快速掠過一絲暗沈，警惕地看向崔九珩，卻見他似乎還沒有反應過來，為了解熱正褪去大氅。

「沈小姐……」終於，崔九珩似是難以忍耐，又似是總算發現了不對勁，他抬眸隔著火光對上沈雲商的視線，聲音沙啞，艱難地問道：「妳可有什麼不適？」他想到一個可能，但不敢確定。

沈雲商自然聽得出他的試探。

崔家嫡長子何其尊貴，接觸不到這些下三濫的東西，但也多多少少略有耳聞。

沈雲商直直對上他的視線，蹙著眉頭回答道：「渾身發熱，猶如置身火中，不知這是怎麼了？崔公子瞧著好像也不適？」

她面上不顯，心中卻滿是噁心。她怎麼也沒想到，趙承北竟然會用這種下流的法子！

更沒想到，這一次，趙承北會這樣對崔九珩。

她和裴行昭退婚後，裴家接了賜婚聖旨，崔九珩才上門提親。雖然她知道這樁婚事並非崔九珩所願，而是對她有所企圖，但在拆散她和裴行昭一事中，崔九珩並未參與。

後來，那些見不得光的事，趙承北也都是瞞著崔九珩，不弄髒他的手，除了最後欺騙他的浮水和碧泉，崔九珩的手可以說是乾乾淨淨的。

趙承北對無數人狠心、殘忍，但對崔九珩，他始終是留著情誼，以成全崔九珩的君子之風。

卻沒想到重來這一遭，趙承北竟也會對他不擇手段。

看來，她對趙承北是真的很重要，重要到他不惜讓崔九珩沾上污點。

她看著面色已開始泛紅的崔九珩，突然覺得有些可笑。

笑崔九珩，笑他這一生最大的不幸，就是成為趙承北的伴讀。

若崔九珩不曾認識趙承北，他一定能成為他想成為的人，能造福蒼生，如明月高懸。

可有時候識人不清，也是一種罪。

「不知……」崔九珩心中快速地思忖著，可始終沒有頭緒，他真的想不到這是怎麼回事。

沈雲商比他先到這裡，因此是他第一時間應該懷疑的人，但他的直覺告訴他，她不會做這種事。

可若不是她，又會是誰？

這裡是裴家莊，卻同樣不可能是裴行昭。裴行昭不可能會設計他的未婚妻與旁的男子……

但除此之外，還能有什麼更好的解釋？

女子一聲難以抑制的輕吟聲打斷他本就不甚清明的思緒，崔九珩抬眸望去，就見女子靠著石牆，雙眼微合，眉頭緊蹙，在極力的隱忍著。

崔九珩不敢多看，忙收回視線，撐起身子往洞口蹣跚走去。

此時不是去尋找原因的時候，他不能繼續留在這裡。

沈雲商聽到了動靜，微微側目。

崔九珩的行為在她的意料之中，畢竟他們這般不是第一次了，上次尚且在婚內他都沒有碰她，這一次就更不會了。

不得不承認，兩次，她都很感激崔九珩的君子作風。

有時候她也會在悲觀裡感到那麼一絲絲慶幸，慶幸趙承北的心腹是崔九珩。

否則，她那三年還不知過的是怎樣的日子。

崔九珩手撐著石壁，停在洞口，他沒有力氣再往前行了，身子順著石壁滑下，靠坐在風口，卻並不能降低他體內的躁熱，那股難言的慾熱攪得他無力思考。

他取下頭上髮簪扎在手心，試圖讓自己保持最後一點清明，避免犯下不該犯的錯。

他的動作同樣也落入沈雲商眼中，她毫無聲息地摸了根銀針在手中。

她是信崔九珩，但她不信趙承北。

趙承北比她更了解崔九珩，但凡還有一絲清醒，崔九珩就不會碰她，所以這藥怕不是尋常的藥。

正如沈雲商所料，此藥的藥性的確過於猛烈，饒是她現在都感覺已有些承受不住。她的手掌輕輕提起，卻還是放了下去。

再忍忍，再等等。

沈雲商迷離的眼神掃過周圍，仍舊沒發現有何處不妥。

她進洞時就已經檢查過，並沒有發現什麼陷阱，更遑論迷煙。所以，她到底是何時中的招？

耳畔突然傳來一聲悶哼，她偏頭看去，卻見崔九珩將簪子扎在手臂上，鮮血很快就染濕了衣裳。

崔九珩仰頭靠在石壁上，低聲問：「沈小姐來時，可有吃過什麼？」

吃什麼？沈雲商此時腦中雖然已經不大清晰，但她可以肯定，她沒有吃過不該吃的東西，因為她對趙承歡始終有防備。「沒有……」

沈雲商知道崔九珩這般問是在找他們是如何一起中的藥，她便忍著躁熱，簡單地將經過複述一遍。「我泡了一炷香時間的溫泉，然後公主殿下就說要出來走走……」說到這裡她稍作停頓，在給崔九珩思考的時間。

果然，崔九珩聞言，眼底閃過一絲錯愕和懷疑。

「後來，公主殿下說要來楓林，我本欲叫人帶路，但公主說不喜人跟著……便作罷。再後來，我們走到臨近一處亭子的地方，遇到了……很大的霧，不知怎地，我明明瞧見前方有路，可卻還是跟公主殿下走散了……不知不覺，就走到了這裡，期間我沒有……吃過任何東西。」藥性太烈，沈雲商悄悄用銀針扎在穴位上，才勉強保持著清醒，但話音卻是斷斷續續，氣音軟綿，帶著致命的誘惑。「崔公子又是……如何到的這裡？」

崔九珩手中的簪子又扎得更深了點。「我們聽說沈小姐與公主久未回來，便一同來尋找，亦是走到沈小姐所說的臨近亭子的地方，周圍就不見了人，眼前似乎只有這一條路。」

沈雲商眸光輕轉，一個念頭突生，她輕聲道：「那真的很奇怪……這處楓林每日都有客人來的，怎今日如此怪異？」

今日如此怪異……崔九珩腦海中突然浮現昨日的談話——

「我聽聞裴家在城外有一處天然溫泉，可以消除寒氣，你素來怕冷，趁回京前，我們去泡一泡？」

「好。何時去？」

「就明日吧。」

今日此行是趙承北主導的，若說今日有人在此設局，那麼只能有兩個人——趙承北和裴行昭。

「崔公子……我們這到底……是怎麼了？」沈雲商似已忍耐不住，聲音裡帶著幾分嬌吟。

崔九珩壓下心中那令他不敢相信的猜測，低沈道：「我們可能是中了什麼藥，沈小姐離火堆再遠些。」

「藥……難道是那種藥……」沈雲商驚訝過後，便有些發懼，帶著些哭腔道：「為什麼？誰會給我們下這種藥？」

她似乎這時才開始感到害怕，努力地半站起身往洞裡走，似乎想離崔九珩再遠些。

崔九珩有心想多加安撫她，可他此時亦很難忍受，只能艱難地承諾道：「沈小姐無須擔憂，我不會碰妳。至於為什麼……」他仰頭靠著石壁，眼底浮現出不明的神色，半晌後才喃喃道：「我也不知道……」

「所以，你是要我娶……沈小姐？」

「九珩，這事只有你能幫我。」

「……好。但得是他們自己心甘情願選擇的退婚，而非受人逼迫。」

「好。」

他不相信會是二皇子或者公主做的。

可是除此之外，好像已經沒有更好的解釋了。

他吃過備好的茶點，可沈小姐沒吃，那就說明藥不在那裡頭。

從溫泉到後山楓林，他所經歷的與沈小姐幾乎一樣，那麼問題定然是出在這其間……

崔九珩喉頭微微一動，額上落下一滴汗。

那股灼熱已經襲遍全身，讓他沒有再繼續思考的能力。

沈雲商此時也好受不到哪裡去，她沒有再開口，也沒有再發出任何聲音，因為在藥性的作用下，他們的聲音對於對方都是極其誘惑而危險的。

其實，她能讓崔九珩立刻陷入昏迷，但她不敢這麼做。

崔九珩終究是向著趙承北的，她不能賭。

銀針深入穴位，勉強緩解那股難耐，但她知道這樣下去她撐不了太久了。

裴昭昭，你怎麼還不來啊？

她相信他一定能找到她，可她希望他能再快些、更快些，不然……

這時，洞口突然覆蓋一片陰影，沈雲商本能地側過頭，模糊的視線中，她看到一道熟悉的身影，隨著那萬分耳熟的叮叮噹噹聲音傳來，她的心終於安定了下來。

「沈商商！」

聽見那聲熟悉的「沈商商」，沈雲商用著最後一絲力氣將銀針放了回去，渾身的戒備也在頃刻間散去，唇角若有若無地輕輕彎起。

她就知道，他一定會找到她，來救她。

「裴昭昭……」感受到那熟悉的沉香和冰涼的懷抱時，沈雲商下意識地低喚一聲。藥性已經將她的理智全部吞噬，她恨不得整個人都鑽進那似乎能救命的懷抱裡，就像魚見了水般，迫不及待。

「是我，我來了。」裴行昭一眼便發現了她的狀況，他忍著周身的肅殺之氣，輕柔地將她攔腰抱起。「沈商商……」懷裡的人不再應他，雙頰泛紅，雙眼微合，不安分地亂動著。

裴行昭臉色陰沈地用大氅將她緊緊包裹，不讓人窺見她半分嬌態。他大步走向洞外，路過崔九珩時，他垂眸看了眼，腳步卻未有絲毫停留。

就在他離開後，有一人緩緩從山洞旁的一處叢林後走出來。彩衣妖冶，墨髮如瀑，正是先前與裴行昭走散的白燕堂。

他望著裴行昭離開的方向，又看了眼洞口似乎已經陷入昏迷的崔九珩，唇邊勾起一絲冷笑。

崔九珩應該慶幸他做了明智之舉，否則……自己絕不會留他。

叢林的迷霧已散，亭外楓樹倒了一片。

那是裴行昭為強行破陣，用掌力震斷的。

殉方陣哪怕只是殘陣，威力也不容小覷，裴行昭不會陣法，只能用武力硬闖，也因此受了不小的內傷。

他抱著沈雲商，提起內力迅速地出了後山叢林，往前院而去。路上碰見了還在尋人的趙承北，他也絲毫未做停留。

趙承北雖然沒有看見他抱的是何人，但不用猜也知道那會是誰。趙承北臉色一變，雙拳驀地攥緊。怎麼可能？他是怎麼找到的？

突然，趙承北似是想到了什麼，急忙往裴行昭來的路上疾奔而去。

沈雲商感覺自己置身於烈火之中，燒得她骨頭都要軟了，而身邊的人是她唯一的救命稻草，她緊緊地攀著他，想要獲取更多。

「商商，再忍忍。」裴行昭的衣襟已經被她扯散，緊接著柔軟滾燙的臉頰就貼了上來，他身子一僵，差點踩漏了橋柱。「商商……」

他雙手不得空，也就無法阻止懷裡的人，只能更加快速地往前掠去。

然而緊接著，一片溫軟的唇就落在他已裸露在外的胸膛上，且不安分地在四處遊走。

裴行昭在心裡暗罵了聲，強行忍下那股難耐的酥麻。

雖有婚約在身，但到底是沒成婚，他不願意輕慢她，所以這些年他們之間頂多就是唇瓣之間的纏綿，從未更進一步，如今面對這樣的誘惑，他哪裡忍得住？

終於，總算到了院落，裴行昭黑著臉，風風火火地闖進去，對迎上來的玉薇快速道：「準備一桶涼水，再去找管事，將我屋裡櫃子最裡邊的藥匣子取來！」

他做了十幾年的浪蕩子，又有深厚的家底，多的是人對他別有用心，這些年他也不是沒有中過這些招數，但因他早有防範，準備了不少的解藥，所以並未叫人得逞過。

而為了杜絕「濕鞋」，但凡他落腳的地方都備了藥。

玉薇雖然不知道具體發生了什麼，但看這情境也知道是出了事，趕緊照著他的吩咐去做了。

涼水很快就被送進來。

可沈雲商緊緊攀著裴行昭不放，裴行昭怕弄疼了她，乾脆抱著她泡進去。

「裴昭昭……」沈雲商被涼水凍得打了個冷顫，可身體內的躁熱卻很快又襲來，她難受地邊貼在裴行昭身上上下其手，邊低泣道：「救我……你救救我，我快要死了……」

裴行昭咬著牙將她往他腰腹以下伸去的手按住，從牙縫裡擠出幾個字。「快要死的人是我！」他不只一次作過眼前這樣的夢，但實際上卻從未真刀實槍的沈淪過。水浸濕了衣裳，她等於整個身子都貼到他的身上，他就是死恐怕也做不到無動於衷。「商商……別動了。」

沈雲商整個人被慾望侵蝕著，哪會聽他的話？她只想要得更多，空著的那隻手無比麻利地撕開了裴行昭的中衣，精壯的腰腹頓時一覽無遺。

她撲過去抱著，唇瓣四處摩挲。

裴行昭忍無可忍，一手捏住她的腰身，一手握住她的後頸，迫使她從他胸膛上離開，然後俯身堵住她的唇，阻止她繼續點火。

他吻得很凶，恨不得將人拆吞入腹，可懷裡的人卻沒有半點退縮，反而極盡迎合，如獻祭般地將自己送入他掌中，任由他予取予求，且還覺得不夠。

裴行昭感覺自己要被她弄瘋了。

他拒絕不了她，也不能真的要她。此情此景對他來說，簡直是酷刑！

好在這時玉薇回來了，帶著一匣子藥。

裴行昭動彈不得，轉了個身背對著屏風，才喚玉薇進來，反手接過藥匣子。

玉薇從管事那裡知道了這藥為何，又在外頭聽到了動靜，進來時便一直低著頭，不敢抬頭去看，送完藥她就垂首快速地退了出來。

裴行昭根據經驗，取出一顆藥性較強的藥丸，可還不待他餵，她的唇就貼在他的喉結上，還輕輕地咬了咬，他甚至感受到了那溫軟的舌尖。

裴行昭只覺得頭皮發麻，他深吸一口氣，再次握住沈雲商的後頸，將她拉開。

沈雲商不滿他的動作，微微抬眸瞪著他。

妳還瞪？妳還不滿？信不信把妳就地正法！

裴行昭沒好氣地道：「張嘴！」再這樣下去，他怕是也得吃一顆解藥了。

沈雲商皺眉，不願意張嘴，只想往他懷裡撲。

裴行昭無法，只能強行撬開她的嘴，將藥塞進去。

可手指才伸進去，就被她的軟舌纏繞住。

裴行昭頓時全身緊繃，感覺渾身血液都要炸出來了。

他感覺自己用盡了這輩子最大的自制力，才堪堪將那股衝動壓下去，將手指收回來。

然而沈雲商對他的行為不滿，且藥性微苦，她不願意吞，皺眉就要往外吐出來。

裴行昭眼疾手快地按住她，再次俯身堵住她的唇。

二人經過一番糾纏，才終於將藥給沈雲商餵了下去。

餵完藥，他便抱著沈雲商從水桶中出來。
冬日，又是冷水，她不能泡得太久。
可藥性沒有那麼快就消退，因此接下來在床上又是好一番折騰。
最後裴行昭忍無可忍，解下沈雲商的腰帶，將她的手腳捆住。
沈雲商自然不願意，拚命地掙扎著，他便又將她摟在懷裡輕吻安撫。
如此不知過去了多久，懷裡的人總算安靜下來，耳畔也隨之傳來均勻的呼吸聲。
裴行昭癱在床上，望著紗帳頂，一副生無可戀的表情。
可還沒有給他平息的時間，敲門聲就傳來了。裴行昭剛想出聲斥責，白燕堂的聲音就響起——
「小表弟！」
裴行昭磨了磨牙，深吸一口氣，起身胡亂裹著一件大氅就走出去了。
拉開門，一股冷風吹來，倒也澆退了些難以承受的躁意，但他整個人還是不怎麼好。
白燕堂在外頭聽了半天，自然知道裡頭什麼也沒發生，不由得上下打量了他一眼，眼裡帶著某種奇怪的意味，讚嘆道：「可以啊，厲害啊！」
裴行昭面無表情，自暴自棄道：「我感覺壞掉了。」
白燕堂聞言，低下頭努力隱忍，但肩膀還是止不住的聳動。
「想笑就笑，」裴行昭陰沈沈地道：「不說就滾！」

白燕堂還是沒有抬頭，他一手捂著臉，另外一隻手伸到裴行昭面前，聲音因憋笑而打著顫。「所幸我比崔二公子先發現了腳印，先找到寒洞……這是我在石壁上發現的。」

裴行昭黑著臉，一把撈過他手中的瓷瓶，然後砰地將門重重關上。

下一刻，外頭就傳來了放肆的大笑聲。

「對了，哈哈……那個……哈哈哈哈，都找到了，哈哈哈哈……崔大公子昏迷……哈哈……不醒，哈哈哈哈……」

裴行昭閉上眼，捏緊拳。

她的長兄！她的長兄！她的長兄！

打不得、揍不得！打不得！揍不得！

裴行昭最後還是又去涼水桶裡泡了一會兒，才起身穿上衣裳出門。

玉薇守在門外廊下，見他出來趕緊迎上前，低聲道：「裴公子。」

裴行昭臉色陰鬱，渾身裹挾著顯而易見的戾氣。「妳守好她，我出去一趟。」

玉薇有心多問，但最終還是只輕聲應下。「是。」

裴行昭才出院落，就遇見疾步而來的管事。

他見著裴行昭，先是一愣，而後連忙行了禮，稟報道：「公子，崔小姐與崔大公子都找到了。」

裴行昭淡淡「嗯」了聲。

管事看了眼他的臉色，小心翼翼道：「公子……無礙吧？」

玉薇姑娘方才來找他拿走了那種解藥，發生了什麼事不難猜想，況且崔大公子那邊……

「無礙。」裴行昭問道：「人呢？」

管事聞言鬆了口氣，回道：「崔小姐無礙，已經送回房了。崔大公子……有些不大好。」

裴行昭哼了聲，眼底陰鬱更甚。

管事見他未語，便繼續稟報。「中了那種藥，又在雪地裡昏迷得太久，如今若沒有解藥，怕是要傷了根本，後果不堪設想。公子，他畢竟姓崔，若是在這裡出了事……」

裴行昭明白了管事來找他是為何了。

來要解藥的。

的確，崔九珩若在他這裡出了事，哪怕他們也是受害者，裴家也難逃干係。

這就是世家大族與平民百姓的差別。

裴行昭冷笑道：「他的弟弟不是那般緊張他嗎？想必會想辦法給他找到解藥的。」

管事一愣，面色逐漸複雜。

公子向來好說話，出了這種事後卻如此態度，便說明今日這齣怕就是崔姓客人的手筆。

沈小姐中了藥，崔大公子也中了藥。

這意味著什麼已經不言而喻了，也不怪公子如此震怒。

管事想通後便沈默下來。沈小姐是公子的逆鱗，碰觸不得，他不敢再勸了。

「昨夜至今日，莊子裡可有來過人？」

這處莊子常有客人來往，為了客人安全，莊子許多處一直設有守衛。

管事正色回道：「昨日收到公子的消息後，就閉莊了，並沒有人造訪。」

那就是偷偷潛進來的了。

也就說明了，潛進來的人武功遠高於守衛。

趙承北身邊只有一個人有這個本事——烏軒！

「立刻帶人去這條路上找，看看能不能找到什麼線索？」裴行昭吩咐道。

管事聽明白了他這話的意思，恭敬應下。「是。」

裴行昭其實不認為能找到什麼東西，烏軒的功夫他是清楚的，他不大可能會留下什麼痕跡，只不過是秉持著事有萬一的想法；而且，若是沒有證據能證明今日的事是趙承北主導的，那就需要走這一個過場。

裴行昭很快就到了崔九珩所在的院裡。

他才踏進院子，就聽到了趙承北的怒斥。

「好端端的如何會發生這樣的事？大夫呢？這麼大的莊子只有你一個大夫嗎？」

莊子的客人絡繹不絕，自然不只一個大夫，只是因為趙承北要過來，今日都迴避了。

不過就算大夫都在，也一樣對崔九珩現在的狀況束手無策。

藥性過於猛烈，不是什麼解藥都可行的。

大夫被趙承北吼了也不敢反駁，只能忍氣吞聲地解釋道：「回崔公子，這藥實在是罕見——」

「那這種東西為何會出現在你們莊子裡？」趙承北怒吼著打斷他。

裴行昭聽到這裡，便抬腳上前。倒打一耙，趙承北用得倒是爐火純青。

「裴家莊自然沒有這種東西。」裴行昭走到廊下，冷冷出聲道。

趙承北犀利的眸光朝他看來，裴行昭卻恍若未覺，看了眼點頭哈腰的大夫，示意大夫先離開。

大夫得到允許，哪還敢多留，忙告罪下去了。

裴行昭這才對上趙承北責問的眸子，淡淡道：「也不知道崔公子怎麼會中了這種下流的東西？」

趙承北試圖在裴行昭臉上找到慌亂，但卻失敗了。

他瞬間便明白，沈雲商的藥性解了。

這麼短的時間……那就只有一個可能，裴行昭有解藥！

趙承北負在身後的拳頭捏得咯吱作響，咬牙道：「裴行昭，若九珩在你這裡出事，我絕不會放過你！」

裴行昭靜靜地看著他，而後露出一個諷刺的笑容。

果然如他所料，趙承北是要借此發難，也同樣如他所想，趙承北竟然真的沒有解藥。

他難道就沒有想過計劃失敗了會如何嗎？也是，他趙承北根本就沒想過會失敗，畢竟他可是連殉方陣都用上了，在他看來，今日的計劃必是萬無一失。

裴行昭確實不懂陣法，也不會解陣，但殉方陣他見過。

楓林中的殉方陣並不完整，他才能憑著武力強行衝破，但凡布陣的人再多使一成功力，他怕是都扛不過反噬，要當場殞命的。

若非沈商商沿路留下夜明珠，他不會那麼快就找到亭子附近；若非他見過殉方陣，今日又只是殉方陣殘陣，加上他內力深厚破了陣；若崔九珩少一些意志力，沒有將自己生生刺暈過去，那麼就真的無力回天了。

他突然有些奇怪了，趙承北這麼做到底是為什麼？僅僅是為了拆散他和沈商商？

可他已經表明願意跟趙承北合作了，趙承北為什麼還要這麼做，甚至不惜這般算計崔九珩？

他怎麼覺得，今日這遭，趙承北更像是衝著沈商商來的。

「裴行昭，你有沒有在聽我說——」

裴行昭抬眸，冷聲打斷趙承北。「崔公子，我在石壁上發現了一些東西。」

趙承北看著他手中的瓷瓶，心中一緊，但面上並未表露分毫。不可能，此藥見了火便會盡數揮發，不可能留下痕跡。

「這種東西的確罕見，所以，就更好找到來源了。崔公子，您說對嗎？」裴行昭意有所指地看著他道。

趙承北微微瞇起眼。「你什麼意思？」

裴行昭抬了抬手，示意周圍的下人盡數退下，他走到趙承北跟前，輕聲道：「我什麼意思，二皇子殿下再清楚不過。」

「裴行昭，我不懂你在說——」

「二皇子殿下，」裴行昭再次打斷他。「崔公子的情況現在可不大好，再拖下去……」裴行昭頓了頓，輕笑了聲。「崔公子是鄴京崔家嫡系嫡長，身分何其尊貴，被整個家族寄予厚望，是崔家未來的繼承人，若是在二皇子這裡出了事，二皇子殿下想必回去也不好交代吧？」若是前世，他不會有這個覺悟；但經歷過那一遭，他清楚的知道，皇權並非是不可動搖的。比如鄴京幾大世家，若是沒了他們的支撐，在以嫡長為尊的律例下，就算東宮沒有強大的母族支撐，只要不犯大錯，趙承北就根本撼動不了東宮。「即便二皇子讓我裴家揹了這口鍋，但誰都不是傻子，您認為，崔家折了一位如明月般的嫡長子，還會對您盡信，繼續扶持您嗎？」

趙承北偏頭看著裴行昭，眼底逐漸浮現殺意。

裴行昭卻半分不懼，直直與他對視。「現在，只有我能救他。」

「裴行昭，你知不知道你在做什麼？」趙承北大約是被氣得狠了，本來俊逸的臉變得有些扭曲。

裴行昭分毫不讓。「我說過，誰若動她，我就跟誰魚死網破！今日之事真相如何，你我心中都清楚。事已至此，二皇子殿下現在是要我救崔九珩，還是要借崔九珩對付我以洩憤，可想清楚了？」裴行昭不給他思考的時間，繼續道：「若是選擇後者，那我就不在此奉陪了，我得去查一查，這個東西到底來自何處？畢竟是在江南，裴家想查什麼並不難，相信很快就會有結果了。就算無法與二皇子殿下相抗，我也得讓崔家知道真相。」

他此話有打賭的成分。

賭趙承北是來了江南後才弄到的這個東西。

前世沒有這一齣，早在他與沈雲商被雙雙威脅後，趙承北就得償所願了，所以他猜測，這個東西是他見他們不受控後，才不得不弄來的。

因為不到萬不得已，趙承北不會如此對崔九珩，更不會在鄴京就備好了此物。

果然，趙承北最先挪開了視線，他垂眸看了眼裴行昭手中的瓷瓶，眼底神色難辨。

他不相信會留下痕跡，但他賭不起。

若九珩真的出事，若真的被查出來，就如裴行昭說的，他就算殺了整個裴家洩憤，崔家也不會再盡信於他。

他會失去九珩，也會失去崔家這個強大的助力。

更何況，光是會折了九珩這一點，他就不敢賭。

久久的無聲對峙中，趙承北閉了閉眼，終於開了口。「救他。」他竟在這個人身上，連續栽了兩次！

裴行昭心中一鬆，唇角微微揚起。「可我不信殿下。」

趙承北猛地轉頭瞪向他，厲聲道：「你還想如何！」

「我要殿下一個信物。」裴行昭淡淡地道：「若是殿下事後反悔，要將此事栽贓到我身上，那我就只能拿出信物，告訴天下人，我在寒洞中撿到了殿下的貼身之物。至於天下人信不信，那就仁者見仁，智者見智了。」

趙承北聽出了他的言外之意——天下人信不信不重要，崔家懷疑就成。

趙承北狠狠地盯著裴行昭許久後，才咬牙將自己的貼身玉珮取下遞過去。「現在，立刻，救他！」

裴行昭接過玉珮，才抬腳踏入屋中。跨過門檻時，他微微停頓，側首道：「這種事情我希望下不為例，否則，我不敢保證我會做出什麼事。我如今是撼動不了皇權，但殿下別忘了，星星之火也可以燎原。」

趙承北重重閉上眼，唇角因為氣得太狠而隱隱抖動。

裴行昭！此人絕不能留！

雪不知何時又開始落下，趙承歡冒著雪，腳步飛快地穿梭在院中。

紅棉撐著傘，小跑著追趕她。

很快地，趙承歡停在一間屋前，帶著幾分怒氣敲響房門。

「進來。」

門被推開，一股冷氣湧進來，趙承北抬頭看著惱怒的趙承歡，眉頭輕皺。「將門關——」

「皇兄，你沒告訴我，你在洞中下了藥！」趙承歡盯著趙承北，咬牙質問。孤男寡女，在寒洞中待上一夜，沈雲商的名聲也就沒了，何須如此？

趙承北似是早料到她會前來質問，也不惱，只淡淡道：「這是姑蘇城，不是鄴京。鄴京貴女名聲大於一切，但在這裡，只要裴行昭不鬆口，婚事就退不了。」

趙承歡忍著怒火道：「那也不需要做到這般地步。你知道崔九珩的性子，你就不怕他因此疏遠、記恨你？」

趙承北平靜的面上稍微有了裂痕，但很快就恢復如初。「我既然這麼做，自然就想好了後路。他與我一同長大，朝夕相處，情同兄弟，他也知道我所有的難處。他心軟，只要我好生跟他認個錯，他會原諒我的。」說完，不等趙承歡再開口，他便正色道：「承歡，我們沒有多少時間了。妳也看到了，沈雲商與裴行昭情誼甚篤，尋常辦法根本無法讓他們悔婚。我比誰都不想這麼對九珩，但我沒有辦法，我必須得將沈雲商握在手裡，否則……她若為別人所用，我們就會全盤皆輸。妳應該知道，當年一起離開的還有一位，若他還活著，對我們所有人都是威脅。」

趙承歡周身的怒火隨著他這話緩緩消散，那雙不可一世的美眸中難得添了幾絲忌憚。

「可是……這麼多年來都沒有他的消息，且當年離開時他還那麼小，又有人親眼看著他跌落懸崖，或許，早就已經不在了。」

「但誰都沒有找到他的屍身。」趙承北淡淡地道。

趙承歡沈默了下來。那人消失的屍身，是他們所有人的隱憂。

許久後，趙承歡低聲道：「就算他還活著，可這麼多年都沒有出現，或許他根本沒想過要回來。」

「承歡，我們賭不起，也輸不起。」趙承北微微瞇起眼，道：「若他回來了，就是太子也得挪地，更遑論我們？」

趙承歡的手指微微一顫，看向趙承北。「那沈雲商也不一定會是……」

「我已經找到了當年在金陵給白家大小姐治過病的一位大夫。」趙承北眸色暗沈地道：「據那大夫所言，白大小姐的病根本活不過二十，可現在她不僅活下來，病也好了，而恰好那位最後消失的地方，出現了白家的船，妳覺得，這是巧合嗎？」正因如此，他昨日才會著急地下狠手。「那位與白大小姐年紀相當，白大小姐常年臥病在床，金陵都極少人見過，更別提姑蘇，所以，白家想要神不知、鬼不覺的李代桃僵，並不是難事。而我們能查到這些，東宮就查不到嗎？他們當年離開時手裡握著怎樣的力量我們都清楚，這樣的威脅若不放在身邊為己用，我們隨時都可能送命。」

趙承歡的肩膀緩緩地垂了下來。「可是崔九珩……」

「成大事者，不拘小節。承歡，我清楚妳心中的掙扎，若我占了長，可以順位繼承，我自然願意成全妳；但現在我們腹背受敵，容不得絲毫閃失。」趙承北輕聲打斷她，語氣凝重地道：「太子與我們有化解不了的仇恨，我們永遠無法共存。一旦太子坐上那把椅子，我們所有人都得死，包括崔家。」

趙承歡自然懂這些道理。她自認不是好人，行事卑鄙，但她還是想盡力去保護那人，讓他好好懸在天上，做沒有污點的明月。

「皇兄，你說過的，我們的事瞞著他，不弄髒他的手。」

趙承北這回沈默了很久，才緩緩道：「可九珩作為崔家嫡長子，他的肩上亦擔負著家族的使命，這是從他五歲入宮那年就注定了的，有的事他注定無法獨善其身；且就算瞞著他，他也僅僅是不知情，並不代表乾淨。」

趙承歡從屋裡出來後，腳步沈重，眼底再無方才的怒火，同樣也失去了光彩。

「公主。」紅棉迎上前，擔憂道。

趙承歡沒應聲，她緩緩走到院中，伸手去接落下的雪花。

雪花落在掌心，晶瑩剔透，潔白高雅，一如那人。

他是鄴京無數貴女心上的白月，亦是她不敢碰觸的禁忌。

她從來都知道她得不到他，所以深埋於心底。

雪越來越大，趙承歡微微垂眸，看著一片片雪花落在地上，沾上塵埃，染上渾濁。

她唇角微彎，笑中帶著幾分苦澀。

看，潔白的雪也會裹上洗不掉的泥點。

崔九珩啊，真可惜……

「公主，您可還好？」紅棉很少見她如此神情，忍不住再次開口詢問。

趙承歡抬眸，臉上又恢復了以往的不可一世。「無事，回吧。」

紅棉愣了愣，試探道：「公主不去看看崔公子嗎？」

「不是說已經沒有大礙了，有什麼可看的？」

趙承歡說罷，頭也不回地回了自己屋中。

——未完，待續，請看文創風1281《姑娘這回要使壞》2

菱昭著

朝朝暮暮，
相知相伴

8/6
出版

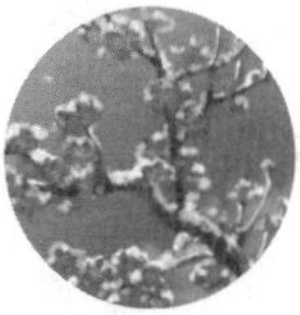

不可能吧？老天爺良心發現了，居然這麼眷顧她嗎？
她重生已經很不可思議了，沒想到連未婚夫也重生了！
原來上輩子他也沒能善終，跟她死在了同一天，
這下可好，有人能一起商量，她不用孤軍奮戰了，
何況她還得知了一個驚世秘密，這回他們的活路更大了吧？

文創風 1280-1282《姑娘這回要使壞》全三冊

身為姑蘇首富唯一的女兒，青梅竹馬的未婚夫裴行昭更是江南首富獨子，
沈雲商本以為自己應該享受榮華富貴，一輩子無憂無慮到老的，
萬萬沒想到，她紅顏薄命，只活到二十歲就香消玉殞，且是被人毒死的！
只因他們招惹來了二皇子那表面仁善、內心狠毒的煞星，
對方以權勢及彼此的家族性命相逼，硬生生威脅他們小倆口退婚，
小竹馬被迫娶了二皇子的親妹妹，成了人人稱羨的駙馬爺，
而她則嫁給了二皇子的摯友，讓京城許多女子心碎嫉妒，
兩樁婚姻，四個被拆散的人都不幸福，唯一開心的只有荷包滿滿的二皇子，
可她至死都沒能明白，二皇子死死拿捏住她，究竟是想從她這裡得到什麼？
她猜是出嫁前母親鄭重傳承給她的半月玉珮，難道……那玉珮有何秘密？
無論如何，幸運重生的她決定了，這回她要盡情使壞，為自己搏一條活路！
這一次不管二皇子怎麼威脅逼迫、使盡下三濫的手段，她都堅決不退婚，
裴行昭生是她的人，死是她的鬼，誰想要他，就得從她的屍體上踏過去，
何況她吃慣了獨食，誰想從她手裡搶，她就是死也要咬下對方一塊肉！
當然，她心裡清楚，胳膊擰不過大腿，所以得找個能讓二皇子忌憚的人！

途圖 著

揮灑自如敘情高手

8/13 出版

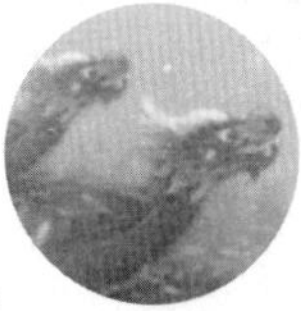

吃下她親手做的料理，就會洩露內心的秘密……
老天爺就是這麼不公平，不僅讓她重活一世，還成了超能力者，
她可得好好發揮這個優點，撫慰人心、收穫幸福人生！

文創風 1283-1285《禾處覓飯香》全三冊

江南，蘇心禾穿越而來，成為當地一位名廚的寶貝獨生女；
京城，李承允自北疆隨大軍歸家，繼續當他的平南侯府世子。
看似八竿子打不著的兩人，卻因一樁娃娃親走到了一起。
前世身為小有名氣的美食部落客，蘇心禾的廚藝不在話下，
加上生得貌若天仙，怎麼看都是被人疼寵的命，
誰知從侯府的下人到城裡的路人全說她家挾恩逼娶，
活像她玷污了他們心中的帥氣大明星——李承允似的。
罷了，在她看來，這表面圓滿、實則破碎不堪的平南侯府，
比她這個在單親家庭長大的小姑娘更需要救贖，
就讓她揮動料理魔法棒，滋潤每個人乾枯的心靈……

同場加映 ●●●●●●●●●●●●●●●● 7冊折扣後再減200元

文創風 1220-1223《小虎妻智求多福》全四冊

穿成大靖朝將門千金，寧晚晴卻發現原主去世的案情不單純，
為了讓東宮成為家人的靠山，她決定嫁給草包太子趙霄恆，
孰料備嫁時又起風波，前世身為律師的她連上山燒香都能遇到案件，
她當場戳穿神棍騙局，再搬出太子的名號，將犯人送官嚴辦！
這些大快人心的事全傳到趙霄恆耳裡，他挑著眉問她一句——
「還沒入東宮就學會拉孤墊背，以後豈不是要日日為妳善後？」
趙霄恆不呆耶！她幫百姓主持公道，他替她撐腰豈不是剛剛好～～

莫顏 著

穿到古代衝事業，
女子也能闖出一片天

8/20
出版

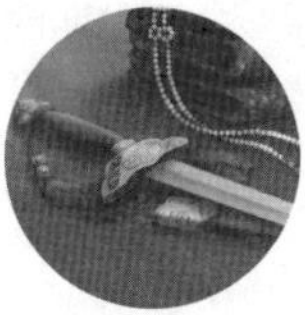

虞巧巧最看不慣欺男霸女的惡人，
尤其這些惡人錢還很多，只要一掏出銀子，有罪都能變無罪，
她的刺客生意專門教訓這種人，懲奸除惡順便賺銀子，一舉兩得！

文創風 1286-1287《娘子出任務》全二冊

虞巧巧身為特勤小組的探員，敢拚敢衝，是國家重點栽培的人才，
她彷彿可以看見前途一片美好，卻因為一次穿越，全部化為泡影！
如果穿成個官府捕快，至少離她的本職沒有太遠，她可以在古代繼續衝事業，
可她穿成了平凡人家的姑娘，每天刺繡做女工，不憋死才怪！
好唄！既來之則安之，那自己「創業」總行了吧？
她靠著俐落的身手和大剌剌的性格，網羅了一票手下，
創立「刺客公司」，專接懲凶罰惡的案子，
管他是紈袴子弟還是市井流氓，只要對方夠壞，你付的銀子夠多，她就接！
於是她有了兩個身分，平時是乖巧的姑娘虞巧巧，
私底下則是刺客公司的頭頭「黑爺」，不論好人壞人聽到這威名都嚇得發抖，
唯有一人例外——笑面虎于飛，他是衙門捕快中的佼佼者，
破了不少大案，也建了不少奇功，
這男人似乎把「黑爺」列為頭號追捕對象，讓她的每個任務都變得棘手起來……

同場加映

文創風 1210-1211《國師的愛徒》全二冊

司徒青染身分高貴，乃大靖的國師，受世人膜拜景仰。
他氣度如仙，威儀冷傲，連皇帝也要敬他三分。
他法力高強，妖魔避他如神，唯獨一個女妖例外……
桃曉燕出身商戶，家裡富得流油，
從現代帶來的經商天分，讓她輕易贏得下一任家主位置！
街頭巷尾無不知曉她能幹，可這樣的她，卻被勞什子國師當成了妖?!

2024 暑假書展

姊妹淘Chill一夏

狗屋端出回饋好禮，邀妳共度今夏饗宴

第一波 書迷分享會

抽獎辦法 活動期間內，請至 狗屋天地 回覆貼文，回答完整者可參加抽獎。

得獎公佈 9/6(五)於 狗屋天地 公佈得獎名單

獎項 5 名《娘子出任務》全二冊

第二波 購書享禮遇

抽獎辦法 活動期間內，只要在官網購書並成功付款，系統會發e-mail給您，並附上抽獎專用之流水編號，買一本就送一組，買十本就能抽十次，不須拆單，買越多中獎機率越大。

得獎公佈 9/11(三)於狗屋官網公佈得獎名單

獎項 10名 紅利金 200元
3 名 文創風 1288-1290《今朝有錢今朝賺》全三冊

暑假書展 購書注意事項：

(1) 請於訂購後**三日內**完成付款，最後訂購於2024/8/25前完成付款才算有效訂單喔！
(2) 購書滿千元(含)以上免郵資。未滿千元部分：
郵資65元(2本以下郵資50元)／超商取貨70元(限7本以內)／宅配100元。
(3) 特賣書籍因出書時間較久，雖經擦拭、整理，仍有褪色或整飾痕跡，故難免不如新書亮麗。
除缺頁、倒裝外無法換書，因實在無書可換，但一定會優先提供書況較良好的書給大家。
若有個人原因需要換書，需自付來回郵資。
(4) 各書籍庫存不一，若遇缺書情形可選擇換書或退款。
(5) 歡迎海外讀者參與(郵資另計)，請上網訂購或是mail至love小姐信箱(love@doghouse.com.tw)詢問相關訊息。

狗屋有權修改優惠活動的實施權益及辦法。

2024年7月出版

文創風 1274~1275

異世娘子廚師魂

只要勇於爭取，小廚娘也能成為大明星！
從雲端跌入泥裡並不是世界末日，可怕的是失去對生命的熱情。
她不但要用廚藝發家致富，更要把握得來不易的幸福……

跳脫框架鋪陳專家／顧非

如果可以，季知節希望自己穿越到古代的故事能淒美一點，
像「知名廚神出海捕撈食材時不幸葬身大海」之類的，
偏偏她就是被幾顆荔枝給噎死，丟臉丟到姥姥家了。
只不過，與其糾結是怎麼「過來」這裡的，
不如專注於解決眼前的困境——舉家遭到流放，溫飽都成問題。
幸虧她有那麼一點本事，能靠做些吃食生意賺錢，
不僅是自個兒的親人，還拉拔同樣落難的未婚夫江無漾一家，
讓大夥兒刮目相看不說，甚至對她肅然起敬。
然而，季知節萬萬沒想到，她所做的一切竟引發連鎖效應，
在改變自身命運的同時，也捲入了推翻朝廷的漩渦……

流浪貓狗介紹所

為流浪貓狗加油 和貓寶貝 狗寶貝

廝守終生(一定要終生喔！)的幸福機會

對人來說，貓寶貝狗寶貝只是生活的一部分，但妳（你）對牠們來說，卻是生活的全部，領養前請一定要考慮清楚——

▲熱情四射的活力寶貝——米魯

性　　別：男生
品　　種：米克斯
年　　紀：2個月大
個　　性：活潑親人、很好動
健康狀況：白血、愛滋、貓瘟都檢測過關，確認領養才會打第一劑預防針
目前住所：新北市永和區

本期資料來源：陳愛媽

『米魯』的故事：

今年五月出生的米魯，八月底就滿三個月了。牠是永和愛媽阿嬤進行TNR（誘捕、絕育、放回原地）任務時，意外在車子引擎蓋中發現的，當下救援出來後便編制收留進中途。

好在米魯年紀小，尚未因為在外流浪而磨去純真的性情，不僅沒野性，甚至極親人，幫牠洗澡、除蚤根本兩三下就解決，平時愛在自己的籠子內玩耍，不會隨意往大貓面前湊。某天晚上出來放風時，看見好幾箱的罐頭，竟會忍不住撲上去抓咬，被人阻止也不願罷手，模樣相當軟萌可愛，也可看出吃貨本色。

擁有一身超人般魅力的米魯，在這個夏天即將熱情開鬧啦！負責中途米魯的薛大姊表示，儘管目前詢問度不高，但還是期待可以遇見疼愛牠的爸媽，來電0936626150洽詢絕對耐心解答，因為米魯的喵生新篇章希望就由您開啟！

認養資格：

1. 認養人須年滿27歲，有穩定的經濟能力，居住地限雙北。
2. 必須同意施做門窗基本防護，且願意安排米魯結紮。
3. 須同意簽認養寵物切結書。
4. 須同意送養人日後之追蹤探訪，對待米魯不離不棄。

來信請說明：

a. 個人基本資料：姓名、性別、年齡、家庭狀況、職業與經濟來源等。
b. 想認養米魯的理由。
c. 過去養寵物的經驗，及簡介一下您的飼養環境。
d. 若未來有結婚、懷孕、出國或搬家等計劃，將如何安置米魯？

風 文創
1280

姑娘這回要使壞 1

國家圖書館出版品預行編目資料

姑娘這回要使壞 / 菱昭著. --
初版. -- 臺北市 : 狗屋出版社有限公司, 2024.08
冊 ; 公分. --（文創風 ; 1280-1282）
ISBN 978-986-509-543-7（第1冊 : 平裝）. --

857.7 113009727

著作者	菱昭
編輯	黃淑珍
校對	沈毓萍
發行所	狗屋出版社有限公司
地址	台北市104中山區龍江路71巷15號1樓
電話	02-2776-5889～0
發行字號	局版台業字845號
法律顧問	蕭雄淋律師
總經銷	知遠文化事業有限公司
電話	02-2664-8800
初版	2024年8月
國際書碼	ISBN-13 978-986-509-543-7

本著作物由北京晉江原創網絡科技有限公司授權出版

定價290元

狗屋劃撥帳號：19001626

網址：love.doghouse.com.tw E-mail：love@doghouse.com.tw